家国长歌

——郑瑞林剧作选

郑瑞林　著

文匯出版社

图书在版编目（CIP）数据

家国长歌：郑瑞林剧作选 / 郑瑞林著. —上海：
文汇出版社，2023.8
ISBN 978-7-5496-4106-2

Ⅰ.①家… Ⅱ.①郑… Ⅲ.①戏曲文学-剧本-作品
综合集-中国-当代 Ⅳ.①I230

中国国家版本馆 CIP 数据核字（2023）第 151069 号

家国长歌：郑瑞林剧作选

著　　者 / 郑瑞林
责任编辑 / 熊　勇

出版发行 / **文匯**出版社
　　　　　上海市威海路 755 号
　　　　　（邮政编码 200041）
经　　销 / 全国新华书店
印刷装订 / 成都兴怡包装装潢有限公司
版　　次 / 2023 年 8 月第 1 版
印　　次 / 2023 年 8 月第 1 次印刷
开　　本 / 710×1000　1/16
字　　数 / 400 千
印　　张 / 23.5

ISBN 978-7-5496-4106-2
定　　价 / 75.00 元

目 录
CONTENTS

该剧获第九届重庆艺术奖

新编大型现代川剧

峡 江 月

编剧 雨林

重庆市三峡川剧艺术研究传承中心 演出

时　间　1937年秋—1949年初

地　点　万县南门码头、峡江

人　物

江小月　女，三十岁至四十二岁，望江客栈老板娘。

刘　望　男，三十三岁至四十五岁，客栈伙计，江小月表兄。

水老大　男，三十五岁。船帮驾长，江小月恋人。

丘　八　男，三十岁至四十一岁，从混混民团到保密局专员。

小茉莉　女，十七八岁至二十七八岁，流亡万县的江南评弹女子，后为
　　　　李半仙徒弟。

李半仙　男，四十岁至五十二岁，盲人，客栈住客，唱竹琴兼算命。

王先生　男，四十岁至四十七岁，国华中学教师，共产党员。

小　李　男，二十岁至三十岁，中共地下党员，川东游击队队员。

三叔公　男，六十余岁，江小月夫家长辈。

四　妇　女，三十岁至六十岁，陈家寡妇。

　　　　随从、船工、族人、茶客、便衣、伤兵、百姓等。

序　幕

　　　　【巍巍高山，浩浩峡江，一轮明月。

　　　　【唢呐声中，山歌飘来，峡江幺妹出。

幺　妹　（唱）妹心似月挂天心，

　　　　　　　不知哥心可有人？

男　甲　（唱）妹是明月在天上，

　　　　　　　中间隔了万里云。

男　乙　（唱）我在心里打口井，

水中常有月儿明。

男　丙　（唱）今生相随来生爱，
　　　　　　　变个星星伴月明。

男　女　（唱）不敢登高哪有景，
　　　　　　　经了风雨才有晴。
　　　　　　　最是皎洁峡江月，
　　　　　　　清辉满地人间情。

　　　【唢呐高亢，峡天月圆。

　　　【收光。

（1）

　　　【一九三八年，初秋。

　　　【吆喝声："麻辣鸡，椒麻鸡……""纸烟、水烟、叶子烟
……""白糖藕粉，炒米糖开水……"

　　　【光启。

　　　【长长的石阶，将码头与城市连接。密匝的吊脚楼和挂有"望
江客栈"字样的两层小木楼挤在一起。一旁，被炮火摧断的黄
葛树前有青石香炉，树桩挂有一根蓝色围巾，残枝干上，已然
发了新枝。

　　　【客栈内，方桌，条凳。壁上标语：国家有难，匹夫有责。

　　　【李半仙演唱竹琴，竹琴上系着一朵小黑花。

　　　【刘望招呼茶客，忙得不亦乐乎。

李半仙　（唱）公元一九三八年，
　　　　　　　往来峡江挤满船。
　　　　　　　壮士许国出川去，
　　　　　　　同胞流亡来万县。
　　　　　　　生，抗国难，
　　　　　　　死，赴国难，
　　　　　　　叹叹叹——

刘　望　（喊堂）沱茶一碗，茶钱李大爷开了……

茶客甲　　刘望，毛巾。

刘　望　　来啰。（飞出毛巾）

刘　望　　（唱）客栈帮了十来年，

　　　　　　　　苦乐酸甜不为钱。

　　　　　　　　就为心里相思梦……

　　　　　　（叹息）唉……

　　　　　　　　国家有难，人有辛酸。

　　　　　【唢呐声起……

　　　　　【一艘木船驶过，水老大站在桅杆上，吹起了唢呐……

茶客甲　　呃，你们看。水老大回来了。嗬，又是一船机器，好多伤兵呢。

水老大　　喂……码头靠港，各人回去看婆娘。

茶客乙　　这帮桡夫子，顶着鬼子轰炸，那硬是把脑壳拴在腰杆上的哟。

茶客丙　　那不是。往来七八百条船，一炸就一片。回得来的见婆娘，回
　　　　　不来的见阎王。

刘　望　　全民抗战，四川是大后方。学校迁来了，工厂迁来了，外乡人
　　　　　都涌进来了。光是伤兵医院，在万县就建立十几座。

众　人　　是啊，是啊。

李半仙　　万县是川东门户，出去进来，都是第一站。

水老大　　（高喊着）靠岸回家啰……小月，小月……（随船下）

　　　　　【内应声：呃，来了……

　　　　　【江小月背着一篼衣服，身后两名妇女抬着白布床单被套，上。

江小月　　（唱）国难当头时局乱，

　　　　　　　　伤兵流民好惨然。

　　　　　　　　医院洗衣为抗战，

　　　　　　　　愿国人你帮我扶渡难关。

刘　望　　小月。（帮忙卸下）

江小月　　（对两女）张二嫂，你们先去江边，我马上就来。

二　女　　要得。（抬着，下）

茶客甲　　江老板为伤兵送吃又洗衣，模范。

江小月　　哪里哟。人家李半仙，独苗苗都在藤县阵亡了，他才是模范。

李半仙　　（悲伤一叹）唉……国难当头哇。你江老板不是也把儿子送去了

延安学习，将来也是为国出力哟。

众　人　是哦，是哦。

刘　望　顾了国就散了家，家要是莫得了？唉……

【小茉莉身背琵琶，惊慌跑上。身后，紧跟丘八。

小茉莉　阿姐，帮帮我呀。

丘　八　妹子，我给你找个安身的地方，跟我走。（拉）

江小月　（挡住，打量）呃，你不是在伤兵医院找哥哥的上海阿拉小茉
　　　　莉吗？

小茉莉　是的呀。

江小月　找到啦？

小茉莉　淞沪会战，阿哥伤残。我流亡寻亲，来到万县。八方打听，找
　　　　遍医院。可是……（摇头）

江小月　（指丘）你和他？

小茉莉　阿拉不认识，他他他……

江小月　吣！丘八，国难当头，一个落难的女子你都下得手？

丘　八　格老子，男欢女爱，与你何关？在这南门码头，我的事，哪个
　　　　敢管？

【内应：我敢！

【水老大上来，一把揪住丘衣领。

丘　八　哪个？！（扭头，赔笑）是水老大。

水老大　敢不敢管？

丘　八　（忙点头）敢管，敢管。

水老大　丘八！从今天起，敢再来望江客栈肇事，老子要你去喂鱼虾！

丘　八　不来了，不来了。

水老大　滚！

丘　八　是是是。（转身）哼！（悻悻而去）

水老大　小月。

江小月　又救得有伤员啦？

水老大　鬼子炸航道，伤兵的船翻了，我就带回一批。

江小月　哦，那我晚上再去收衣服来洗。

水老大　辛苦你哪。

刘　望　小月吧，你天天跑医院，客栈也不管？

江小月　现在全民抗战得嘛。要是国家莫得了，还有啥客栈？！

小茉莉　多谢阿姐。

水老大　呃，妹子这副打头，是唱啥呢？

小茉莉　阿拉唱评弹。

李半仙　哦？评弹？唱两句听听？

小茉莉　（唱）二十四桥明月夜，

　　　　　　　　玉人何处舞蹁跹……

李半仙　韵味十足，嗓音清亮，好。

江小月　就是听不懂。呃，你现在住在哪里呀？

小茉莉　阿拉无亲可投，无家可回，无路可走哇。

江小月　哎哟，一个姑娘家，这啷个要得哟。你不如拜半仙为师，学了

　　　　竹琴，就在客栈唱。半仙，要得不？

李半仙　艺人一家亲。只要她看得起。

小茉莉　（忙谢）多谢师父。

江小月　这下你就住客栈……

刘　望　（忙抢前）呃呃呃，小生意不赊账。客满。

江小月　老表，我当年也是这个境况啊。这样，在我房里搭个铺。

小茉莉　（感动地）阿姐，您真好。（深深鞠躬）

刘　望　来嘛来嘛，要救国，要救难，抗战没打完，客栈先垮杆。

江小月　老表，见难不帮，还像不像个男人？

刘　望　我不像，有人像。（瞟一眼水）

水老大　那是！桡夫子，闯三峡，提起脑壳为国家！

刘　望　（酸溜地）你不单为国，更是为家哟。

江小月　老表，他们是为国家。去，请他酒一碗！

水老大　哦！老窖。

刘　望　给钱！

水老大　莫得！

江小月　免费！

水老大　像个男人嘛！（伸手）

刘　望　为他一个人，客栈变酒馆。（端大碗酒，对水）哼！（递给江，

对茉）跟我来嘛。（领着小茉莉，下）

【水老大深情地看着江小月。

江小月　你不要这样看着我。

水老大　想看，看一遍就少一遍。

江小月　啥子话？

水老大　哦，我是说而今跑船很凶险，鬼子飞机在下蛋。运气孬（pie）"轰"的一声就翘杆儿……（背上疼痛）哎哟，痛出毛毛汗。

江小月　水老大，怎么啦？

水老大　（忍着）船到老滩头，遇上鬼子飞机。为救落水的伤兵弟兄，遭岩石咬一口。

江小月　啊？让我看看。

【水老大脱衣，露出尺长伤口。

江小月　（惊见其伤）啊……

帮　　腔　（唱）惊见齐尺大伤口，
　　　　　　　　心绞痛，深深忧。

江小月　（埋怨）刚才在医院，就不晓得包扎一下啊。

水老大　药品金贵，留给战场拼命的弟兄。（宽慰江）莫得啥，只要有酒，活血止痛。

江小月　（唱）心忧他生生死死峡江走，
　　　　　　　　心痛他少个女人来经佑。

水老大　拿酒来！

江小月　来了。（端碗欲喝）

水老大　你也喝酒啦？

江小月　喝！（喝一大口，对水背喷出）

水老大　（疼痛）啊……

帮　　腔　（唱）痛淋漓，情悠悠……

水老大　（唱）痛快淋漓在心头。

江小月　（唱）峡江汉子铁打就。

水老大　（唱）见她就成绕指柔。

江小月　（唱）想抚伤又不敢抬手……（伸手，缩回）

水老大　（唱）好想她手儿落背轻轻揉。

二　人　（同时转身）小月（水老大）……

　　　　【四目相对，江小月慌乱不已，急忙把手中碗递出。

水老大　（接过）小月，十二年了，你还是头一回跟我喝酒唻。

江小月　酒就是酒，莫去说岁月年头。

水老大　岁月是酒，点点滴滴在心头……

　　　　（唱）十二年前那惨案，

　　　　废墟下埋着我和陈老三。

江小月　（唱）情急中又刨又是喊，

　　　　　　　刨出来一生一死两重天。

水老大　（唱）我伤重她用米汤一口一口灌。

江小月　（唱）三哥他只留下血染丝巾半截蓝。

水老大　（唱）这条命是她帮我捡，

　　　　　　　这颗心那时就落你身边。

江小月　（唱）你好憨？世上幺妹起串串……

水老大　（唱）不入眼！我有明月一轮在心间。

江小月　水老大，这些年来，你对我们母子巴心巴肝。可是，我不能对
　　　　不起陈杰他爹啊。

水老大　你对三哥的情谊，他在天上看得见。

江小月　是啊。有些事，搁在心里也就够哪。

水老大　啊……

　　　　（唱）她守我望十二年，

　　　　　　　一个轮回月难圆。

　　　　　　　女人本不易，

　　　　　　　守寡的女人难上难。

　　　　　　　要帮她迈过心里这道坎，

　　　　　　　深水暗流涌上滩。

　　　　小月，太阳落坡，我要回了，还得去找国华中学的王先生。

江小月　你找陈杰的老师干啥？

水老大　码头碰到他，说是共产党万县特支，发动抗战募捐，苦于运输
　　　　苦难，想借我们下宜昌抢运物资的空船，把东西送往前线。

江小月　又要走啦？

水老大　两天后开船。还有，老幺也等着我。

江小月　老幺无爹无妈，造孽哟。

水老大　现在我就是他的爹！就是还少一个妈。

江小月　打住！你一趟十多天，干脆把他放在客栈，我帮你照顾。

水老大　要得嘛。（颇有意味地）那我就巴到老幺有个家啰。哈哈哈……

　　　　（下）

江小月　（不禁赞）真是个真情实心、又野又豁达的男人。（不禁一叹）
　　　　唉……就是少个女人伴。

　　　　【收光。

　　　　【竹琴声响起。

　　　　【光启。

　　　　【李半仙敲击竹琴，小茉莉一旁学唱。

李半仙　（唱）苦乐心酸唱竹琴，

　　　　　　　世间悲凉总在心。

　　　　　　　东边日出西边雨，

　　　　　　　道是无晴却有晴(情)。

　　　　【收光。

(2)

　　　　【次日。

　　　　【喜悦的唢呐声起。

　　　　【光启。

　　　　【望江客栈前。

　　　　【水老大自吹唢呐，披红挂彩，船工们抬着扎成龙形的礼盒，舞
　　　　蹈上。

众船工　（唱）喜哈哈来笑哈哈，

　　　　　　　水老大自己吹喇叭，

　　　　　　　礼信不大阵仗大，

　　　　　　　要把婆娘接回家。

船工甲　（唱）接了婆娘抱娃娃。

众船工　（对水调笑）吔？有啦？

水老大　（唱）有她你们就有妈。

众船工　去哟……

　　　　（唱）三朵花儿开呀一朵美鲜花……

　　　　【欢唱声中，刘望急上。

　　　　【李半仙、小茉莉、四妇及围观者，上。

刘　望　呃呃呃，水老大，你干啥子？

水老大　这都看不出来？（拱手对众）各位各位，水老大今天下聘礼。
　　　　大家挽下袖子，亮下膀子，帮个场子，给兄弟扎起扎起！（歪
　　　　子礼）

众　人　好啊。

刘　望　（恼火地）扎起？我要喊三叔公拿起棒棒撵你！

　　　　【内白：岂有此理！

　　　　【三叔公拄拐，气哼哼上。身后，跟着二执棍族男。

刘　望　三叔公，你老人家总算来啦。

水老大　（讨好地）三叔公，东边紫云开，西边紫云来，两朵紫云合一
　　　　朵……

三叔公　（拐拄地）水老大！我陈家没得未嫁之女！个人识相点，拿起东
　　　　西爬！

刘　望　哦，各人走。

水老大　嗨，我要不走呢？

二族男　（举棍）讨打！

众船工　要打架？

　　　　【众船工吵闹着涌上。

刘　望　（忙劝）呃呃呃，动不得手哦。（无果，忙喊）小月，小月……

　　　　【内声："喊啥子？喊啥子……"

　　　　【江小月拿着捶衣棒，上。

江小月　（唱）江边洗衣有人喊，
　　　　　　　疾步来到客栈前。

　　　　（见状，忙招呼）呃呃呃，各位……

　　　　（唱）一个老鸹守个滩，

一只老虎守匹山。

有理无理吃碗茶，

自家人何必闹翻天。

三叔公　自家人？你和哪个是自家人？

江小月　和你，（指刘）和他，（指水及众）街坊邻居，茶客房客，都是
　　　　自家人。

三叔公　（指水）你和他也是自家人哪？！

【江小月见水披红挂彩，有些明白，颇为恼火。

江小月　水老大，你下水吼号子，上岸扯场子，吹起唢呐子，你要干
　　　　啥子？

水老大　（憨笑）呵呵呵……本来该邀媒下聘，整备六礼。如今全民抗
　　　　战，只有将就下子。

江小月　哟，水老大，你要娶哪家姑娘？她家住何方？我给你帮忙。

刘　望　（松口气）哦。

水老大　（调皮地）她住家靠长江，客栈老板娘。就像天上月，照得我心
　　　　里亮堂堂。

三叔公　荒唐！

水老大　她不姓唐她姓江。

江小月　（正色）水老大！行船浪打浪，不能开黄腔！

水老大　桡夫子，性儿犟，船要过滩见真章。

刘　望　桡夫子是死了没埋的，靠不住！

江、水　你少（乱）帮腔！

三叔公　水老大！今天月亮坝耍刀——明砍。江小月这辈子都是陈家的
　　　　人，你娃癞疙宝要吃天鹅肉——休想！

水老大　我未婚，她单身，男婚女嫁，正当！

三叔公　猖狂！（对族男）给我打起走！

【二族男举棒，众船工闹嚷着……

帮　腔　（唱）疾风暴雨，猝不及防，

　　　　好叫人又羞又急心又慌。

江小月　（大喝）都住手！

【众人顿时安静下来。

江小月　水老大，你和陈杰他爹，什么关系？

水老大　生死之交。

江小月　好道！我也算是你嫂子。你怎能高言低语，不着边际！

水老大　水东流，云追月，这辈子，认定你。

三叔公　哎哟，羞死你屋先人板板啰。

江小月　咃，非要把我架在火上烤啊？

水老大　船走上水，携手过滩哪。

江小月　走船过滩，你各人回去。（用锤棒推水背）

水老大　（背上疼痛）啊！

江小月　（惊、歉）哎呀我忘了。（问）痛吗？

水老大　又痛又安逸。

江小月　你！走不走？不走？即刻起，把脸一抹认不到你！（举棒）

水老大　（一愣）啊……空手打鱼，强人所难哪。（略思）好，我走。聘
　　　　礼留客栈，我再等十二年！（对船工挥手，下）

　　　　【众船工一声叹，失望地下。

江小月　（松口气）唉……

三叔公　江小月！当年你从云安孤身流浪，来到万县。陈老三见你可怜，
　　　　不但将你收留，还娶你当了婆娘。咋个？陈家的恩情都忘光啦？

江小月　刻骨铭心，没齿不忘啊！

三叔公　那好！今天当这众人，跪地发誓！痛改前非，终身贞节，守寡
　　　　陈家！

江小月　啊？

刘　望　小月吔，矮檐之下，你就低个头，弯个腰嘛。

江小月　不！我若跪下，从此就算是浑身长嘴，也说不清白了。

三叔公　你本来就不清白！

江小月　三叔公，我行得端，坐得正，你老不能信口开河哇。再说，现
　　　　在都民国二十七年了，一个寡妇若要嫁人，也是她的自由。

三叔公　（颤抖地）伤风败俗，不守妇道。好嘛，他来下聘礼，我要开
　　　　祠堂！

众　人　（大惊）啊？

刘　望　（着急地）不能开祠堂，不能开啊……（见无人睬）哎呀，小

月，你就赶快认错嘛，开了祠堂，哪个得了哦。（对三叔公）三
叔公，你老人家消消气，她晚辈不懂事……

三叔公　陈家开祠堂，外姓人滚开！

刘　望　（看看江，无奈）唉……（对众挥手，下）

【众人议论着，散去。

族男甲　三叔公，世道纷乱，大伯幺爹，一时通知不到。

族男乙　那年九五惨案，祠堂被炸，也至今未修啊。

【四妇闻言，欲走。

三叔公　祠堂不在家法在，就在这里开！（指四妇）你们四个陈家孀妇，
不准走！

四　妇　（小声地）是。

【几个族人将茶堂座椅一字排开，恭请三叔公上座。

三叔公　带江小月！

江小月　（唱）柴门孀居谨守寡，
辛酸撑起一个家。
长夜漫漫无尽守，
守来守去守到今天受家法。

众　人　哼！

三叔公　（对四妇）你们……
（唱）你们四个早守寡，
对她现身来说法！

妇　甲　（唱）我孀居二十载。

妇　乙　（唱）我守寡三十八。

妇　丙　（唱）我孤身过日子，

妇　丁　（唱）我黑发守寡变白发。

四　妇　（唱）不守贞节万人骂……

江小月　嬢嬢们哪……
（唱）守寡人都是枯藤之上结苦瓜。

三叔公　甜瓜苦瓜，那是你心猿意马！

江小月　心猿意马？自从那年英国军舰炮打万县，三哥冤死，我母子相
依为命，十二年了，独营客栈，风来雨去，屋漏墙塌，恶人欺

压，都是我苦苦支撑咬碎牙。

妇　甲　苍蝇不叮无缝的蛋！

妇　乙　你就是个荡妇淫娃！

妇　丙　你心里在想野男人！

妇　丁　要顾面子要顾家。

江小月　你我同命，心知肚明，没有男人，咋个能叫家呀？！

三叔公　该打！

妇　甲　（唱）打你板子掌嘴巴！

妇　乙　（唱）剃你光头学狗爬！

妇　丙　（唱）浸你猪笼乱石卡！

妇　丁　（唱）二世莫变女人家。

【四妇见江小月惊惶后退，不禁感同身受，掩面而泣……

三叔公　江小月！今天给你两个选择：即刻退回聘礼，和水老大一刀两断！永不相见！否则，赶出祠堂！净身出户！儿子陈杰和你断绝母子关系！

【收光，众隐去。

江小月　（大惊）啊？

帮　腔　（唱）平地风波大，

　　　　　　　漫天起尘沙……

江小月　（唱）想当年横祸天降一刹那，

　　　　　　　失去丈夫毁了家。

　　　　　　　黄葛树下长思念，

　　　　　　　四度春秋夫唱妇随有说有笑把手拉。

　　　　　　　女人不幸守了寡，

　　　　　　　再无青春与芳华。

　　　　　　　为三哥相守我情愿哪……

　　　　　　　不曾想孤寂中闯入赳赳一船家。

　　　　　　　十二年他帮我母子无二话，

　　　　　　　十二年挡灾除祸常靠他。

　　　　　　　他的心意我全知啊，

　　　　　　　可怎能负了三哥惹了流言淹落花。

白日揽事无他顾，

夜半临窗泪如麻。

月圆情动我举针，

一滴泪，扎一下，泪如雨，针针扎，

扎得身上结血痂。

三叔公他用儿子把我压，

唯一念想将崩塌。

儿子就是我的命，

绝不能娘无爱子儿无亲妈。

【刘望出。

刘　望　小月，三叔公话都说死了，把东西退回去。（见其默然）我陪
　　　　你……

江小月　（看其一眼）不要你陪。我自己的事情，自己担。（下）

刘　望　（望其背影）表妹吔，连儿杆拗不过大腿，认命吧。（自语）天
　　　　下还有好男人哪。（不禁挺胸，眼生光华）

【收光。

（3）

【次日。

【光启。

【红沙碛，野渡，芦苇，有船掩其中。

【船工们围着黢黑发亮的鼎锅，默然喝酒，没了往日豪性。

【水老大坐一旁，端酒沉思。

水老大　（唱）桡夫子有船就有酒，

　　　　　　　船入峡江酒入喉。

众船工　（低吟）船入江，酒入喉……

水老大　（唱）挣滩拼命悬岩走，

　　　　　　　攀藤附葛像猿猴。

众船工　（低吟）过了滩，算赚头。

　　　　　　　丢了命，当神游。

水老大　（唱）太阳晒裂皮和肉。

众船工　（唱）纤绳勒背一道沟。

水老大　（唱）脚蹬石头手扒沙。

众船工　（唱）扒不去婆娘娃儿望门愁。

　　　　（低吟）愁要过，过也愁……

水老大　（唱）愁来愁去不愿愁，

　　　　　　　我盼明月照船头。

众船工　（唱）月在心，酒在喉，

　　　　　　　不尽峡江滚滚流。

　　　　【王先生上。

王先生　各位船家兄弟，好啊。（抱拳）

　　　　【众船工纷纷与王先生打招呼。

水老大　王先生来啦。呃？你的货呢？

王先生　（指）那边。小李正领着卸车。（对众）兄弟们，谢谢你们啦。

　　　　（鞠躬）

众船工　谢我们啥哟？

王先生　民族存亡之际，你们冒着生命危险，抢运物资，为抗战作出了
　　　　多么大的贡献哪。

水老大　呃，不当亡国奴嘛！

众船工　对！不当亡国奴！

　　　　【小李，上。

小　李　老师，货已卸完。（对众致意）

船工甲　王先生，这批货要运到宜昌前头去吗？

王先生　武汉会战到了最紧张的时候。民众为抗战捐献的这批物资，要
　　　　尽快送到宜昌前面的白沙兵站。那里更靠近前线，会更加危
　　　　险哪。

水老大　将士在前线杀鬼子命都不要，我们还怕啥危险？走，装船！

王先生　好！（边走边对水）你给江老板带个信，陈杰他们已经到达延
　　　　安了。

　　　　【水老大领着王先生及众人，下。

　　　　【江小月内放腔：暑秋热浪逼人紧……

【江小月挑担，舞蹈上。

江小月　（唱）心中如翻五味瓶。

　　　　　　脚下一条伤心路，

　　　　　　这坎坎坷坷坑坑洼洼也把我来相欺凌。

【挑担行路表演。

　　　　（接唱）越走心越乱，

　　　　　　越乱心越疼。

　　　　　　手心手背都是肉，

　　　　　　亲情友情活生生撕得血淋淋。

　　　　　　叹女人就是一颗菜籽命，

　　　　　　随着风雨自飘零。

　　　　　　含悲忍痛朝前奔……

【挑担疾走，来到码头。

　　　　（帮）红沙碛野渡舟自横。

　　　　（喊）水老大，水老大……

【水老大内应声："来啰"……兴冲冲上。

水老大　小月……

【二人甫见，一时无语。

帮　腔　（唱）盼相见，怕想见，

　　　　　　待到相见却无言。

水老大　小月，你从不来河坝，今天啥事情？

江小月　我……

水老大　（看见聘礼）你……都退回来啦？

江小月　（心一横）水老大！

　　　　（唱）昨天一早你来客栈，

　　　　　　张起嘴巴无遮拦。

　　　　　　临走丢下一担礼，

　　　　　　今天特地来送还。

　　　　　　你跑船，我开店，

　　　　　　水陆各有各的天。

　　　　　　人若做事只为己，

情谊难留见面难！

水老大　我晓得，昨天提亲，给你惹了祸事。听说三叔公开了祠堂？（急切）咋样了？

江小月　三叔公要我和你一刀两断！否则，断绝我和陈杰的母子关系！

水老大　啊？

江小月　儿子是三哥的根，是我的命。

水老大　唉！都怪我！本来是想陪着你，从那棵黄葛树下走出来……

江小月　走不出来。那里有他的恩，有我的心哪。

水老大　（苦涩地）懂，我懂！不是这道过不去的坎，你也不会这样做。

江小月　对。把一切都搁在心头。

水老大　（心痛地）搁在心头，水自长流。

江小月　春秋日月，认命……各走。（转身走）

水老大　等一等。我想拜托你一件事。

江小月　什么事？

水老大　老幺是我师叔留下的唯一骨血。万一我有个三长两短，想把老幺托给你。

江小月　抗战你在拼命，老幺我帮你管。

水老大　谢谢啦。

江小月　那，我走啦。

水老大　哦，对了。王先生要我告诉你，陈杰他们已经平安到达延安了。

江小月　好啊。这下我悬着的心放下一半。

水老大　其实你另一半也可以放下。陈杰是个有情义的娃儿，又到外面见了世面，等他长大成人回来，会不认自己的亲妈？

江小月　（苦笑）倒也是啊。

水老大　你，走吧。

江小月　水老大，你……也该为自己找个女人了。（见其欲言，坚决地）我们各自走好！（转身走）

水老大　各人心里都有迈不过去的坎哪。我要迈得过去心头这道坎，绝不会放你走！

江小月　（停下）什么坎？

水老大　（一愣，酸楚地）小、嫂、子……

帮　腔　（唱）开口一声喊，
　　　　　　满心都是酸。

【这一喊，江小月有些泪水盈眶。

水老大　（苦笑）小嫂子，等了十二年，我就再等十二年！

江小月　好女人多的是，你何苦……

水老大　不苦。你不光是我的恩人，更是我水老大心中唯一的女人！

江小月　（一震）你……

水老大　你走吧。

江小月　说出你心里的那道坎！

水老大　我……

江小月　你说！

水老大　此生已是桡夫命，近年顷刻生死挂。终生求与你梦成月儿圆，
　　　　就是怕……

江小月　怕啥子？

水老大　怕……

江小月　啥子怕？！

水老大　怕你又遭苦命再守寡！

江小月　（震撼）老天……

帮　腔　（唱）这份情击中人心坎，
　　　　　　心海滚滚掀狂澜。

江小月　（唱）这个男人值得爱，
　　　　　　　他有情有义有肝胆；
　　　　　　　这个男人值得恋，
　　　　　　　爱国爱家血性男。
　　　　　　　这个男人值得许，
　　　　　　　相知相望十二年。
　　　　　　　这个男人值得守，
　　　　　　　我要真真实实自由自在活一番。

【二人对视，不禁双手交握。

江、水　老大（小月）……（心有灵犀，分开）三哥，你在天上看见啦？！

江小月　款款真情比玉洁。

水老大 　我替你守护峡江月。

　　　　【二人对视，渐渐靠拢……

水老大 　小月，鬼子轰炸一天比一天凶，万一……

江小月 　（急捂其口）没有万一！你给我好好地去，再给我好好地回来。

水老大 　好！

江小月 　你发誓！

水老大 　我发誓：好好去，肯定回！

江小月 　（脱口而出）回来我就做你的女人！

水老大 　（一愣）啊……（手舞足蹈）我水老大要有婆娘啦，我的月亮要
　　　　圆了……

　　　　（大笑）哈哈哈……

　　　　【江小月端上两碗酒，二人目光相接，心潮起伏，交碗而饮……

　　　　【刘望痛苦一叹，暗下。

帮　腔 　（唱）十二年，朝夕守望，

　　　　　　　多少情锁在了心房。

　　　　　　　十二年，泪水流淌，

　　　　　　　今日里痛痛快快爱一场。

　　　　　　　纵是乱世真情在，

　　　　　　　芦苇荡，约他个海枯石烂，

　　　　　　　守他个地老天荒。

　　　　【水老大抖开红绸，把江小月裹住，揽入怀中。

　　　　【唢呐声起……

　　　　【山歌起：

　　　　　　　峡山高，云遮月，

　　　　　　　峡江千年唱圆缺。

　　　　　　　但得天清地明时，

　　　　　　　皎洁最是峡江月……

　　　　【歌声中，帆船驶过，桅杆上，水老大吹奏唢呐。

　　　　【刘望发怔，无奈而孤寂。

　　　　【江小月希冀地望着峡江……

江小月 　水老大，你一定要回来啊……

【收光。

（4）

【半月后。

【隐隐有轰炸声，炮声。

【转至望江客栈。

【光启。

【客栈大堂。壁上标语：抗战到底！

【李半仙独坐茶堂，演唱竹琴。

李半仙 （唱）鬼子飞机天天窜，

    炸了重庆炸万县。

    警报一响人心颤，

    红灯笼挂在北山观……

    【刘望背着包袱，情绪低落，上。

刘　望 （一声叹息）唉……

  （唱）单丝难成线，

    相思莫得缘。

    不曾想退礼突然变定亲，

    表妹把身心许给船家男。

  （飞）好心寒。

    水老大归期误三天，

    到时相见情何堪？

    收拾包袱老家转，

    回云安，望着一轮月不圆。

【江小月上。

江小月 水老大逾期未归，轰炸中硬是焦人。（见刘）老表，你这是
   要走？

刘　望 有来的，就该有走的。

江小月 （一时无措）……老表呃，人生不止一条路……

刘　望 （无奈）还有啥子路……

江小月　我看小茉莉对你有好感呢。

刘　望　小月吔，一个人的心就这点大的地方……

李半仙　（叹息）唉……一篮茄子一篮豇豆，两篮（难）啰。

　　　　　【内喊：刘望哥……

　　　　　【小茉莉气喘吁吁，跑上。

小茉莉　（惊慌地）刘望哥，有人欺负我呀……

刘　望　哪个？（将包袱往桌上一摔，挽袖作势）格老子……

　　　　　【丘八带两随从，急上。

丘　八　（对刘）刘望！

刘　望　（见丘，泄气）丘、丘八。

随从甲　喂！丘八爷现在是联保队副队长！

江小月　哟？副队长。既然都当官了，怎个怕要不得哟。

丘　八　古大爷下包银，不唱不得行！

李半仙　要想听啥子？她不会唱我去唱！

丘　八　（不屑）哒，古大爷要洋盘，不听竹琴听评弹。

刘　望　哎呀茉莉，你哪个去那个地方哟?!

小茉莉　客栈生意难，他给了好价钱。阿拉勿晓得那个古大爷动手动脚
　　　　　欺负人。

江小月　（挡住）吔，丘八，化人场开后门——专烧熟人哪?!

丘　八　江老板。

　　　　　（唱）闲事莫乱管，
　　　　　　　　开店求平安。

江小月　（唱）她流落在万县，
　　　　　　　　何必来刁难。

丘　八　（眼睛一转，自语）嘿嘿……

　　　　　（唱）家中婆娘有两个，
　　　　　　　　江南女我想尝尝鲜。

　　　　　（对江）江老板……

　　　　　（唱）我在帮她揽生意。

江小月　（唱）黄鼠狼要给鸡拜年。

丘　八　（唱）万县城我也算是有脸面。

江小月　（讥讽地）那是。

　　　　（唱）丘队长历来不讨嫌。

丘　八　（嬉皮笑脸）讨嫌不讨嫌，只要你不嫌。（摸江手）

江小月　（打开）手脚干净点！

丘　八　呃！古大爷的事情不搁平，我这个副队长要洗白。

江小月　洗白算积德，为人心莫黑。

丘　八　少说这些！今天要把她送给古大爷！（自语）然后跟我丘八爷。
　　　　（挥手）弄起走！

　　　　【二随从上前，小茉莉急忙躲闪于刘望身后；几人纠缠在一起。

　　　　【江小月上前阻止，丘八拦住。

江小月　丘八！你忘了水老大说过的话吗？！

丘　八　啥子话？

江小月　再来肇事喂鱼虾！

　　　　【二随从闻言，不禁一颤，放手。

丘　八　（顿时蔫了）这……

江小月　水老大马上就回来！

丘　八　（畏惧地）呃……（对随从）站到做啥？走。

二随从　走走走。（下）

丘　八　（出门，恨恨地）总有一天，你才晓得锅儿是铁铸的！（下）

众　人　（欣喜地）水老大回来啦？

江小月　（苦从中来）哪里嘛。一早我去找王先生问情况，说是他们在宜
　　　　昌装了机器往回赶。虽然轰炸不断有耽搁，还是一路穿瞿塘过
　　　　巫峡，三天前就进了夔门，可突然，就断了消息。

众　人　（惊）啊？

李半仙　三天前进了夔门，啷个也该昨天到嘛。

江小月　就是啊。（不禁合十）老天保佑，千万不要出啥事啊。

刘　望　（安慰）小月，你莫急嘛。

江小月　老表呃，十天前，日本飞机三天一炸，现在天天都来，啷个不
　　　　急哟。

李半仙　（侧耳听）咦，有动静。

众　人　啥动静？

【警报声，轰鸣声越来越大，震响全场。

刘　望　（伸头望去）哎呀！北山观挂了红灯笼，小鬼子的飞机又来了……

【"轰隆……"震耳欲聋的爆炸声四起……

【切光。

【光复明，江小月惊魂未定。

帮　腔　（唱）又见横祸从天降，

满城哀声动地"昂"……

【刘望等从桌下狼狈起身。

刘　望　半仙呃，你东算西算，哪个没算准啰。

李半仙　原先下午来，今天上午炸。日本鬼子是鬼，他龟儿子乱整得嘛。

【"轰"……一声巨响。刘、李、小下意识躲避。

江小月　（突然）哎呀！水老大！

（唱）轰炸烈，人惊惶，

水老大在峡江上。

心慌意乱眼皮跳，

不祥预感涌胸膛。

不放心我要峡江闯……（欲走）

刘　望　你搁到哦。

（唱）哪有女人闯峡江！

江小月　他们已经过了夔门，离万县不过百里水路，我怎么不能去？

刘　望　峡江危险，你不要命哪?!

江小月　他就是我的命。我生要见人，死……（不敢说下去）

刘　望　那好！我陪你去！

江小月　（摇头）这是我自己的事情，自己担。

刘　望　我晓得我不入你的眼，可我也是个男子汉哪！

江小月　你，不是要走吗?

刘　望　（苦笑）找他回万县，我就回云安。

江小月　（心情复杂）老表哇……（决定）好！我俩一起去。（对茉莉）茉莉，你赶紧去街上找到老幺。（对李）半仙，你帮忙照看客栈。（拿过白巾给刘）老表，我们走！（下）

【刘望跟下。

李半仙　（自嘲地）嘿嘿……

　　　　（唱）哑巴念经，

　　　　　　　瞎子看店。

　　　　　　　愁在脸上，

　　　　　　　苦在心间……

【收光。

(5)

【转至峡江。

【水老大率众船工，号子声中，拼命舞桡上……

【"轰隆隆……"连续爆炸，船工们身形摇晃。

水老大　（唱）炮火连天闯峡江。

众船工　（唱）哟呵呵，闯峡江。

水老大　（唱）峡江儿郎血满腔。

众船工　（唱）哟呵呵，血满腔。

水老大　（唱）闯得过去江天广。

众船工　（唱）大不了就如梦一场。

水老大　（唱）家乡亲人如想我……

众船工　（唱）一壶烧酒祭峡江。

水老大　（豪性地）酒来！

船工甲　（举小壶）只剩二两！

【水老大接过，将酒倒入江中，用碗舀水；众船工依样舀水。

水老大　（唱）舀来三尺浪，

　　　　　　　满碗是酒香。

　　　　　　　我若捐国难……

众船工　（唱）凯歌唱船帮。

水老大　（饮，摔碗）好酒！（取唢呐，仰首鼓吹）

众船工　（饮，摔碗）好酒！

　　　　（唱）桡夫子，爱喝酒，

各人都有心头肉。

今生与你黑发别，

来世与你共白头……

【"轰隆隆……"剧烈的爆炸声……

【切光，水老大及船工隐去。

【江小月、刘望内齐放腔：为寻亲人（为了小月）峡江闯……

【江小月、刘望划船舞蹈，上。

刘　望　（唱）哪顾得浪急风狂。

江小月　（唱）西风烈烈泪眼望，

　　　　　　　是生是死两茫茫。

刘　望　（唱）沿岸残船滩涂上。

江小月　（唱）血水交流人断肠。

刘　望　（唱）水老大你一生纵横在江上。

江小月　（唱）闯过多少生死场。

刘　望　（唱）要知道你有小月天天望。

江小月　（唱）你不能让我泪千行。

刘　望　四处残船，我们分头寻找。（下）

【江小月寻找舞蹈。

江小月　（唱）残阳如血洒江上，

　　　　　　　泛起一岸如血光。

　　　　　　　尸首顺流逐波浪，

　　　　　　　秋水望穿人凄惶。

　　　　（凄呼）水老大，你这个砍脑壳的，人在哪里呀……

　　　　（唱）见到你呀我要打你几巴掌……

　　　　　　　谁叫你忘了誓言让我担惊受怕泪汪汪。

【唢呐声响起……

江小月　（惊喜）水老大，水老……（循声而望，傻了）

【刘望吹着唢呐，上。

帮　腔　（唱）唢呐声碎，

　　　　　　　魂荡泪飞……

　　　　（捧着唢呐，走近江）

刘　望	只有他的这杆唢呐。（递出）
江小月	（一把抓过，紧紧贴于胸）……
刘　望	（哽咽地）不愧是水老大，是个真男人！（欲安慰）小月妹妹啊……
江小月	（举唢呐）我是他的月呀……
刘　望	（欲言又止）……（落寞地下）
江小月	（紧攥唢呐，迸发地）水老大……
帮　腔	（唱）一声喊，炸雷鸣响， 　　　刹那间，天地无光……
江小月	（唱）唢呐捧手上， 　　　满心是悲怆。 　　　低头轻轻将你唤， 　　　一声唤，一阵痛，声声唤，阵阵痛， 　　　声声阵阵痛如钢刀裂胸膛。 　　　水老大啊…… 　　　那日相别芦苇荡， 　　　老酒一碗诉衷肠。 　　　你说是今生陪我都是爱， 　　　你说是未来日子滋味长。 　　　你发誓要守住这轮月， 　　　你发誓不让我再把寡妇当。 　　　情话未冷心发烫， 　　　婉转柔情望峡江。 　　　满心欢喜我痴痴等哪…… 　　　等来这一声噩耗、一杆唢呐、 　　　一腔血泪哭情郎…… 　　　你一生爱水化成水， 　　　留给我茫茫水一江。
	【光变化。转至客栈。
	【黄葛树下，江小月远望峡江。
帮　腔	（唱）秋风落叶黄，

秋声人悲凉。

残树添新创，

铭心刻骨伤！

江小月 （唱）船家为国把命丧，

我揩干眼泪裹起伤。

船家孤儿我来养，

为峡江留得香火永绵长。

（举起唢呐）水老大呀……

把你和三哥同奉仰，

树下我们共温凉。

从此天天相守望，

这颗心陪着你们，

地老天荒。

【江小月将红绸挂树桩，多么孤独无依。

【刘望空手模拟，像水老大般，吹奏唢呐。

【收光。

(6)

【竹琴声起。

【李半仙带着小茉莉，演唱竹琴。

小茉莉 （唱）峡山是爹，

峡江是娘，

一朵浪花一儿郎。

融进爹娘怀抱里，

青山在，江水长。

李半仙 （唱）任你炸来任你凶，

总有一天要大反攻！

小鬼子，莫凶残！

众 人 （唱）总有一天叫你龟儿都完蛋！

【光启。

【客栈内，刘望及一众茶客，吃茶，听琴。

李半仙　（唱）全民抗战唱万县，

　　　　　　　前线后方命相连。

　　　　　　　六万子弟出夔门，

　　　　　　　捷报声里伴纸钱。

　　　　　　　苦命小月又遭难，

　　　　　　　儿子殉国太行山。

【唢呐曲声悲凉，刘望满面戚容吹奏着。

【王先生带着小李，将一封信交给江小月。小月颤抖接过，掩面
而泣。

【王先生对大家告别，下。

【忽然，一声大喊：胜利了……小鬼子投降了……

【蓦地，鼓乐喧天，欢声如潮。

【字幕：七年后。1945年，抗战胜利。

小茉莉　（唱）花灯莲箫把龙耍，

　　　　　　　阴霾散尽满天霞。

众　人　（唱）柳啊柳莲柳啊……

小茉莉　（唱）人间天上倾情舞，

　　　　　　　扬眉吐气大中华。

众　人　（唱）荷花闹海棠海棠花。

李半仙　（唱）国共重庆来谈判，

　　　　　　　共商和平把国建。

　　　　　　　盼哪盼，一场空喜欢，

　　　　　　　开战加捐戡乱又禁言。

【光变化，江小月隐去。

【众人团一起；小茉莉跟在刘望身旁。

茶客甲　（唱）日子惨。

茶客乙　（唱）时局乱。

茶客丙　（唱）去他的……

刘　望　（食指盖唇）嘘……

　　　　（唱）小声点，谨防挨得冤。

众　人　（唱）哎呀呀，去他的嘛一朵莲。
　　　　　【众人惊恐，挤在一起。
茶客甲　打起来了……
茶客乙　唉，兄弟阋墙……
茶客丙　米价又涨了……
茶客丁　抓壮丁了……
李半仙　（唱）难为客栈江老板，
　　　　　　　船家孤儿养一串。
　　　　　　　供吃供穿供上学，
　　　　　　　眼看养成半截汉。
　　　　　　　难难难……

　　　　　【收光。

（7）

　　　　　【字幕：1948年，岁末。
　　　　　【寒风阵阵，雪花飘飞。
　　　　　【客栈内，除了李半仙，别无他人。
　　　　　【江小月看着眼前景象，无奈叹息。
江小月　（叹气）唉……
　　　　　（唱）又见雪花飘万县，
　　　　　　　　阵阵西风透骨寒。
　　　　　　　　壮丁抓得天地暗，
　　　　　　　　家家户户把门关。
　　　　　　　　客栈冷清无生意，
　　　　　　　　物价飞涨百姓苦得喊皇天。
　　　　　　　　家有八张嘴，
　　　　　　　　顾吃难顾穿。
　　　　　　　　小月我孤力难撑天一片，
　　　　　　　　亏老表相依相帮同舟共渡过难关。
　　　　　　　　乱世不敢有奢念，

好在一家都平安。

【刘望提着空布袋，上。

刘　望　（进门）妈哟……又冷又饿，日子难过。（抖雪）

江小月　嘟个？又没得米啦？

刘　望　还没挤拢就抢完。

李半仙　江老板，我两父女吃你的住你的，唉……

江小月　不说这些。我们都成了一家人了，抱团过冬。

李半仙　呃，这句话巴适。

刘　望　老幺这些娃儿，还天天吼起反内战，反饥饿，也不怕出事。

江小月　世道不要人活，是该反……

刘　望　（嘘声）嘘……小心点。

江小月　你啊，一个大男人，说话都不敢大声，憋不憋屈哟？

刘　望　（嘟囔）嘟个都不入你的眼，进不了你的心。

江小月　老表呃，你不也说过：一个人的心就只有这大点地方啊。

李半仙　唉……黄连泡坛子，苦得有盐有味哟。

【内喊声：小月姐……

【小茉莉急上。

小茉莉　小月姐，老幺他们被抓了。

江刘李　（惊）啊？

江小月　（急问）为了啥子？

小茉莉　我去湖广会馆，看见丘八带领民团，把一群十五六岁的学生堵
　　　　在学校，抓了他们的壮丁！

江小月　（跌坐凳上）天……

帮　腔　（唱）晴天霹雳魂魄惊……

刘　望　我的天，硬是怕啥子来啥子啊。

江小月　（起身）乱抓人！我要找他来理论……（欲走）

【"哈哈哈……"丘八带着二随从，上。

丘　八　不用找，丘八爷自己……
　　　　（唱）送上门。

丘　八　江老板，你养的那几个娃儿被抽丁了。

江小月　丘队长，他们都是抗战遗孤，请你抬个贵手，行个方便。

丘　八　在你面前，啷个都方便。（嬉笑着靠近）嘿嘿嘿……

【刘望提凳，欲砸状。

丘　八　（转身）做啥？

刘　望　（恭顺地）请坐。

【丘八坐下。

江小月　让十五六岁的娃儿当炮灰，你们狠得下心哪？

丘　八　上峰下了人数，大爷定了钱数。我不狠心，我去充数啊？！

江小月　你要咋个才放人嘛？

丘　八　那要看你江老板懂不懂窍……（欲摸其手）

江小月　（打）死蚊子！

【刘望恨恨地举起茶碗。

丘　八　（瞪着刘）又干啥？

刘　望　你喝茶。

丘　八　（接过）老街坊了，给你递个歪子，通个路子，花几个……（比
　　　　钱）

江小月　要钱？

丘　八　俗了。我帮你去打点打点。（伸出五指）

江小月　漫天喊价。

丘　八　就地还钱。来嘛。（伸出袖子）

江小月　（退一步，对刘）老表你去谈。

【刘望伸手进丘袖，二人袖内一番捣鼓……

李半仙　（唱）小老百姓真是惨。

　　　　　　　人成牲口讲价钱。

刘　望　哎？好大的价钱哪。

江小月　多少？

刘　望　一个五十大洋！

丘　八　这还是看你江老板的面子，就不再加米两担！给你两天时间，
　　　　过后壮丁装船送往前线！（下）

【二随从跟下。

刘　望　（着急）哎哟，这才憋死人啰。

小茉莉　刘望哥别急，阿拉一块儿凑凑。

刘　望　　凑？嘚个凑？四个娃儿，两大两百块啊。

小茉莉　　可是，丘八说了，不交钱，两天过后要装船。

李半仙　　（摸摸口袋，难过地）囊中空空，惭愧啊。

刘　望　　欸……要命啰。（抱头蹲下）

江小月　　要命不认命！要救娃儿，我卖客栈！

众　人　　卖客栈？

李半仙　　江老板，这是你一个女人最后的身家性命了。

众　人　　是啊，是啊。不能卖啊……

江小月　　别说了。这件事，我来担！

刘　望　　这不是你个人的事！和娃儿们处了十来年，哪个摔一筋斗，我
　　　　　的心里都要痛半天。水老大啊水老大，望江客栈欠你的还不
　　　　　清哪。

江小月　　老表呃，他们为国而死，我为娃儿们活。他们是峡江的香火哇。

刘　望　　小月吔，客栈卖了，大家的根就没得了，家就散哪。

江小月　　找到合适的买主，我给他帮工，你们照旧，根在家不散。

刘　望　　哪有那么合适的哟？客栈不能卖！

江小月　　不卖又嘚个办嘛？

刘　望　　我去充壮丁，把他们换回来！

江小月　　咋个可能嘛！你们哪个我都舍不得！

刘　望　　（激动）这句话，好安逸哟。（取酒）

江小月　　老表你干啥子？

刘　望　　话暖心，酒壮胆。不能卖客栈，我去想办法！（下）

江小月　　呃呃呃……（见其离去）你有啥办法哟？（一阵犹豫，毅然地）
　　　　　为今之计，卖客栈！（对李、小）你两个看家，我去找买主。
　　　　　（下）

李半仙　　（感慨）这就是江小月呀。茉莉，我们那首"辛苦最怜天上月"
　　　　　新曲，嘚个唱的呀？

小茉莉　　恁个的……
　　　　　（唱）若似月轮终皎洁，
　　　　　　　　不辞冰雪为卿热……
　　　　　【收光。

（8）

【当晚。

【光启。

【街景。西风细雨，隐隐雷声。

【江小月、刘望内放腔：这世道逼得人心力交瘁……

【刘望上。

刘　望　（唱）颤惊惊西风冷雨步难催。

小月她句句话带泪，

我看在眼里痛心扉。

有心为她解危困，

狠下心我以自己去将娃儿来换回。

（苦笑）嘿嘿……

不曾想刘望活了四十五六岁，

两鬓斑白去当炮灰。

（无奈地）哎呀……

（唱）不过是小月美了我也美，

小月哭了我伤悲。

这辈子她为老水我为她，

为了她甘愿踏上路不归……（圆场疾行）

【江小月上。

江小月　（唱）买主砍价还嫌贵，

这世道人人都自危。

【二人圆场，相互碰撞，跌倒……

江、刘　（痛唤）哎哟……

帮　腔　（唱）一扑爬跶拢联保队……

江、刘　（互看）才是你呢。

刘　望　小月，你啷个来啰？

江小月　我去找买主，又不放心娃儿们哪。

刘　望　我说了不能卖客栈哪！

江小月　就是想卖，也没人愿意买。你来干啥呢？

刘　望　我，我，我来充壮丁，把他们换回来。

江小月　（看着老表）啊……

帮　腔　（唱）苦雨中奔命人儿碰一堆。

　　　　【突然，二人身后闪出一人。

刘　望　（护住江）哪个？（伸手至腰间）

小　李　刘叔，是我。

江小月　（打量）你是王先生的学生……

小　李　（点头）小李呀。

江小月　对，是小李。你怎么？

小　李　我们川东游击队发起了抗粮抗捐抗丁运动。眼下，国民党连吃
　　　　败仗，为补充兵源，大肆抓丁，其中还有部分学生。今夜，我
　　　　们组织营救。

江小月　我家那几个娃儿也在里面。你们共产党真是好哇。

小　李　反内战，为百姓，一个壮丁，就是一个家庭啊。你们保护好自
　　　　己。（下）

刘　望　嘿嘿，天干来了及时雨哟。

江小月　是啊。娃儿们都有救啦……

　　　　【内喊声大作：壮丁暴动了……

　　　　【人影杂乱，吼声不绝。丘八带队，过场。

　　　　【江小月、刘望于慌乱的人流中寻找……

江小月　（突然看见）老幺，是他们。（欲喊）娃……

刘　望　（忙止住）喊不得呀。（一指）丘八带人追来了。

江小月　（着急）啊？这啷个办哪？啷个办哪？

刘　望　莫慌。我吹唢呐……（指上场口）你领着娃儿跑……（指反方
　　　　向）

江小月　（惶恐地）你要小心哪。（下）

刘　望　（唢呐在手）嗨嗨……半夜唢呐子，惊来夜猫子。（仰头鼓吹）

　　　　【丘八带几个手下，追上。

丘　八　（上前细看）刘望！在干啥子？！

刘　望　吹唢呐嘛。

丘　八　这个时候，这个地方，你吹啥子唢呐？

刘　望　（苦苦地）娃儿被抓，心里着急，来打个招呼。

丘　八　打招呼？（顿悟）啊！壮丁暴动，你在打信号。抓起来！

刘　望　呃呃呃，人穷怪屋基，米少怪饭稀。跑了壮丁你怪我吹唢呐的，你硬是找不到怪的！

随从甲　丘八爷，壮丁四散而逃，到底是追还是抓哟？

丘　八　跑了和尚跑不了庙。先追壮丁再抓他！（下）

【众民团跟下。

刘　望　（合十）菩萨保佑……（一惊）哎呀，今夜阵仗大，他们满城抓。赶紧找小月……（圆场疾走）小月，还要想办法……

【光变化，江小月出。

江小月　……是要想办法。

刘　望　此地不可留。

江小月　客栈不能回。

刘　望　万县城里藏不住。

江小月　这这这往哪里去呀……（思索）

二　人　哦，回云安！

刘　望　云安老家有盐厂，里面工人好几千。我堂兄就在里面，让娃儿们扮成盐工，一定会安全。

江小月　（如释重负）好办法呀。

刘　望　只是，南门码头已封渡。

江小月　呃，就这红沙碛，野码头，开夜船。

刘　望　要得！

江小月　就是差个划船的。这兵荒马乱，人心惶惶……（着急）怎么办？怎么办哪？要是水老大还在……

刘　望　（迸发地）老大不在，刘望在！

江小月　你？

刘　望　我，好孬(pie)也是个男人！

江小月　你……

刘　望　天底下不止一个水老大！

江小月　天黑滩险，你可不是桡夫子啊。

刘　望　你忘了？我帮你划船闯峡江?!

江小月　（一震，取下围巾，为其戴上）谢谢你。

刘　望　（既惊且喜，自语）要是再来点酒，那更安逸哟。

江小月　酒？为什么要酒？

刘　望　有酒敢说话，刘望不输水老大！

江小月　都这个时候了，你还不忘比高下啊。

刘　望　嘿嘿，我就随便一说。

江小月　表哥，你带他们到云安之后，就不要回来了。

刘　望　哎？

江小月　你吹唢呐，暴露了自己，丘八绝不会放过你！

刘　望　（担心地）就留下你一个女人……

江小月　我江小月也算滚过江湖，见过风浪，总能熬过这一关！走，找
　　　　船，上路。

　　　　【二人同行，刘望走向芦苇深处。江小月急忙奔向高处，挥
　　　　手……

　　　　【一艘小舟驶过……

江小月　（望着船影，叮嘱）老表，你可千万不要回来呀……

　　　　【收光。

（9）

　　　　【三天后。

　　　　【急促竹琴声响起……

　　　　【转至望江客栈。

　　　　【客栈内，李半仙打着竹琴，小茉莉神色不安。

李半仙　（唱）天色向晚乌鸦叫，

　　　　　　　鸡飞狗跳乱糟糟。

　　　　　　　不是啥子好预兆，

　　　　　　　峡江无风浪也高……

　　　　【江小月忧心满腹，唱着上。

江小月　（唱）娃儿云安有依靠，

祈祷平安过危桥。

前日丘八话明了，

要抓刘望来开刀。

他给我三天期限今日到，

夜风冷，心好焦。

【丘八带二随从，急上。

丘　八　三天撵通城，跑了一半丁，大爷要把我搞整。我就抓刘望，霸客栈，送给大爷好过关！（进门）江小月！三天期限已到，把刘望交出来！

【李半仙师徒惊慌不安。

江小月　（略沉吟）丘队长，我也是几天没见到他人。

丘　八　你少给我装莽！

江小月　是实情，没有装。

丘　八　哼哼哼，不惊不诧，还得加码！（对江）江小月，你这望江客栈，就是共党的窝子！

江小月　呃呃呃，莫乱说，这可是天大的罪名。

丘　八　你儿子曾经是八路，你就是共党家属！川东游击队策划壮丁暴动，刘望就是同谋！兄弟伙！

二随从　有！

丘　八　（指江）她窝藏共党！

众随从　抓！

丘　八　（指李）他瞎说瞎唱！

众随从　抓！

丘　八　（指茉）她，年轻漂亮！

随从甲　……漂亮也抓呀？

丘　八　抓！（自语）弄她回去做三房！（挥手）

【二随从欲上前。

江小月　（挡住）丘队长呐，做事留一线，二天好见面。

丘　八　对嘛，大洋五百块，拿来！（伸手）

江小月　我实在是拿不出钱哪。

丘　八　没得钱有客栈嘛。

江小月　啊……

帮　腔　(唱) 原来他在施伎俩，
　　　　　　　谋夺客栈黑心肠。

丘　八　江小月。
　　　　(唱) 你用客栈来抵账，
　　　　　　　平安消灾两面光。

江小月　(唱) 五百大洋是天价。

丘　八　(唱) 拿钱脱罪理应当。

江小月　(唱) 那是你乱讲。

丘　八　(唱) 我有人和赃。

江小月　(唱) 哪个人？

丘　八　(唱) 他刘望。

江小月　(唱) 啥子赃？

丘　八　(唱) 通共党！

江小月　(唱) 百姓。

丘　八　(唱) 伪装。

江小月　(唱) 诬陷。

丘　八　(唱) 装莽！

江小月　(唱) 客栈。

丘　八　(唱) 抵账。

江小月　(唱) 强抢！

丘　八　(唱) 商量。(拿出契约)
　　　　　　　只要你交出客栈，我还让你当老板娘。

江小月　(抓过，撕碎) 哼！
　　　　(唱) 你巧取豪夺休妄想！

丘　八　(指三人) 好嘛！
　　　　(唱) 关共党有的是牢房！
　　　　(厉声地) 弟兄伙！

二随从　有！

丘　八　抓人，封店！

二随从　是！(上前抓李)

小茉莉 （抢上前）丘八爷，我求求你，给我们穷人一条生路。我给你跪下了。（跪地）

江小月 （忙上前，扶起）妹子起来！人穷有骨气，生路自己闯啊！

丘　八 好！我看你啷个闯?!（拉住二人）

江、小 （挣扎）放开我！放开我……

丘　八 （冷笑）哼哼哼……这下晓得锅儿是铁铸的啦?!今夜，我要先掐茉莉花，再和你算账。（推开江）

【江小月跟跄倒地；小茉莉惊恐挣扎，李半仙哆嗦着上前，被二随从按住……

小茉莉 （凄声呼救）丘队长，求你放过我呀……

丘　八 妹子，这些年我一想到你，心里呀就算猫儿爪爪刨哇。（脸凑近）

小茉莉 （极力扭头）不……

江小月 丘八！放开她。我把客栈拿给你！

丘　八 （一怔）唵?（不禁大笑）哈哈哈……

小茉莉 （挣脱，至江前）小月姐，不能哪。客栈是你唯一的念想啊。（对丘）丘队长，你就放过望江客栈，我，我愿意跟……

江小月 （急阻）茉莉！与虎谋皮，你这是要毁了自己呀。

丘　八 （狞笑）哈哈哈……江小月！实话告诉你，客栈我要要！娃儿我要逮！刘望我要抓！你们就是案板上的鱼，老子慢慢来剥皮。（逼上）

江小月 你、你要干啥?（后退）

丘　八 你寡妇，她歌女，跟了我丘八爷，是你们的福气！（凑近）嘿嘿嘿……

江小月 （一记耳光）丘八！你！欺男霸女，坏事做尽。巧取豪夺，丧尽天良！今天，我江小月和你拼了！

丘　八 有脾气！兄弟伙！抓共党，封客栈！

【二随从上前，抓住江小月。

【激越的唢呐声响起。

江小月 （大惊，高喊）你不能回来呀！

【刘望吹奏唢呐，昂扬进门。

刘　望　（厉声）放开她!

丘　八　刘望?（不屑地）老子正在找你!

刘　望　我晓得。

丘　八　说! 你把壮丁藏在哪里?

刘　望　放开她，我就讲。

江小月　（急阻）刘望!

刘　望　丘八，过来我告诉你，几个娃就藏在……（突然拔其匕首，抵丘颈部）

丘　八　（大惊）你……

刘　望　放了她们!（刀抵其颈）放不放?

丘　八　放!（对随从）放人。

　　　　【二随从放人。

刘　望　（扭头喊）你们快跑啊!

　　　　【丘八一脚踢翻刘望，匕首掉落。

丘　八　（捡起匕首）格老子，往哪里跑!

刘　望　（见状，忙操起板凳，怒骂）你仙人板板，老子跟你们拼了!

　　　　【刘望挥舞板凳，冲向丘八。

丘　八　（恼羞成怒）弄死他!

　　　　【丘八及二混混执刀，围上。搏斗中，二随从左右将其摁住，刘望动弹不得；眼见丘八手中匕首刺入自己腹中。

江、小　（惊呼）啊! 杀人哪，杀人哪……

　　　　【丘八等闻声一愣，刘望趁时鼓起余力，拔出腹中匕首，刺向丘八。丘八踉跄后退，拔出手枪，"啪啪……"两声枪响，刘望中弹。

随从甲　（惊慌地）哎呀，八爷，你在流血。

丘　八　（低头一看）遭了呢。（对江等）放八爷的血，这事幺不倒台!（对随从）哎呀，快点扶老子上医院!（举枪再打）

　　　　【刘望身形一晃……

　　　　【二随从架起丘八，下。

　　　　【李半仙抱住刘望。

小茉莉　（扶住）刘望哥……

江小月　（关切地）老表，老表。

刘　望　（奄奄一息）小月……

江小月　我喊你千万不要回来呀。

刘　望　嘟个能不回来哟。我丢不下……

江小月　（泣声）丢不下啥子嘛？

刘　望　你！我的小月妹子。

江小月　（哽咽地）刘望哥……

刘　望　小月，我像个男人吗？

江小月　（握其手）你是个有情有义的好男人哪。

刘　望　（满足地）好安逸哟……（虚弱地）酒，酒来……

江小月　来了，来了……

　　　　【江小月捧着酒碗，急忙喂其饮酒，刘望已然口不能张。江小月
　　　　即自饮一口，倾身将口中酒徐徐度与刘望。

帮　腔　（唱）酒沾唇，情如峡江浪滚滚，
　　　　雪雨飞，飘落心里生生疼……

　　　　【刘望嘴唇嚅动，面带满足笑意，身子依偎在江小月怀中。

江小月　（唱）怀中人儿好安静，
　　　　　　　今日里我才目光轻柔细细把你看分明。
　　　　　　　刘望哥啊……
　　　　　　　你为我离乡背井来帮衬，
　　　　　　　你为我默默隐忍守晨昏；
　　　　　　　你为我空负光阴驼了腰杆白双鬓；
　　　　　　　你为我一梦到头不成真。
　　　　　　　这一刻，天静地静，
　　　　　　　这一刻，百念丛生；
　　　　　　　这一刻，你走进我的心；
　　　　　　　这一刻，我要圆你好梦谢你一生一世情……

　　　　【光变幻。李、茉隐去。

　　　　【江小月白绸将二人系住，梦幻般翩翩起舞……

帮　腔　（唱）天作证，爱重情深，
　　　　　　　绸如雪，系定缘分。

黄葛树下阴阳守，

一片新叶一缕魂。

【黄葛树前，刘望隐去；江小月独倚树身，百感交集。

江小月　（唱）月光清冷雪纷纷，

天地一色好干净。

命运无常不怨命，

世道无情人有情。

有恩的人，九五惨案死非命；

我爱的人，抗战为国献了身；

爱我的人，为我投身把命殒；

谢苍天，让我拥有最善最真最痴最爱的好男人。

情殇心余烬，

我们生生死死相爱相约相守相望偕伴行。

乱世母子殷殷盼哪，

我们死死生生相依相携走人生。

江、合　（唱）盼峡江云开雾散尽，

盼明月清辉照彻天地明！

【"咚咚咚……"晨钟响起。

【天边，一缕朝霞。黄葛树上，又长出一簇新叶。

【唢呐声起，山歌飘来，峡江么妹，出。

么　妹　（唱）妹心似月天上挂，

不知哥心可有人？

男　甲　（唱）妹是明月在天上，

中间隔了万里云。

男　乙　（唱）我在心里打口井，

水中常有月儿明。

男　丙　（唱）今生相随来生爱，

变个星星伴月明。

男　女　（唱）不敢登高哪有景，

经了风雨才有晴。

最是皎洁峡江月，

清辉满地人间情。

【一轮满月，光照峡江。

【字幕：次年，万县和平解放。

【剧终。

2021 年 9 月 21 日中秋
于万州兰兹酒店

新 编 大 型 现 代 川 剧

红军乙香

编剧　雨林　里程

——谨以此剧献给中国共产党建党一百周年

时　间　1933 年—1935 年、当下
地　点　营山、巴中、雪山、草地

人　物

王定国　原名王乙香，女，十五岁至一百岁。
王乙香　青少年时期王定国。
张静波　男，二十五岁。中共川东北地下党成员，红军苏维埃学校副校
　　　　长，后任红三十三军 295 团参谋长。高台战役时牺牲。
沙罐嫂　女，二十岁。营山妇女独立营战士，参加五块石战斗时牺牲。
杨克明　男，三十余岁。中共川东地下党负责人。后任红三十三军政委，
　　　　红五军政治部主任。高台战役时牺牲。
桐花妹　女，十五岁。营山妇女独立营战士，长征时为新剧团战士，西
　　　　路军前进剧团战士。被俘牺牲。
李金香　女，二十岁。同上。
陈素娥　女，十七岁。同上。
小二姐　女，二十余岁。营山妇女独立营战士，五块石战斗时牺牲。
玉　珍　女，十八岁。营山妇女独立营战士，五块石战斗时牺牲。
记　者　男，二十余岁。
李富贵　男，颇有家业。
　　　　四李氏族人（代战士）、红军战士（男女）、群众等。

序　幕

【合唱：人说往事如烟，
沃血之志百年，
曾经披肝沥胆，

薪火相传，

往事岂能如烟！

【一组红军雕像。

【一青年男记者，一坐在轮椅上的百岁老人——王定国。

老年王　我叫王定国，生于1913年。中国共产党成立于1921年，算
　　　　是一起成长……不对，应该是在党的滋养下，并亲历了那个
　　　　艰苦岁月中的苦难与辉煌，见证了新中国所取得的伟大
　　　　成就。

记　者　你老十五岁就被卖着童养媳，在营山那个偏僻的山村里，咋个
　　　　走上革命道路的呢？

老年王　那是1932年，我的舅舅带着看上去像教书先生的张静波，
　　　　还有扮着生意人的杨布客来到我们家。他们的到来，就像一
　　　　缕光，照进了我的心。不过，那时我还不叫王定国这个
　　　　名字。

记　者　那您叫什么名字呢？

老年王　我啊……

　　　　【女声内喊：乙香，乙香……

记　者　乙香？你老叫乙香吗？

老年王　我不能叫乙香吗？我出生那天，岩上蜡梅绽放。妈妈就叫我乙
　　　　香，她是想我像蜡梅花一样，经得风霜雪雨。后来参加了红军，
　　　　懂得革命道理以后，安邦定国就成了我一生的理想。

记　者　所以，你就改名叫王定国。

老年王　（点点头）……

记　者　那个时候，一定很苦吧？

老年王　苦啊……

　　　　【一阵山歌飘来：

　　　　【女声：座座大山道道岩，

　　　　　　　　婆娘娃儿穿草鞋。

　　　　　　　　出门一声山号子，

　　　　　　　　进门一背块子柴。

　　　　【收光。

第一场

【一阵吼喊声传来：王乙香！你给我出来！

【光启。

【李富贵带着几个衣着布衫、腰扎草绳男女，闹嚷嚷地上。

李富贵　（念）童养媳，怪命孬（pie），

　　　　　　　穷人就把穷亲结。

　　　　　　　过门几天人就跑……

李大娘　（念）了不得！

　　　　　　　人财两空气吐血！

男　甲　追了这么久，也没看见王乙香！

李富贵　和尚跑了庙子在。

李大娘　对！去她家，灯笼岩！

李富贵　走！（下）

【李家人跟下。

【王乙香内放腔：翻山越岭去送信……

【少女王乙香衣着补巴，上。

王乙香　（唱）戴月归来脚步轻。

　　　　　　　我是农家苦命女，

　　　　　　　幼年当作成年人。

　　　　　　　爹死母病弟妹小，

　　　　　　　童养媳斟了豌豆换来棺木葬父亲。

　　　　　　　少女十五如花季，

　　　　　　　十五少女葬青春。

　　　　　　　心有不甘不认命，

　　　　　　　遇上他忽然心里生光明。

　　　　　　　他说是有种行为叫革命，

　　　　　　　穷人应该做主人；

他说是女人男人都平等；

我这才麻起胆子逃出婆家跟着他们做事情。

望见我家灯笼岭……(上前敲门)

（喊）妈，开门，快开门。

【光启。

【靠山岩处，一间草屋破败不堪。

【突然一声："嗨……"

【李富贵领着二男人，从茅屋中冲出。身后，跟着王母。

李富贵　（唱）你逃到哪里都是我李家人！

【三人将王乙香拿住。

王乙香　（挣扎）放开我，放开我！（无奈喊）妈……

王　母　乙香，妈也是莫得办法哟。

王乙香　你李家娃儿才七八岁，你说他是我弟弟还是儿啰。

王　母　哎呀，你生在穷人家，就是这个命哪。

王乙香　我不认这个命！

李富贵　王乙香！

　　　　（唱）你是童养媳，

　　　　　　　逃婚不在理。

李大娘　（唱）嫁狗要随狗，

　　　　　　　嫁鸡要随鸡。

李富贵　王乙香，我李家不是啥子歪人恶人。再说，你从小就一不裹脚，二不盘头，除了给我家娃儿当童养媳，还有哪个敢要你哟。

王乙香　李大爷，你帮了我们，我王乙香这辈子都记在心里。

李富贵　少来！（上前，一把拉住）跟我走！

王　母　李家大哥……（欲上前）

【二男人将其拦住。

王乙香　（挣扎，哀求）不！

【内声："住手！"

【着长衫、围巾的张静波，上。身后，跟着生意人打扮的杨克明，以及王乙香舅舅和两个村民。

张静波　杀人偿命，欠债还钱。放开她！

李富贵　你是哪个？

王乙香　张先生。

乙香舅　哦，他是王家远房老表。

香、母　老表？

李富贵　王家张家，没听说你们有亲嘛。

张静波　嘿嘿，四川人竹根亲，扯丫丫，连根根。

杨克明　（对李）呃呃，看你样子也是受苦人家，何必呢？

李富贵　她家老汉死了，日子难过。我好心帮了一副棺材板、两升麻豌豆。条件就是她做我家童养媳！

张静波　童养媳？那是人过的日子吗？

李富贵　这个……

张静波　要是你家的女儿，你能这样干？

李富贵　童养媳是风俗。

张静波　你们勤爬苦做，吃糠咽菜，靠这吃人的风俗延续香火？

李富贵　我们穷人，有啥办法？

张静波　有办法！我们大家一条心，就可以改变这一切！

李富贵　算了。我们胆子小，怕惹事。今天，要么她跟我走。要么欠我的还来！

王乙香　（求援）张大哥。

张静波　欠你好多？我还！

李富贵　四块棺材板，两升麻豌豆，外搭我李家的名声……（扳手指，算账）三一三十一……咋个也要……（伸出食指）十块大洋嘛。

香、母　（大惊）十块大洋啊？

乙香舅　呃呃，李富贵，一锄头挖个金娃娃啊？十块大洋？我把我赔给你算了。

李富贵　想得安逸。媳妇没娶到，接个老辈子回去供起啊。

王乙香　李大哥，你这价钱我们哪里出得起哟。

李富贵　出不起就跟我走！（伸手欲拉）

　　　　【王乙香急忙闪避……

张静波　（上前挡住）好！十个大洋就十个大洋！

李富贵　（伸手）拿来！

张静波　（掏钱）来，两块，四块，五块，五角，六角七角……

李富贵　（捧着，嚷起来）呃呃呃，筷子当旗杆——还差一大截哟。

杨克明　差一截就补一截。（掏出银圆，放李手中）

张静波　钱，你得了，她从此与你再无瓜葛！

李富贵　没得瓜葛，没得瓜葛。（对乙香）王乙香，你有这么个远房老
　　　　表，硬是值得。（对李家人）走！（下）

　　　　【二男跟下。

王乙香　那是值得。

　　　　（唱）王乙香也算走好运，

　　　　　　　他慷慨倾囊解危情。

　　　　　　　万般感激无他物……（扑通一声，跪下）

张静波　（急忙拉住）呃呃呃，乙香妹子，你这是干啥哟？

王乙香　（唱）只有跪地谢先生。

张静波　（将其拉起）妹子啊。

　　　　（唱）劳苦大众一家亲，

　　　　　　　同为命运来抗争。

　　　　　　　山外洪流早翻滚，

　　　　　　　我们就是一家人。

王乙香　一家人啦？

张静波　对！张王李赵，百家之姓，只要是受苦受难者，都是一家人。

王乙香　那这个家有好大哟。

杨克明　大得很。有红都瑞金，有鄂豫皖根据地。穷人们跟着共产党，
　　　　打土豪分田地，成为命运的主人。

王乙香　（崇敬地）哎呀，你们好得行哦。

张静波　对了，你把信送到了吗？

王乙香　送到了。龚大哥还有信带给你。

张静波　（接过，看）乙香妹子，这个任务你完成得很好。（递给杨）

王乙香　任务？啥子任务呢？

杨克明　你送去的信，其实就是为红军送去的情报啊。

王乙香　唉？我给红军送情报，那我不就成了半个红军啰？

张静波　是啊。自从我们来到营山，和你舅舅他们隔三岔五后山碰头，你给我们放哨时起，你就是我们的一分子了。

王乙香　哎呀，这多好啊。呃，我有几个像我一样的姐妹，她们也能参加红军吗？

杨克明　能！（招呼众人，小声地）营渠战役即将发起，营山就要迎来解放。

众　人　（兴奋地）好啊。

杨克明　老张，你布置乙香妹子负责迎接营山解放的宣传工作。（对乙香舅）乙香舅舅，你们农会即刻行动起来，为营山战役做好策应。

众　人　好。

　　　　【杨克明领着乙香舅等下。

王乙香　营山战役……（兴奋地）哎呀，妈咃，我们就要熬出头了。

王　母　好啊。呃，我能够做些啥呢？

张静波　伯母，这里是我们的联络点，你就好好守住它。

王乙香　那我呢？

张静波　你走村串户，广为宣传，让广大民众不要相信他们污蔑红军的谣言。

王乙香　我一个人走不了那么多地方啊。

张静波　呃，不是还有和你一样的姐妹吗？

　　　　【收光。

　　　　【张静波、王母隐去。

王乙香　对呀。（高喊）金香、素娥、沙罐嫂，还有桐花妹，你们快来呀。

　　　　【"来了……"

　　　　【李金香、周沙罐、陈素娥上。

李金香　（唱）女人生来命就贱，
　　　　　　　一生围到锅边转。

陈素娥　（唱）天天起得比鸡早，
　　　　　　　夜夜睡得比狗晚。

周沙罐　（唱）要是男人不高兴，

　　　　　　挨打不敢喊皇天。

二　人　（唱）幸好姐妹常见面，

　　　　　　　　见面也是泪涟涟。

周沙罐　乙香，你喊我们有啥事哦？

王乙香　当然有好事。（看看）咦，桐花妹子呢？

　　　　【"乙香姐……"

　　　　【桐花衣着补巴，惊慌地跑上。

王乙香　桐花，啥事情这么急哟？

桐　花　去年天道不好，我老汉又得了伤寒，向周大爷借了两块银圆。

　　　　如今，周家要我抵债啊。

众　人　啊？

桐　花　乙香姐，咋个办哪？

周沙罐　连儿杆犟不过大把腿。咋个办？凉拌。

王乙香　（唱）一样苦，一样酸，

　　　　　　　　一样穷，一样难。

李金香　（唱）裹脚痛得人叫唤。

陈素娥　（唱）盘头梳成大鸡冠。

周沙罐　（唱）在家被骂赔钱货。

桐　花　（唱）抵债嫁人未成年。

李陈周　（唱）都怪女人命生贱……

王乙香　（唱）不信命，女人从此要把天翻！

四　女　咋个翻？

王乙香　（唱）山那边，红旗展，

　　　　　　　　红军来了变了天。

三　女　变成啥样了呢？

王乙香　（唱）打土豪，惩劣绅，

　　　　　　　　打军阀，建政权。

　　　　　　　　从前受苦的庄稼人，

　　　　　　　　家家分了土和田。

周沙罐　啥子呢？分土又分田哪？哎哟，好安逸哟。

陈素娥　安逸嘛那是人家那边的嘛。

三　女　（失望）唉……

王乙香　（唱）心头不要酸，

　　　　　　　莫把气来叹。

　　　　　　　有好事乙香才将姐妹唤……

三　女　（围拢，关心地）好事？啥子好事？

王乙香　（警惕看四周，压低声音）张先生说……

　　　　（唱）红军就要来营山。

三　女　真的呀？

王乙香　真的。我们的日子啊，就要熬出来了。

李金香　呃呃呃，不是说他们要共产共妻吃娃儿哪。

周沙罐　啊？

王乙香　那个帮过我的张先生，你们认识嘛？

四　女　认识。

王乙香　他就是红军！

四　女　哦。

桐　花　我不管是不是真的，只要能够帮我桐花不去抵债，拿我当人看，
　　　　我就愿意跟着走！

李金香　对头！

陈素娥　可是我心里还是觉得害怕呀。

周沙罐　怕啥哟。大不了讨口子变成叫花子。

王乙香　红军既然是我们穷人自己的队伍，可不能让他们的谣言得逞！

周沙罐　那你说我们应该干啥子？

王乙香　张先生说：走家串户，宣传红军！

桐　花　要得。（转身欲走）

王乙香　转来。

桐　花　乙香姐？

王乙香　我看不如这样，我们把要说的编成歌子，一路走，一路唱。

李金香　这个主意好。呃，那又咋个编呢？

王乙香　早就编好了。

众　女　（不解）编好了？

王乙香　呃，前些天，我不是悄悄教你们唱过吗？

众　女　（恍然大悟）哦。

王乙香　（轻声地领唱）八月桂花遍地开……

众　女　（轻声和着）鲜红的旗帜竖呀竖起来，

张灯又结彩呀，

张灯又结彩呀，

光辉灿烂闪出新世界……

【音乐声起，《八月桂花遍地开》的乐曲大作……

【合唱：八月桂花遍地开，

鲜红的旗帜竖呀竖起来。

张灯又结彩呀，

张灯又结彩呀，

光辉灿烂闪出新世界。

亲爱的工友们呀啊，

亲爱的农友们呀啊，

唱一曲国际歌，

保卫苏维埃……

【合唱中，工农红军旗帜迎风飘扬，一队红军过场……

【收光。

【光启。

【老年王定国出。

老年王　那时，姐妹们是那么年轻，也那么幸运。在如花似玉的年纪，遇上了改写中国和自己命运的队伍。

记　者　你们唱的，不就是江西民歌吗？

老年王　是江西民歌。这首歌，随着红军从鄂豫皖根据地来到这里。一时间，整个营山，到处都在传唱着这首《八月桂花遍地开》。在这歌声中，一个名叫共产党的组织，在人民心里扎下了根。于是，更多的妇女姐妹，放开裹脚，剪掉长发，加入了红军。就在营山潇水河边，我光荣地加入了中国共产党，还被组织任命为营山妇女独立营营长……

第二场

【"嘀嘀嘀……"哨声响起。

【光启。

【营山县南门。

【硕大的黄葛树下，少女王定国身着红军军装，带领李金香、陈素娥、周沙罐、桐花等，又挑又抬着从土豪劣绅处抄来的财物，兴高采烈舞蹈上。

【合唱：桂花开过心花放，

　　　　分田分地人真忙。

　　　　红军来了天地广，

　　　　从此日子喜洋洋。

周沙罐　乙香……

王乙香　周沙罐，啥子事？

周沙罐　哦，报告营长，这只荥经黑陶砂锅，就分给我嘛。

王乙香　你呀，这么多值钱的东西你不要，把个沙罐当宝贝儿。

桐　花　她呀，名字取拐了。

众　女　为啥？

桐　花　周沙罐，周沙罐儿，见了沙罐儿像宝贝儿。

众　女　（嬉笑）嘻嘻嘻……

周沙罐　嗨，这个你们不懂。有钱人家的沙罐天天都炖肉，用它熬稀饭啊，那硬是香喷喷的还冒油。

李金香　我啊，最喜欢这个。（拿出镜子一晃）

陈素娥　金香，啥东西哦？亮晃晃的？

桐　花　未必是金子？

周沙罐　啊！李金香，你敢私藏金子？

王乙香　啥？李金香，拿出来！

李金香　啥金子哦，（拿出小镜子）你们看嘛。这个小镜子好安逸哟。

　　　　　（递给王）营长，你用嘛。

王乙香　　我看看。（接过，照镜）

　　　　　（唱）一面小圆镜，

　　　　　　　　　镜中小女人。

　　　　　　　　　两眼宛如天上星，

　　　　　　　　　眉毛刘海好分明。

　　　　　　　　　平日照镜一汪水，

　　　　　　　　　风来影散剩波纹。

　　　　　　　　　今日铜镜在我手，

　　　　　　　　　才明白青春女子是佳人。

李金香　　营长，该是安逸嘛。

王乙香　　是安逸。

李金香　　那你就用嘛。

王乙香　　呃，这是你喜欢的。再说，这收来的浮财，是不是该统一上
　　　　　交哦？

周沙罐　　哎呀……

　　　　　（唱）打土豪，分庄田，

　　　　　　　　　受苦人家笑开颜。

桐　花　　（唱）何况这些小物件……

李、陈　　（唱）给我们也算济贫寒。

王乙香　　（唱）受苦人，笑开颜，

　　　　　　　　　做主人，在今天。

　　　　　　　　　土地本是农人命，

　　　　　　　　　面朝黄土背朝天。

　　　　　　　　　洒尽血汗难吃饱，

　　　　　　　　　摇断纺车无衣穿。

　　　　　　　　　遇上天干或水患，

　　　　　　　　　卖儿卖女活命难。

　　　　　　　　　霹雳一声动地响，

　　　　　　　　　红军来到大巴山。

　　　　　　　　　从此穷人吃饱饭，

从此穷人有尊严。

【内喊：乙香……

桐　花　呃，营长，那边像是张静波首长来了。

【张静波上。

张静波　王乙香同志。

王乙香　报告首长，我不叫王乙香。

众　女　呃？

张静波　（讶异）哦？那你叫什么名字啊？

王乙香　我叫王、定、国！

众　人　王定国？

张静波　为什么叫王定国？

王乙香　就像戏台子上唱的那样：（作状）身在草莽是英雄，一朝定国安家邦！

众　女　哦，穆桂英。

张静波　好一个巾帼英雄穆桂英。乙香……哦，王定国同志，你不光要做女英雄，还应该是解放全中国妇女的女红军！

王乙香　对！我就是要做这样的人！

张静波　（对众女）你们都下去，我跟你们王营长有话说。

众　女　是！（敬礼，下）

王乙香　张……哦，首长有何指示？

张静波　乙香（改口）王定国同志，我听说你们独立营今天在分浮财？

王乙香　大宗物品已经交给营山县苏维埃，剩下一点小东西，姐妹们就挑了……

张静波　你这是违反纪律！

王乙香　唉？这些都是剥削我们的财产，现在算是物归原主嘛。

张静波　我们红军的三大纪律，还记得吗？

王乙香　记得！

张静波　第一？

王乙香　行动听指挥！

张静波　第二？

王乙香　不拿工农一点东西！

张静波　第三？

王乙香　打土豪要归……公。（语塞）这……

张静波　定国同志啊……

　　　　（唱）你是女红军，

　　　　　　　管了一个营。

　　　　　　　纪律面前别侥幸，

　　　　　　　一旦疏忽要出事情。

王乙香　（有些不服气）哎呀，不过就是啥子镜子、帕子、砂锅子嘛。

张静波　（唱）东西虽小理大，

　　　　　　　存亡事由在毫分。

　　　　　　　今天小小一张帕，

　　　　　　　明天洋洋一匹锦；

　　　　　　　眼下一面小铜镜，

　　　　　　　往后可能是金银。

　　　　　　　要知道功亏一篑废九仞，

　　　　　　　蚁穴溃堤起危情。

　　　　　　　要懂得我们革命为了啥？

　　　　　　　不能学劫富济贫的莽绿林。

王乙香　好像懂了，又不太懂。你说酒糟子一大盔……

张静波　啥子酒糟子一大盔哟？这叫为山九仞、功亏一篑。就是说挑土
　　　　堆山，就差最后这么一筐。

王乙香　那蚂蚁打洞，水大了堰塘都要垮啰。

张静波　（点头）嗯。举一反三，是这个意思。

王乙香　啊？看来还真的犯错误哪……

　　　　（唱）一席话儿起警音，

　　　　　　　不禁让人冷汗淋。

　　　　　　　以为只是细小事，

　　　　　　　从未想小事情要成大事情。

　　　　　　　老话说小事一根针，

　　　　　　　大处是金银，

　　　　　　　思想松了劲，

革命怎能成。

首长啊……

都怪我一根弦儿未绷紧,

唱错歌儿走了音。

从此记住这教训,

看来我还是管不了独立营。

张静波 呃,是人就可能犯错误,重要的是,引以为戒!及时纠正!

王乙香 是!谢谢首长,我一定铭记于心!

张静波 (拿出书本,递与王)定国同志,干革命光有一腔热忱是不够的,还要不断学习。

王乙香 (接过)学习啊……(不知所措)

张静波 这是毛委员写的《星星之火,可以燎原》,读一读,你会明白中国革命的道理。

王乙香 我……

张静波 怎么?

王乙香 报告首长:我没读过书,认不到。

张静波 (一拍脑门)嗨!我怎么忘记了。从今天起,抽出时间学文化。

王乙香 是!报告首长……

张静波 不要叫首长,还是叫我的名字吧。

王乙香 那怎么行?大家都这样叫。

张静波 有人的时候,叫首长。没人的时候,还是叫我静波大哥吧。

王乙香 静波大哥……我,我想跟着你学习文化。

张静波 好啊。只是我接到命令:马上去巴中苏维埃学校任副校长。

王乙香 唉?你要走哇?红军这么多人,为啥非要你去呢?你走了,我们独立营怎么办哪?

张静波 你这个王定国,才背诵了三大纪律,一切行动听指挥,怎么就忘啦?(见其沮丧,劝慰)好了,我相信在县苏维埃领导下,你一定能够出色地领导独立营的任务。(下)

王乙香 是!(欲言)呃,静波大哥……说走就走了,我还有好多问题没弄明白得嘛。

【"营长……"

【桐花疾呼，跑上。

桐　花　报告营长！上级命令：独立营马上开赴五块石，阻击敌人！

王乙香　全营集合，立即出发！

桐　花　是！

【收光。

第三场

【枪炮声大作……

【光启。

【五块石。岩裂树焦。

【妇女独立营依托地形，修复工事，等待再战。

【周沙罐、李金香、陈素娥、桐花等正构筑工事。

周沙罐　大家把石头垒高点，泥巴堆厚点。

桐　花　对头，定国姐说了，那些丘八的子弹多。

李金香　多也不怕。

陈素娥　为啥子呢？

周沙罐　你忘了？解放营山的时候，我们那个号声一响：（学军号）"嘀嘀嗒嗒嘀……"，那些丘八兵一下就跑了。

陈素娥　也是，我们是红军啊。

桐　花　呃，我这个做得要不要得哟？一会儿营长来看见，会不会骂我哟？

周沙罐　我看，要得了。

桐　花　你说了不作数。要看营长咋个说。

周沙罐　呃，你们说王定国也没打过仗，为啥她比我们懂得那么多呢？

桐　花　那肯定不一样。

众　女　为啥不一样？

桐　花　她呀，既是营长，又有人教呢。

众　女　哪个？

桐　花	张静波，张部长嘛。
陈素娥	哦，怪不得她说起来一套一套的，原来是有人……
桐　花	（做掩口状）嘘……（指马门处）王营长来了。

【众女顺势而望……

【王定国内放腔：山风呼呼耳畔响……

【王定国着军装，挎驳壳枪，英姿飒爽，上。

王定国	（唱）农家女子拿起枪。
	生死面前不得怕，
	英姿飒爽上战场。
桐　花	报告营长：独立营战士桐花正在抢修工事。
王定国	（察看）嗯。掩体正面，阻敌枪弹，既要杀伤敌人，还要注意安全。
周沙罐	吔，硬是不一样哦。
王定国	沙罐，啥子不一样？
周沙罐	自从认识张部长，你一天一个样。
王定国	张部长说了：干革命不光一腔热血，还得不断学习。
桐　花	那你给首长说一下，我们都跟着学嘛。
众　女	呃。
王定国	哎呀，不巧啊。
众　女	为啥呢？
王定国	（念）首长天天忙，
	没空教文章。
	况且他已去巴中当校长……
众　女	（失望）噢嗬……
桐　花	（念）那你就把先生当！
王定国	我啊？
众　女	啊。
王定国	不行不行。
李金香	怎么不行？一起闹革命，我们也想和你一个样。
周沙罐	对头！你王乙香改名王定国，我周沙罐也想改一改。
陈素娥	你改啥子名字嘛？

周沙罐　周沙罐改叫周红粮。

桐　花　哎呀要不得，要不得。

周沙罐　为啥要不得？

众　女　沙罐改红粮，我们吃饭都不香。哈哈哈……

王定国　呃呃呃，姑奶奶些，现在在打仗。

众　女　哦。

王定国　抓紧时间，修复工事。

众　女　已经修好！

王定国　大家心里还怕不怕？

周沙罐　（唱）没打仗时想打仗，

　　　　　　　　枪声一响有点慌。

桐　花　（唱）麻起胆子扣扳机，

　　　　　　　　乒乒乒乒乒乒乒乒一阵响……

众　女　（唱）打得敌人叫爹娘。

　　　　（大笑）哈哈哈……

王定国　（唱）初次上战场，

　　　　　　　　哪个都心慌。

桐　花　要下雨了。

王定国　下雨好啊。

　　　　（唱）我们习惯风雨蹚，

　　　　　　　　风雨更好把身藏。

桐　花　营长，有敌人！

王定国　（察看）来得好！

　　　　（唱）各自就位把膛上，

　　　　　　　　出其不意来杀伤。

　　　　　　　　这一仗，必须是我们首个大胜仗！

　　　　　　　　瞄准射击，不得放空枪！

众　女　是！（各自回到掩体）

桐　花　营长，敌人上来了！

王定国　打！

　　　　【天空一声霹雳，枪声、风声、雨声夹杂在一起……

【众女射击舞蹈……

桐　花　营长，子弹都打光了！

王定国　（抽出大刀）就是用牙齿咬，也不能退后一步！

周沙罐　妈哟，姑奶奶今天就拼了！

众　女　（有的握枪，有的拔刀）营长！

王定国　姐妹们，今天就是考验我独立营的时候到了！跟我上！（挥刀）

众　女　（齐声呐喊）杀呀……

　　　　【合唱：大刀，长矛，

　　　　　　　　钢枪，土炮，

　　　　　　　　我们是巾帼英豪。

　　　　　　　　在鲜血染红的土地上，

　　　　　　　　信仰的旗帜迎风飘……

　　　　【合唱中，王定国等众女搏杀舞蹈……

　　　　【众人或中弹倒地，或中刀后，踉跄着身躯继续拼杀……

　　　　【危急时刻，嘹亮的军号声响起："嘀嘀嗒嗒嘀……"

桐　花　（欢喜高呼）主力部队到了，敌人逃啦……

王定国　（起身，挥手）追！

众　女　是！（追下）

　　　　【"轰隆……"，一声巨响，爆炸声中，王定国等尽皆倒地。

王定国　（挣扎起身）周沙罐、陈素娥、李金香、桐花……

桐　花　（起身）我在这里。

王定国　快看看其他人怎么样了？

桐　花　素娥姐姐、李金香。（见其慢慢起身）沙罐嫂、小二姐，小二
　　　　姐……

周沙罐　（奄奄一息）我咋个浑身没得劲呢？

王定国　（急忙上前，扶住，查看）沙罐，你，你，你中弹受伤了。

周沙罐　啊？我好像不行了……

王定国　乱说！你可得给我撑住了啊。

周沙罐　我也想撑住，可是，我这两只眼睛撑不住啊。

桐　花　营长，小二姐不行了。

李、陈　（哽咽地）好多姐妹都已经……

王定国　（既惊且悲）啊？

周沙罐　营长，我还想叫你乙香，行吗？

王定国　（抱着周）行。你们叫我啥子都行。

周沙罐　乙香，你是我们这些姐妹中最聪明、最大胆的。跟着你参加红军闹革命，我们不后悔。因为，只有红军才能让我们活得像人哪。

王定国　沙罐，沙罐……

周沙罐　（抓住王手）乙香，今天我周沙罐算是报销了。你可得替我们报仇！替我们这些姐妹把这条路走下去……（松手，溘然而逝）

王定国　沙罐嫂……

桐花等　（悲呼）沙罐嫂……

帮　腔　（唱）雨急风狂，

　　　　　　　刹那间天地无光……

王定国　（唱）适才笑语耳畔响，

　　　　　　　转眼悲痛满心伤。

　　　　　　　五块石前这一仗，

　　　　　　　阻击敌人保家乡。

　　　　　　　妇女三百独立营，

　　　　　　　一半姐妹皆伤亡。

　　　　　　　雨水血水和泪淌，

　　　　　　　风声哭声恸地"昂"……

【王定国默默地与桐花等人一起，整理死者身体……

王定国　沙罐、小二姐、玉珍、淑芬，还有……你们都是我王定国动员起来参加红军闹革命的。我们曾经约定，为了我们的苏维埃，一起生一起死……可是，你们今天就这样去了。姐妹们哪……

　　　　（唱）曾记蓬山同把山歌唱，

　　　　　　　歌声如诉荡山岗。

　　　　　　　难以唱尽人生苦，

　　　　　　　手把手儿泪汪汪。

　　　　　　　自从来了共产党，

　　　　　　　才看见黢黑的世界有亮光。

把我们为奴为仆受苦受难人儿来解放，

才感受翻身的日子这样香。

原以红旗指向都太平，

才明白这条道路还很长。

姐妹热血洒红土，

劲草殷殷泛荣光。

心痛得撕心裂肺，

悲愤得气贯胸膛。

从此后革命就是我理想，

这颗心，追随红旗永飘扬。

【桐花、李金香、陈素娥等，慢慢围聚在王定国身旁。

【收光。

【老年王定国、记者，出。

老年王　这是我第一次参加打仗，也是我们营山妇女独立营成立后打的第一仗。三百多个姐妹，第一次共同经历血与火，生与死的锤炼。在这一天一夜的激战中，我们赢得了保卫营山苏维埃的胜利。可是，独立营超过一半的姐妹，却永远躺在这方土地上。

记　者　王奶奶，那独立营后来的情况又如何呢？

老年王　总部根据形势需要，将独立营幸存人员，分别编入其他战斗部队，后勤机关，还有的，成了我们四方面军演剧队的宣传员。而我，被组织上选派，离开营山，去了巴中苏维埃学校去学习。

记　者　呃，您老当年不是不识字吗？去学校读书，您咋个学的呢？

老年王　我啊，自然有我自己办法。

记　者　（不解）这还有啥办法呢？读书不就得识字笔记做作业嘛。

老年王　（顽皮一笑）嘿嘿，弯木头难不住巧匠人……

【收光。

第四场

【光启。

【巴中县城，苏维埃学校。

【一众女学员在操场背诵着，舞蹈。

众　女　（念）苏维埃，分田地。

土地工作要仔细。

地主富农贫雇农，

有好有坏有阶级。

【"说得好！"

【身着军装的张静波上。

众　女　（齐敬礼）校长好！

张静波　（还军礼）同学们好！大家刚才一段顺口溜编得好嘛。这样啊，
　　　　课堂上讲的一下子就能记住了。

女　甲　报告校长！不是我们编的。

张静波　哦？那是谁啊？

女　甲　大户人家是小姐。

女　乙　从小先生教文墨。

女　丙　家里银圆不用数。

张静波　你们说的是哪个哟？

女　丁　（指不远处）看嘛。与众不同王定国。

张静波　唉？王定国呀？

【王定国拿着牛皮纸做成的笔记本，身着枣红色缎面衣服，上。

王定国　（唱）苏维埃学校学政策，

不识字难坏我王定国。

老师台上几番讲，

一时也难弄明白。

心里想打退堂鼓……

又怕辜负了一众姐妹洒鲜血。
课堂认真听，
课后问真切。
编成歌儿有心得，
朗朗上口都记得。

【众女围上。

女　甲　嗬哟，穿得漂亮。

女　乙　缎子衣服闪闪光。

张静波　我看是马屁皮面光。

王定国　（对张）你……

女　甲　（招呼众女，小声地）张校长这样说，看来王定国今天要遭
　　　　起……

众　女　那不是。

张静波　（对众）你们都回宿舍，我要和王定国同学谈一谈。

众　女　（立正）是！（转身下）

王定国　（不安地）张……校长同志，你这样看着，我心里慌。

张静波　慌啊？

王定国　慌得很。

张静波　我看你是得意得很嘛。

王定国　得意啥哟？学校演讲比赛只得了第二名。

张静波　（讥讽）嗬！不得了呢。

王定国　（兴奋地）哎呀，还不是你教得好！

张静波　我就是没教好啊。

王定国　教得好。

张静波　（突然地）你贵姓呢？

王定国　我姓王，原名王乙香，现在是红军女战士王定国。

张静波　哦，你还知道自己叫啥子吗？

王定国　（一笑）看你说的，随便哪个也不会忘记她姓啥子嘛。

张静波　我看你就忘记了！

王定国　我忘记什么了？

张静波　你啊……

（唱）身穿绫罗好神气，
　　　丢了平常粗布衣。
　　　吃饭挑肥还捡瘦，
　　　走路带风扬起泥。
　　　不管旁人咋看你，
　　　不顾传言实与虚。
　　　我眼里，不见往日小村妹，
　　　倒像是千金小姐娇滴滴。

王定国　哦，这件事情啊？（对张）静波哥……（忙改口）哦，报告首长：营山县苏维埃为我们被选中入学的同学，每人奖励一件缎子衣服。这不，昨天学校演讲比赛，我得了第二名，今天特意穿上。至于你说的挑肥捡瘦，那是因为苏区缺盐，天天用红糖炒菜，日子一久，那硬是甜得酿心，实在是吃不下啊。

张静波　甜得酿心？就酿你一个人？红军到来之前，只怕是做梦都想吃上一顿甜得酿心的东西吧?!

王定国　（嘟囔）穿一件好衣裳，吃点可口的，这也算犯错误？

张静波　（严肃地）什么？你说什么？

王定国　（欲言又止）我……

张静波　你这个王定国啊！
　　　（唱）奖励衣裳做纪念，
　　　　　　该压箱底不必穿。

王定国　（唱）难得一件好衣裳，
　　　　　　穿上好看又光鲜。

张静波　（唱）苏区人人粗布衣，
　　　　　　唯独你与众不同穿绸缎。

王定国　（唱）穿绸缎，心没变，
　　　　　　青春女儿花一般。

张静波　（唱）灿烂芬芳正当时，
　　　　　　更要留意风雨天。

王定国　风雨天？啥子意思呢？

张静波　（唱）天有不测风云变，

世上可畏是人言。

王定国　唉？他们都在说我啊？（见张点头，忙欲脱衣）

张静波　说你身穿缎子，出身富贵，家里的银圆都用箩筐装。

王定国　啥？呃！我家是啥子样儿你是晓得的哟。别的不说，就是灯笼村老家的房子，都只有三面墙。要不然，你和杨布客也不会帮我凑那十块大洋的退婚钱。

张静波　你的情况我是清楚。但是，苏区那么多人不知道嘛。

王定国　啊？一件衣服也能出那么大的事情啊？

张静波　所以，凡是都要思虑长远。定国啊，闹革命到底是为了什么？

王定国　有饭吃，有衣穿嘛。

张静波　之前，不也有吃有穿？只不过吃得孬（pie），穿得烂而已。

王定国　这个我还没去想呢。

张静波　要想，而且要好好地想一想。我们革命者，冒着杀头的危险，发动天下受苦受难的人民起来造反，就是为了推翻这个毫无公道，腐朽黑暗的旧政权，建立一个耕者有其田，工者有其事，人人平等的新世界。

王定国　是啊。我们不是已经建立了苏维埃，穷人都翻身做主过上好日子了嘛。

张静波　可是，反动势力毫不死心，他们对红色政权围剿不成，转而实施封锁，不让外面的一颗粮、一粒盐进入苏区，妄图将我们困死！

王定国　那我们就跟他们拼了！

张静波　敌强我弱，这也是反动派所盼望的。要知道，我们红军，是全中国处在水深火热之中民众的希望啊。

王定国　哎呀，这么深远的道理，我们哪里想得清楚的哟。有你们……

张静波　同志哥呢……

　　　　（唱）革命不是作状，
　　　　　　　面对着生死存亡。
　　　　　　　革命者胸中有理想，
　　　　　　　誓让天下红旗扬。
　　　　　　　一言一行代表党，

处处都是大文章。

吃穿看似小事情，

就怕是革命意志一点一点被磨光。

王定国　哎哟，我的妈耶……

（唱）平常事没有仔细想，

却原来平常事情不平常。

参加红军入了党，

入党誓言不能忘。

前方将士一捧血，

才有后方一捧粮。

天下还有亿万人，

黑暗之中盼太阳。

今天丝绸穿身上，

自觉羞惭脸无光。

不像一个革命者，

难面对姐妹们牺牲时那殷殷目光……

【王定国似乎又回到了五块石的那一仗……

王定国　玉珍、邱素芬、小二姐、沙罐嫂……你们是独立营的英雄，你
们是保卫苏维埃的烈士。我王定国一定会替你们把心中想的事
情做完。（脱衣）

（唱）脱下锦缎衣裳，

还我布衫戎装。

一身轻轻松松，

满怀豪气洋洋。

从此后不再把它想……（揉成一团，欲扔）

张静波　（阻止）慢来哟。你这是干啥？

王定国　这不是我们革命者穿的，我要扔！

张静波　嗨！未必革命者就不能穿好衣裳？

王定国　（不解）你不是说？

张静波　一件衣服不能说明一个人革不革命。而是要在革命中过程中磨
炼意志，避免不必要的烦恼。把它留下，等到合适的时候再穿。

王定国　那啥时候是合适的时候呢？

张静波　革命彻底胜利，天下百姓都过上我们苏区一样的日子的时候……

　　　　（唱）我们披红挂绿穿上盛装如沐春风喜洋洋。

王定国　好！我听静波大哥的。

张静波　不是听我的，是听党的！

王定国　对！听党的！

张静波　记住：心中有信仰，人生才有方向。你就要毕业了，我啊，也要离开苏维埃学校。

王定国　啥？你又要走啊？

张静波　红军将有大的行动，组织上调我去三十三军工作。

王定国　你走了，我咋个办呢？那我跟着你！

张静波　定国，这是组织安排。

王定国　可是，你走了，我心里总是空荡荡的。况且，我还有好多的事情不明白，还想请你给我讲啊。

张静波　这样，你陪我走一段，有什么不明白的，我再给你讲一讲。

王定国　（欢喜地）要得……

　　　　【光变化。

　　　　【巴河潺潺，杨柳依依……

　　　　【合唱：巴河依依柳，

　　　　　　　　拂面起别愁。

　　　　　　　　还有多少话，

　　　　　　　　不知咋开口……

　　　　【二人缓步河畔，王定国看着戎装儒雅的张静波，不禁有些痴了……

王定国　（唱）巴河滔滔柳丝瘦，

　　　　　　　瘦柳伴人起离愁。

　　　　【王定国见张回头，佯装他顾，一脸绯红。

张静波　定国妹子，你怎么啦？

王定国　没有怎么啊？

张静波　你看你脸色绯红，是不是病啦？（欲以手探其额）

王定国　（慌忙闪过）我没病，人家是……（羞涩不语）

张静波　怎么？

王定国　人家是……（报然地）舍不得你走啊。

张静波　啊……

　　　　（唱）她一句舍不得我走，

　　　　　　　不禁心中起暖流。

王定国　（唱）一路看他看不够，

　　　　　　　多么想这河岸没尽头。

张静波　（唱）她像一朵红石榴。

王定国　（唱）他是天地一沙鸥。

张静波　（唱）石榴花开春正好。

王定国　（唱）沙鸥展翅为自由。

　　　　【二人转身，四目相对……

帮　腔　（唱）心里都有一些话，

　　　　　　　欲言又止把话留。

张静波　（唱）革命征途山正陡，

　　　　　　　生死常临我辈头。

　　　　　　　不能让她空挂牵，

　　　　　　　内心翻腾不外流。

　　　　（对王）定国妹子……

　　　　（唱）同志之间是战友，

　　　　　　　革命情谊多深厚。

　　　　　　　一心投身革命路，

　　　　　　　多珍重，他日重逢话从头。

王定国　（万般滋味）那……什么时候才能重逢呢？

　　　　【收光。

　　　　【定点光启。

　　　　【老年王定国出。

老年王　没有重逢了，巴河一别，即是永诀。直到今天，我也没有弄清
　　　　楚他是哪里人？他真正的名字叫什么？

记　者　巴河临别，你老就没问吗？

老年王 问了。他说共产党人，为了革命需要，隐姓埋名者不可胜数。（哼唱）他是长夜一盏灯……

记　者 （跟唱）照得人心通透明……好浪漫啰。

老年王 要说是浪漫，那也是存与亡、血与火的淬炼。哪像你们，一个个小家子气，只顾享受，不愿奉献。

记　者 可我们毕竟生活在幸福的新时代嘛。

老年王 幸福是从苦难中孕育而出的。比如这首老歌，我唱着，是亲历者的追忆。你们呢？

记　者 老歌是一部历史。我们唱着，也能够感受到曾经的温度。

老年王 是啊。老歌是一部有温度的历史，而历史是会接受后人检阅的。

记　者 呃，王老，你和张静波后来就没再见面啦？

老年王 见不着了。倒是遇着了我们党五老之一的谢觉哉同志。

记　者 哦？怎么就遇上了谢老啦？

老年王 1935年6月，红一、四方面军懋功会师。两河口会议，决定了红军北上的战略方针。而我们新剧团，经过毛尔盖来到卓克基，为翻越雪山做准备之时，谢老拿着衣物来到我的跟前。他要我帮忙将这件单衣里装上羊毛，并叮嘱我说：小同志，雪山寒冷，你们可多备上辣椒啊。没想到就是这一面之缘，谢老不仅成了我的革命伴侣，更是我的人生导师。当然，那是后话。

记　者 真是缘分天注定呢。呃，听说你老在翻雪山时，被冻掉了一根脚趾？

老年王 比起倒在雪山草地的战友，一根脚趾算得了什么呢？

【收光。

第五场

【快板声音有节奏地响起……

【草地。

【王定国、李金香、陈素娥、桐花等打着快板，为正在翻越雪山的战友鼓劲。

众　女　（唱）同志们，往前赶，

　　　　　　　翻过这座大雪山。

　　　　　　　不怕雪山高又险，

　　　　　　　红军都是钢铁汉。

　　　　　　　钢铁汉，不怕难，

　　　　　　　革命理想高于天，高于天！

桐　花　定国姐，你这个顺口溜编得好顺啰，又好记又好念。

李金香　王定国嘛，出了名的小精灵得嘛。

陈素娥　（靠近王）呃，我们都翻了几座雪山了，咋个就没见着你那静
　　　　波大哥的队伍呢？

桐　花　就是。好久没见着张部长了，我都想他了呢。定国姐，你呢。

王定国　你们啦，莫拿我开心。张部长可是我们参加革命的领路人。

陈素娥　那是。所以才想念他嘛。

桐　花　刚才我问了一下，说是三十三军有一部分正在往这边来。

王定国　（一下怔住了）啥？

桐　花　说是三十三军有一部分要从这里过。

李金香　说不定还就是张部长他们呢。

桐　花　对了，张琴秋团长说：新剧团所有同志，做好准备，翻雪山！

众　女　好。（下）

桐　花　（喊王）王……

李金香　（止住）让她再发一会儿呆，做一会儿梦嘛。（拉着桐花，下）

王定国　（自语）这么说，我们又可以见面啦？

帮　腔　（唱）就这么日思夜想，

　　　　　　　重逢的日子等得太长。

王定国　（唱）巴河一别常思量，

　　　　　　　一旦重逢话衷肠。

　　　　　　　白天工作无他顾，

　　　　　　　夜里相会在梦乡。

　　　　　　　我敬他犹如亲兄长，

　　　　　　　困苦时呵护我语重又心长。

我学他革命征途有方向，

信仰在心不迷茫。

把我引上革命路，

就想追随他身旁……（急切遥望）

桐　　花　　定国姐，出发了！

王定国　　（忙揉揉眼睛）哦。（不舍地）来了，来了。

帮　　腔　　（唱）眼巴巴盼，眼巴巴望，

频回首，白茫茫。

耳畔风雪呼呼响，

气喘吁吁透骨凉。

桐　　花　　定国姐，快跟上。

王定国　　来了，来了。

　　　　　　【王定国跟上队伍，渐渐地，走路变得有些艰难。

桐　　花　　不好，旋儿风又来了！

王定国　　大家小心！桐花、李金香、陈素娥，你们都手拉手，掉不得队哟。

众　　人　　晓得了。

　　　　　　【众人你挽我扶，在风雪中艰难强行。

　　　　　　【王定国步履蹒跚，渐渐瘸了左脚，跌坐地上。

桐　　花　　呃，王定国怎么啦？

王定国　　（摆摆手）没事。你们继续走吧。

桐　　花　　那咋个行！（上前，脱掉王鞋子，惊呼）哎呀糟了！

众　　人　　咋个啦？

桐　　花　　她，她，她脚趾拇儿遭冻掉了。

众　　人　　（大惊）啊？（围上）

李金香　　这怎么办？就要下山了得嘛。

王定国　　十根脚趾拇，才掉一根，莫来头。（顽强起身）同志们，不能停，走，继续走！（摇晃）

陈素娥　　这咋个走哦？

桐　　花　　定国姐，我背你！（躬身）

王定国　　（拒绝）不行！山高风大，雪深路滑，背着，我们都走不了。

众　人　这……（一时不知所措）

王定国　姐妹们，别管我。我自己……（迈步，踉跄）可以……（再踉跄）走！（咬牙站住）

桐　花　定国姐，十指连心，这得多痛啊。就让桐花背着你吧……

众　人　我们轮着背！

王定国　（突然一笑）嗨嗨，不痛，不痛啦，脚趾拇遭冻木了。（迈步）

　　　　（唱）一步踩进雪窝窝……

　　　　　　　阵阵钻心泪暗落。

众　人　（唱）雪埋人，强抬脚。

王定国　（唱）两步踩进雪窝窝，

　　　　　　　咬牙也要把步挪。

众　人　（唱）风吹过，像刀割。

王定国　（唱）三步四步忍痛走，

　　　　　　　走着走着无知觉。（渐渐快走）

　　　　【众人跟着，雪地舞蹈……

众　人　（唱）风雪把人裹，

　　　　　　　人在雪中乐。

王定国　（唱）叫声姐妹快跟紧，

　　　　　　　一口气翻上这匹坡。

众　人　要得。

　　　　【众人翻山，舞蹈。

王定国　（唱）认准路。

众　人　（唱）脚跟脚。

王定国　（唱）莫抬头。

众　人　（唱）勾脑壳。

王定国　（唱）翻山莫要看风景，

众　人　（唱）谨防打滑命除脱。

王定国　（唱）雪山高，雪山恶。

众　人　（唱）红军雪山苦作乐。

王定国　（唱）人在云中披素锦，

众　人　（唱）伸手能把天摸着。

王定国　（唱）干粮就着一捧雪，

众　人　（唱）又能充饥又解渴。

王定国　（唱）山顶放眼天地广，

　　　　　　　扯起嗓子唱山歌……

【老年王出。

二　王　（唱）座座大山道道岩，

　　　　　　　婆娘娃儿穿草鞋。

　　　　　　　自从红军来这里，

　　　　　　　才有穷人活出来……

桐　花　嗨！你们看，下面好多人啰。

众　人　（七嘴八舌）看嘛，有火光呢……

王定国　这下对了。

李金香　但愿对了。

陈素娥　肯定对了。

老年王　对了？平坝之下，草甸茵茵，浅水漾漾，一望无际。

桐　花　哎呀，好安逸哟，就像是青草铺成的毯子一样。

李金香　这下总能美美地睡上一觉啦。（拉桐花半卧）

王定国　要不得。草甸下面全是水，这样睡觉，那不得风寒哪。

陈素娥　那咋个睡觉呢？

桐　花　管他的哟，总比雪山强。（坐下）要得霉运脱，坐下就睡着。

王定国　李金香，你找点吃的。我和陈素娥把篝火点起，把锅儿架起。

桐　花　有吃的啊？吃啥子呢？

王定国　吃肉。

桐　花　（惊喜）咹？吃肉？哪里有嘛？

王定国　（伸出手）这里，来，咬嘛。（见其失望状，不禁失笑）

桐　花　（失望地）哎呀，定国姐，啥时候了，你还笑得出来哟。

陈素娥　她王定国就没有绝望过。

老年王　五翻雪山，三过草地，处处险恶。然而，更大的危机，侵袭着极其疲惫的全军。我们已经完全断粮缺水，加之高原寒冷，气候无常。好多战友，在饥寒交迫中一觉睡下去，再也醒不来了。而我，也又一次经历了生与死的考验哪……（隐去）

第六场

【宿营的号声响起。

【广衰的草地，寒气弥漫。篝火明灭，蜿蜒不断。

【桐花、陈素娥等新剧团的女战士们，围着篝火旁，眼巴巴看着篝火上鼎锅。王定国在一旁，默默缝补衣服。

【几个男战士，坐在不远处。

【歌声起：牛皮鞋底六寸长，

草地中间好干粮。

开水煮来别有味，

野火烧后分外香。

两寸拿来熬野菜，

两寸拿来做清汤。

一菜一汤好花样，

留下两寸战友尝。

【李金香、陈素娥上。

李金香　这个鬼地方，连一点野菜都找不到。

陈素娥　我们几个方面军都从这里过，就是石头，也会被我们红军踩平了。

桐　花　呃，我听说中央红军都已经到陕北了。

李金香　是啊。要是早这样，我们还不是也拢了。一会儿说北上，一会儿喊南下……

王定国　李金香，莫抱怨。

陈素娥　哦。一切行动听指挥。

李金香　也不能瞎指挥……

王定国　（转移话题）呃，肚皮闹革命，看看我们的晚餐……（用筷插）邦硬。

桐　花　我的肚皮随时都在闹革命。（捧水欲饮）

王定国　（忙阻止）桐花！你干啥？不要命哪！

桐　花　我饿。先喝点水垫一垫。

王定国　这个水喝不得！草地里的水，看似清如泉，实则毒如药啊。

陈素娥　就是。已经有战士被毒死了。

桐　花　（忙撒开）咄，这水也像反动派，与我们红军作对呢。哎呀，好久才煮把嘛？

王定国　硬菜嘛，是要煮得久。

桐　花　要是沙罐嫂在，她一定有办法。

王定国　是啊。我们的沙罐嫂做吃的相当有一套。可惜她牺牲了。

桐　花　定国姐，你到底煮的啥哟？

王定国　大餐。

桐　花　（两眼放光）唉？啥子大餐？

王定国　山珍海味，飞禽走兽回锅肉，蒸烧炖拌，烹溜煎炸，还有金闪闪红亮亮辣乎乎香喷喷的营山凉面。

众　人　（吞口水）哪里嘛？

王定国　（揭锅盖）都在这锅里。

众　人　（齐声）牛皮鞋底板……去你的哟。

王定国　同志哥哟，刘瑞龙部长的行军歌写得明白，一菜一汤好花样哦。
　　　　（拿着瓢）来来来，开饭啦。（依次舀入众人碗中）
　　　　（唱）一瓢舀来无根水，
　　　　　　　喝了意志坚如钢。
　　　　　　　两瓢舀来千里煮，
　　　　　　　脚下有劲达三江。
　　　　　　　三瓢舀来水花荡，
　　　　　　　填我空空热肚肠。
　　　　　　　四瓢舀来革命菜，
　　　　　　　红旗满地歌声扬。
　　　　　　　莫嫌弃牛皮鞋底少滋味，
　　　　　　　这就是我们的红军粮。

众　人　（唱）红军粮，滋味长，
　　　　　　　吃起来，喷喷香。

王定国　（唱）一碗行军汤，

　　　　　　　送与战友暖饥肠。

　　　　　【送一碗给几个男战士。

众　人　（唱）白云当铺盖，

　　　　　　　草地当了床。

王定国　（唱）不说长征苦，

　　　　　　　百苦我们尝。

　　　　　　　红军战士有理想，

　　　　　　　为天下百姓争来一轮大太阳。

　　　　　【"轰隆……"雷声突然响起。

桐　花　哎呀，这个天，说下雨就下雨了。

　　　　　【众人忙避雨。

李金香　糟了，这雨下得大，恐怕要涨水。

桐　花　唵？要涨水呀？这演出用的东西，还有这两匹骡子，咋个办？

王定国　赶快抢运！（率先扛起包袱）

众　人　好！

　　　　　【众人在风雨中，急忙抢运一应物资。

　　　　　【王定国使力拉骡子，身形摇摇晃晃……

　　　　　【桐花抱着木箱，脚下一滑，一阵踉跄，滑向沼泽。

桐　花　哎呀……糟了。（倒于地）

　　　　　【几个男战士急上，其中一人托住桐花。

王定国　小心！（急将骡子交予李，忙上前拉住桐花）桐花，我拉住
　　　　　你了。

李金香　咋个办？咋个办嘛？

王定国　李金香，快拿扁担来。

李金香　（忙递上扁担）来了。

王定国　（将扁担递与桐花）来，抓住了。（拼命往回一拉）

桐　花　（脱离险境，长嘘）哎呀，骇死我了。（对战士）谢谢你。

　　　　　【男战士一笑，回到宿营地。

李金香　（有些埋怨地）桐花吔，你咋个这么不小心嘛。

桐　花　风雨大，脚下滑得嘛。（突然哭起来）啊……我们的演出道具滑

进沼泽洞洞里去了。

王定国　好了，好了。只要人没事就好。（身形突然摇晃）

桐　花　（抱住王）定国姐你怎么了？

王定国　没事，没……事……（声音颤抖）

陈素娥　（摸王额头）哎哟，王定国发烧了。

桐　花　啊？先前还好好的，咋个就发起烧了？

李金香　肯定是她冻掉的脚趾拇发炎。

陈素娥　她本来身体就差，一路上又冷又饿的。上一回在苏区就突然发病，那硬要命啰。

桐　花　长征路上，缺医少药，这咋个办哪？

王定国　不急不急。我们红军命硬，阎王老子不敢收。这雨也停了，大家赶紧休息，明天还要赶路。

李金香　你这样子，我们哪里放心啰。

桐　花　就是。万一有啥子，也好喊人。

　　　　【一阵风起……

　　　　【众人不禁哆嗦。

李金香　妈哟，火也熄了，好冷。

桐　花　这风一吹，硬是往骨头缝里钻。

王定国　来来来，团团坐，挤热乎（he）。我挨你，你挨我。

　　　　【众人紧挨着，坐下。

桐　花　定国姐，你真的没得事啦？

王定国　干柴火大，穷人命大。放心好了。

陈素娥　王定国，你说你咋个随时都这么乐观呢？

王定国　革命者永远都是乐观的。

李金香　那就乐观嘛。有啥子事情，你要喊我们哈。（一个哈欠）

　　　　【除桐花外，众人渐渐睡去。

桐　花　呃，定国姐。你说我们能够走出去吗？

王定国　听首长说，就这一两天，草地就算过完了。

桐　花　真好啊。对了，定国姐，要是革命成功了，你想干啥呢？

王定国　革命成功了，我首先要回到营山，把这个好消息告诉沙罐嫂、小二姐、王玉珍还有哪些独立营牺牲的姐妹。

桐　花　然后呢？

王定国　然后找到张静波大哥，我想知道他的真名实姓。呃，桐花，革命成功以后，你想干什么呢？

桐　花　（有些困乏）我想读书。也想继续为战士们演戏……

【草地一片寂静，众人沉沉睡去。

王定国　（望着四周）这样的夜晚真静啊，就像这个世界上没有人一样……

帮　腔　（唱）雨过一天星，

　　　　　　　秋光碧澄澄。

王定国　（唱）长夜漫漫多寂静，

　　　　　　　鼾声和着秋虫声。

　　　　　　　不禁让人起思念，

　　　　　　　往事历历眼前生。

　　　　　　　我本是营山乡下农家女，

　　　　　　　为求活命被卖身。

　　　　　　　穷人家纵然不甘也由命，

　　　　　　　谁叫生来是女人。

　　　　　　　不承想遇上静波大哥外乡客，

　　　　　　　才知道黑暗之中有光明。

　　　　　　　懵懵懂懂跟着他们干革命，

　　　　　　　渐渐明白救中国救百姓只有红军才得行。

　　　　　　　潇水河畔入了党，

　　　　　　　从此我也成了他那样的革命人。

【风声响起。王定国不禁一阵冷战……

（白）刚才热得心慌，这风一吹，咋个又冷得要命啰。（蜷缩着冷战）

【光变化，舞台上，就王定国一人。

帮　腔　（唱）风来饥寒彻骨冷，

　　　　　　　阵阵晕眩昏沉沉。

　　　　　　　好想一觉睡下去，

　　　　　　　管他何时天才明。

王定国　看来我是病啦……我这眼睛硬是睁不开呀……（坐下睡去）

【"乙香，王乙香……"

王定国　（唱）忽听得有人呼唤，

　　　　　　　迷离中难睁眼睛。

　　　　　　　听声音忽远忽近，

　　　　　　　又好像身在营山独立营。

　　　　（四处寻找）谁？谁在叫我啊？

【"王乙香，是我啊。"

【沙罐嫂、玉珍、邱素芬、小二姐等着牺牲时装束，出。

周沙罐　王乙香，是我们。沙罐嫂。

玉　珍　玉珍。

邱素芬　邱素芬。

小二姐　还有我，小二姐。

王定国　你们怎么来啦？

周沙罐　独立营正在战斗。

邱素芬　冲锋号响彻山丘。

玉　珍　你怎么躺在这里？

小二姐　你忘了杀敌报仇。

王定国　我没忘。但是我忽冷忽热难受得很……

周沙罐　王定国，你答应过，要替我们把这条路走下去。（隐去）

帮　腔　（唱）曾经嘱托刻在心，

　　　　　　　心气有余力难撑。

　　　　　　　此时好想静波现，

　　　　　　　为我解难鼓把劲。

【"定国妹子……"张静波出。

王定国　（惊喜地）张静波？！呃，静波大哥，真的是你？

张静波　（唱）巴河一别两年整，

　　　　　　　烽火漫天伴长征。

王定国　（唱）巴河一别两年整，

　　　　　　　别时情景总在心。

张静波　（唱）心里挂念为革命，

来日重逢喜盈盈。

王定国　（唱）重逢时，喜盈盈，

　　　　　　　今夜星光格外明。

张静波　（唱）不能沉沉昏睡去，

　　　　　　　困苦面前振精神。

王定国　（唱）有你在，我不困，

　　　　　　　有你在，我有劲。

　　　　　　　就想一把拉住你，

　　　　　　　要把这心里话一句一句说你听。（奔向张）

【二人交错而过。

张静波　定国妹子，不能这样睡，睡了可能就再也醒不了哪。

王定国　可是我坚持不住了。

张静波　要坚持！革命还有很长的路要走！无论什么时候，面对什么困境，

　　　　都要战胜它！因为，我们是红军，我们是共产党人！（隐去）

王定国　（疾呼）静波大哥你别走……

【光复原。

【桐花等焦急地围着仍然处于迷离状态的王定国。

桐　花　王定国，定国姐……（摇晃其肩）

王定国　（睁眼醒来）你别……（四顾，揉眼）哎呀……

　　　　（唱）好梦留人不愿醒，

　　　　　　　梦里都是想见的人。

李金香　王定国，你梦见张部长啦？

王定国　我还梦见了沙罐嫂、玉珍、淑芬、小二姐她们。

桐　花　要是她们没牺牲，我们独立营的姐妹一起翻雪山，过草地多

　　　　好啊。

王定国　是啊。她们为了革命，献出了自己的生命。我们这些幸存者，

　　　　没有理由不坚持下去！

【"嗒嗒嘀嘀……"军号声响起。

李金香　又该出发了。

【众人疲惫地默然收拾着；桐花不停看向几个坐在草地上一动不

　　动，宛如雕塑的战士。

桐　花　　喂……该出发了。(见无动静，走近) 喂……(惊、悲) 定国
　　　　　姐，他们，他们都喊不醒了……

　　　　　【众人悲伤不已。

王定国　　同志们！今天是过草地的最后一天，为了革命，为了牺牲的战
　　　　　友们，我们手挽手，唱起歌，一定要走出去！

众　人　　好！(脱帽致敬)

王定国　　来！(挽起桐花、李金香)

　　　　　(唱) 起来，饥寒交迫的奴隶，

　　　　　　　　起来，全世界受苦的人……

　　　　　【众人依次挽起手，迈开步伐，唱着《国际歌》，向前行……

众　人　　(唱) 满腔的热血已经沸腾，

　　　　　　　　要为真理而斗争。

　　　　　【歌声由女声渐渐增入男声，一首雄壮激越的《国际歌》响彻高
　　　　　原……

众　人　　(唱) 旧世界打个落花流水，

　　　　　　　　奴隶们起来，起来！

　　　　　　　　不要说我们一无所有，

　　　　　　　　我们要做天下的主人！

　　　　　　　　这是最后的斗争，

　　　　　　　　团结起来到明天，

　　　　　　　　英特纳雄耐尔就一定要实现……

　　　　　【收光。

第七场

　　　　　【老年王定国，光启。

老年王　　我和我的战友们唱着《国际歌》，走出了草地。会宁城下，几个
　　　　　方面军会师了，大家唱着，跳着，笑着，仿佛这就是人生最幸
　　　　　福的时刻。因为，我们征服了雪山，战胜了草地，取得了长征

的胜利！

记　者　结束了长征，也就是说你们度过了最困难的时期。

老年王　困难总是伴随着中国革命。

记　者　至少不会再出现断水断粮、与大自然去做殊死的搏斗。对吧？

老年王　情况当然有所好转。三军会师，在会宁休整不到一个月，就奉
　　　　命组成西路军。在徐向前元帅的指挥下，西渡黄河，执行中革
　　　　军委的宁夏战役计划。我们新剧团经过缩编，改名为前进剧团，
　　　　随军西征。

记　者　又出发啦？

老年王　出发了！（遥望，似乎又回到了当年）
　　　　（唱）两万将士渡黄河，
　　　　　　　祁连山下起壮歌。
　　　　　　　魂留凉州西风冷，
　　　　　　　血洒高台洗冰河……

记　者　两万将士，都……

老年王　我们渡过黄河不久，遭到十倍于我的马家军重兵围剿。在没有
　　　　后方，没有补给，没有根据地的河西走廊，四个月内，殊死搏
　　　　杀！或走或守，或进或退，东驰西调，南突北击，无日不战，
　　　　继而弹尽粮绝！全军将士，流血裂冰，浮尸盈雪，几近半数阵
　　　　亡。余者伤残满身，或俘或散，十存二三哪……

记　者　啊？你和你前进剧团的姐妹呢？

老年王　前进剧团奉命永昌城外，慰问从古浪突围的红九军。半路之上，
　　　　遭遇敌人包围。最终，大部牺牲，余下三十余人受伤被俘。桐
　　　　花、李金香她们，被毫无人性的马家匪徒活埋了。至此，当年
　　　　营山三百余名参加红军的女战士，仅我一人成了幸存者。

记　者　你老又是怎样脱险的呢？

老年王　西安事变爆发，国共再次合作。我偷偷从关押所逃了出来，来
　　　　到八路军驻兰州办事处，遇见谢觉哉同志。从此，我就留在他
　　　　的身边。如果说张静波是我的革命引路人，那么，谢老就是我
　　　　的人生灯塔。

记　者　（有些哽咽）那……张……

老年王　你说张静波？他，他，他在高台一战中……牺牲了。

　　　　（唱）西风烈烈，

　　　　　　　皑皑冰雪。

　　　　　　　河西走廊，

　　　　　　　浸透巴山壮士血。

　　　　　　　红旗卷碎沉沉夜，

　　　　　　　忠魂化作一轮月。

　　　　　　　长风可寄凌云志，

　　　　　　　短歌当挽英雄节。

　　　　　　　夜雨巴山哭儿郎，

　　　　　　　相逢陵园声凄切。

尾　声

　　　　【巴山红军烈士塑像群，出。

　　　　【王定国抚摸着纪念碑（塑像），心绪难平。

老年王　（抚摸着）静波大哥、沙罐嫂、玉珍、邱素芳、小二姐、桐花、李金香……你们永远都是十八岁、二十岁，我啊，今年已经一百岁了。

　　　　【"乙香，乙香……"

　　　　【随着呼声，众人出。

周沙罐　乙香，你咋个这么久才回来哟？

老年王　当年我们一起参加革命，一起参加红军。三百多人哪，就剩下我一个。我，我，我是不敢面对你们哪。

桐　花　我还以为把我们都忘记了。

张静波　王定国啥子都可以忘，唯独革命战友不会忘。

老年王　静波大哥……

张静波　（微笑着）定国妹子，我有很多问题想问问你。

众　人　对，我们想问你。

老年王　我晓得你们想问啥。我告诉你们：反动派被打跑了，中国革命成功了；新中国成立了，老百姓已经成为真正的主人了；我们的党，即将一百周年诞辰了。我啊，可能不久就会和你们在一起了。

张静波　好哈！

　　　　（诗）一腔热血为党流，

　　　　　　　我辈何惜断其头。

　　　　　　　殷殷寄往后来者……

众　人　（合）前事不忘上层楼！

　　　　【张静波、周沙罐、桐花等回到雕塑状。

老年王　（对记者）你们，会忘吗？

记　者　我们是你们的子孙，血液里永远流淌着新中国的基因！

　　　　【合唱：人说往事如烟，

　　　　　　　　沃血之志百年，

　　　　　　　　曾经披肝沥胆，

　　　　　　　　薪火相传，

　　　　　　　　往事岂能如烟！

　　　　【收光。

　　　　【剧终。

2021 年 5 月 1 日
三改于高坪守直居

该剧获第十七届中国文化艺术政府奖——文华大奖

新编大型川剧历史剧

草鞋县令

编剧　杨椽（原创）　　郑瑞林（修改）

四川省艺术职业学院、四川省川剧院　　演出

时　间　清嘉庆年间
地　点　西川什邡

人　物

纪大奎　男，六十岁。中年曾任山东五地县令，颇有官声。后丁忧返乡，
　　　　潜心学问。花甲之年再度出山，任什邡县知县。
杨承祖　男，三十五六岁，纪大奎同门学弟，什邡县丞。
吴忠隆　男，五十余岁，高景关山民首领。
乞　娃　女，十五岁，高景关山民遗孤。
石竹娘　女，四十余岁，纪大奎夫人。
雍　奴　男，六十余岁，纪大奎仆从。
戈什哈　男，四十来岁，四川府衙随员。
班　头　男，什邡县衙役班头。
　　　　士农工商、百姓、山民、衙役等。

序　幕

【两山耸立，峡谷荒芜。
【山歌起：两山夹一沟，
　　　　　有船难行舟。
　　　　　人无三代富，
　　　　　官至七品休。

第一场

【光启。

【什邡县衙。

【衙门口，百姓跪地哀求，衙前路鼓，一少女正愤然击鼓。

【山民、百姓，一脸饥色，口呼救命……

山　民　（唱）洛水断了流，

　　　　　　　饿死老黄牛。

百　姓　（唱）城里断了粮，

　　　　　　　就要把命收。

乞　娃　（唱）击鼓呼冤喊救命……（击鼓）

　　　　　（呼喊）冤枉啊冤枉……

众　人　救命哪……

　　　　【"咚咚咚……"鼓声，由缓渐密。

　　　　【内喝声：嗬!

　　　　【杨承祖着官衣，率班头衙役等，急上。

杨承祖　谁在击鼓?!

乞　娃　高景关乞娃!

杨承祖　呀! 小小罪民，胆子好大!

乞　娃　大老爷，罪民无罪，只有冤屈!

杨承祖　嗬! 罪民喊冤，滑天下之大稽!

乞　娃　荒年灾月，断水断粮，活路堵死，冤声屈长!

杨承祖　小小年纪，如此刁蛮。来!

班　头　有!

杨承祖　拿下!

班　头　是!（挥手）

　　　　【众衙役拿乞娃，乞娃躲避……

乞　娃　救命哪……

【"住手……"

【众人闻声即止。

班　头　县丞大人，纪大人来了。

【纪大奎内放腔：上任我把民情访……

【纪大奎着素衣小帽，上。

纪大奎　（唱）满城饥色闹灾荒。

　　　　　　　　夙兴夜寐把法想……

　　　　　（对杨）杨承祖……

　　　　　（唱）何事捕捉小姑娘？

杨承祖　师兄，罪民击鼓，蛊惑百姓。

纪大奎　呃，豆蔻女子。放开她。

雍　奴　放人，放人。（拉乞娃于身旁）

纪大奎　（对乞）丫头，你可知击鼓鸣冤，要先挨板子？

乞　娃　听说过。

纪大奎　你不怕？

乞　娃　什邡三年两灾，高景关有命不让活，有路不让走！

纪大奎　（疑惑地）有路不让走……（欲问）

老　翁　大人呐，天干地旱，城里断粮。

老　妪　缺吃少喝，活不下去了。

众　人　大人救命哪……

纪大奎　啊？

　　　　　（唱）哀哀相告如雷响，

　　　　　　　　啼饥号寒甚凄惶。

　　　　　　　　赶紧开仓把粮放……

杨承祖　师兄啊……

　　　　　（唱）私开仓廪罪难当！

纪大奎　（为难）这个……救灾如救火，这咋个办哪？

杨承祖　（唱）旱灾降什邡，

　　　　　　　　你县令上奏章。

　　　　　　　　快马请来朱谕降……

雍　奴　安逸……修书上奏，一来一往……

帮　腔　（唱）人都死得硬邦邦！

杨承祖　雍奴！

雍　奴　不是我，（指帮腔）她在帮腔。

杨承祖　师兄，你我朝廷命官，当谨守国家法度啊。

纪大奎　国家法度……

众百姓　纪大人救命哪……

纪大奎　（震动）啊……我开……

杨承祖　开不得呀！王法无情，你要三思。

纪大奎　（思考，毅然地）哎！
　　　　（唱）我们都是百姓养，
　　　　　　　碗里装的百姓粮。
　　　　　　　身上穿的百姓衣，
　　　　　　　当官就该为民想。

杨承祖　（唱）顶戴在头上。

纪大奎　（唱）民情何惶惶。

杨承祖　（唱）开仓罪责大！

纪大奎　（唱）救命度饥荒。

杨承祖　（唱）天灾你我无责任。

纪大奎　（唱）你我就是他们避灾活命的风火墙。

杨承祖　硬要开仓？

纪大奎　济民放粮！

杨承祖　朝廷降罪？

纪大奎　本县担当！

杨承祖　（作势）好！只是……

纪大奎　什么？

杨承祖　这个……

纪大奎　说！还有啥子名堂？

杨承祖　官仓是空仓。

纪大奎　啥子呢？

杨承祖　师兄呃，什邡此地，水来大患，无雨大旱。仓廪早就空了。

纪大奎　（惊）啊？

雍　奴	（念锣鼓）丑丑丑……
纪大奎	雍奴，你这是念的哪本经啰？
雍　奴	锣鼓经。老爷，这个川剧锣鼓响，忧愁都忘光。
纪大奎	忘光忘不光，老爷缺了救命粮。
众百姓	哎呀老爷救命哪……
纪大奎	（无奈地）哎呀，莫喊了，再喊下去，老爷就有把自己煮给你们吃了。
	（唱）上任什邡遇灾祸，
	官仓是个空壳壳。
	杨承祖……
	（唱）往年饥荒咋个过？
杨承祖	（唱）咬起牙齿慢慢拖。
纪大奎	嘿嘿……
	（唱）胖的拖瘦，瘦的拖豁，
	七品官儿要戳脱。
杨承祖	师兄，这是天灾，又非人祸，尽力而为就是了。
纪大奎	只好如此了。本县令下：把衙门那点公粮，（对杨）你我家里余粮都集中起来，搭棚施粥，先解燃眉，再想办法。
众百姓	多谢老爷……
杨承祖	施粥赈灾，高景关人等除外！
山、乞	啊？
纪大奎	呃呃呃，都是什邡百姓，这是为何啊？
杨承祖	（指山民）他们天生戴罪，故而不在赈济之列。
乞　娃	你……（身子摇晃，昏倒）
雍　奴	呃呃呃，乞娃，乞娃。
纪大奎	（上前号脉）脉细如丝，气血衰微。此乃饥寒之症。雍奴。
雍　奴	老爷。
纪大奎	你扶她去后院，让夫人先化一碗糖开水稳到，待老爷与她抓几服中药调理调理。
雍　奴	是。（扶起乞）女娃子，遇上我们老爷，你算是走运了。来，慢慢走起。（念锣鼓）咚乃乃且咚且……（下）

纪大奎　师弟呀，什邡水患，当早想法根治才是啊。

杨承祖　治水早有方案，改日向师兄禀告。

纪大奎　那就好。搭棚施粥，杯水车薪，粮仓空空，银库所剩无几，这粮荒，又该如何施行？真是水如树欲静，滩如风不宁哪……

（下）

杨承祖　灾多缺粮，又非今天。以他性情，说不定要生波澜。师兄，你是师门典范，来到这小小什邡，可不能冒险翻船哪。

【收光。

第二场

【纪大奎家。

【光启。

【客厅内，案几座椅。中堂悬挂书画，两旁，配置屏风、花架，使得整个客厅颇显雅致。

【石竹娘上。

石竹娘　（唱）山高水长别家园，

随夫辗转到西川。

夫君他一生追寻君子道，

达济苍生早立言。

几地县令声名远，

中年守孝回临川。

只说是陪夫研学翻书赌茶情缱绻，

又谁知朝廷诏令夫君花甲再出山。

真可谓老牛自知夕阳晚，

为民扬蹄不须鞭。

但愿他宦海扬帆风正满，

不再平生七品官。

【雍奴上。

雍　奴	夫人，那乞娃这几日身体见好，都在帮忙扫院坝了。
石竹娘	嗨！你这个雍奴，怎么仗着身份，使唤起人来了?!
雍　奴	呃呃呃，夫人。雍奴和乞娃，一条藤上两个瓜。是乞娃自己耍不惯，非要帮忙得嘛。（委屈状）
石竹娘	哦。错怪你啦。呃，老爷呢？
雍　奴	老爷他……（一指）来了。

【纪大奎执书，上。

纪大奎	（诗）当年临沧海，
	而今乃西行。
	遥遥千万里，
	多有不平声。
石竹娘	（诗）所遇有如此，
	流恨何时已。
	可怜无父人，
	犹做浪游子。
纪大奎	夫人诗意，似有所指？
石竹娘	老爷言志，奴家言情。
纪大奎	情之所至，发乎于心。夫人，你看那乞娃人乖巧，样儿俏，我想……（欲耳语）
石竹娘	（拍案而恼）啥子呢？你要收小？好你个纪大奎……（揪耳）
纪大奎	（护耳）呃呃呃，夫人呃，话没说完得嘛。我是说乞娃生前没了爹，生后没了妈。你虽如花，我却花甲，不如将小孤女认作……
石竹娘	义女！
纪大奎	哦。
石竹娘	好好好。这乞娃敢作敢为，合我的脾气。你个老头。说话留半截。（挽袖欲揪耳）
纪大奎	（护耳躲避）咋个招呼不到哦。（指雍奴）
雍　奴	（念锣鼓）打打打……啄瞌睡，看不到。
纪、石	（相视一笑）哈哈哈……
雍　奴	这才真正好，乞娃运气来登了。（忙喊）乞娃，乞娃吔……

【乞娃内应声：喊啥子，喊啥子……上。

乞　娃　（对）雍奴伯伯，你惊爪爪的，啥子事？

雍　奴　乞娃吔，好事，喜事。

乞　娃　我们还有啥子好事喜事哦。

雍　奴　老爷和夫人要收你当干女儿。

乞　娃　（惊呆了）唵？

雍　奴　你有家啦。

乞　娃　家？命像烂泥巴，从小莫爹妈。出生就有罪，孤女成乞娃。吃
　　　　的百家饭，住的岩洞凹。风来雨去独长大，不敢奢望还有家。

石竹娘　吔，老爷，乞娃还瞧不上我们啦。

乞　娃　乞娃父母九泉下，不敢高攀富贵家。他们看我像野草，自己当
　　　　成一枝花。

纪大奎　（赞）好好好！百善孝为先，贫贱不可移！

雍　奴　乞娃，快喊干爹和干妈。喊了，就有吃的啦。

乞　娃　哦？不挨饿啦？

雍　奴　呃，不但有饭吃，初一十五还要打牙祭，吃"嘎嘎"。

乞　娃　那高景关那么多人，有莫得吃的呢？

纪大奎　（一震）啊？

帮　腔　（唱）率性天真一句话，
　　　　　　　　喧得我五味杂陈酸又辣。

石竹娘　老爷，乞娃他们生而戴罪，难道就没有破解之法？

纪大奎　（摇头）唉……这可是通天大事啊。乞娃，那日你说：有路不让
　　　　走，为什么啊？

乞　娃　山上石头多，少泥巴。丁点土，种庄稼，亏有半山红白茶。衙
　　　　门不准把山下，换不来粮食，锅儿吊起当钟打。

纪大奎　（若有所思）以茶换粮……

乞　娃　你说这是不是有命不让活、有路不让走嘛？

纪大奎　换粮，走路，活命。嗯，我要去你们高景关亲眼看一看。

乞　娃　要得。乞娃给你带路。

【内声：（杨承祖）不能去！（吴忠隆）好得很！

【二人分上。吴忠隆提着一篮包好的红白茶，与杨见面，相互

怒视。

杨承祖　是你!

吴忠隆　是我!

纪大奎　你是?

吴忠隆　我就是赶不绝、杀不死的山民首领吴忠隆!

杨承祖　你胆大?!

吴忠隆　没犯法!

杨承祖　来呀!拿下!

吴忠隆　(怒喝)你敢!(挽袖作势)

纪大奎　干啥子?(对杨)我是知县!(对吴)这是我家!

吴忠隆　大人,来的就是你家。

纪大奎　所为何事?

吴忠隆　为你救乞娃,为山民求活路,谢你红白茶。(双手奉上)

杨承祖　哼!献茶贿赂,你想干啥?

吴忠隆　知恩图报,贫寒无他!

二　人　哼!

纪大奎　嘿嘿,绷起了唻……

　　　　(唱)他二人愤愤不休,

　　　　　　　一见面势如寇仇。

吴忠隆　(唱)他非前任救民危难真情有?

杨承祖　(唱)他是罪民也敢来露头?

纪大奎　(唱)一篮茶叶提在手。

吴忠隆　(唱)我欲借机把他求。

杨承祖　(唱)高景关戴罪百年久。

纪大奎　(唱)高景关茶叶换粮解我愁。

　　　　(对吴)吴首领,听乞娃讲,高景关出茶?

吴忠隆　出茶,出好茶,一山老树红白茶。

纪大奎　这就对了。有茶就有粮,有粮心里就不慌。

吴忠隆　哦?大人是想?

纪大奎　借你茶叶换粮,以解民之倒悬。如何?

吴忠隆　救济百姓,高景关愿尽绵薄之力!我也有一事相求。

纪大奎　何事？

吴忠隆　恳请大人准许我们下山，以茶换粮，活命度荒。

杨承祖　百年铁规，休想翻案！

吴忠隆　百年铁规，如牢似枷。有意置旱涝生死之地，你就是狗屁父
　　　　母官！

杨承祖　休要胡说！我们即将疏浚渠道，引水野鹤滩，造福什邡！

吴忠隆　引水野鹤滩，你这是有意避开高景关。

杨承祖　嗯！如何治水，官府决断！

吴忠隆　官府为民，不能造冤！

杨承祖　罪民大胆！

吴忠隆　昏官无耻！

二　人　你！

纪大奎　好了，好了。山要下，水要治，以茶换粮，迫在眼前。

吴忠隆　那你要好多茶叶呢？

纪大奎　三千担。

吴忠隆　三千担？

纪大奎　没有？

吴忠隆　只要能下山，加上我们自己的，一共五千担！不过，你得亲自
　　　　来取呀。

纪大奎　我本就是要来的。

吴忠隆　好！吴某在高景关恭候大驾。乞娃，我们走。

纪大奎　吴首领，还是让乞娃再调养几日吧。

吴忠隆　好！告辞！（抱拳，下）

乞　娃　吴爷爷我送你。（跟下）

杨承祖　师兄，官府求助罪民，实实地不妥啊。

纪大奎　灾荒无情，仓廪空虚。以高景关之茶，换粮以救百姓。一者度
　　　　过燃眉之急，二者借此契机，你我助他们脱去罪籍，可谓无量
　　　　之功啊。

杨承祖　师兄万万不可！你若擅自招抚罪民，朝廷怪罪下来，岂不自毁
　　　　前程啊。

纪大奎　前程？嘿嘿，我而立当官，五地县令，而今花甲，依然七品。

杨承祖　虽为七品，但你立德立言，早已实现，就差立功啦。

纪大奎　进则达济天下，退则独善其身。

杨承祖　师兄呃，君子不立危墙之下……

纪大奎　（止住）师弟呀，你我同门，应该相互帮衬。

杨承祖　对呀。承祖今日，就是为帮师兄而来。

纪大奎　哦？

杨承祖　（拿出地图）师兄请看——（展图）

纪大奎　野鹤滩河道图……

杨承祖　对！

　　　　（唱）先贤张师古，

　　　　　　　当年查水患。

　　　　　　　定盘野鹤滩，

　　　　　　　引水结善缘。

纪大奎　呃，我听说张师古著有《三农纪》，上面记载治理什邡水旱之患
　　　　之精要，你读过否？

杨承祖　（颇慌乱）呃……没有。

纪大奎　何不找来循用啊。

杨承祖　哦，那《三农纪》随他葬于墓中。

纪大奎　唉……可惜。你们又是如何规划呢？

杨承祖　哦，师兄啊。

　　　　（唱）引水规划五年前，

　　　　　　　工部拨了一些钱。

纪大奎　为何毫无动静？

杨承祖　（唱）工程浩大人财物，

　　　　　　　慢慢筹措年复年。

纪大奎　五年了，你们就不怕上峰追查？

杨承祖　上峰就是从什邡任上，有这治水功绩而得以升迁。师兄此来，
　　　　顺势而为，假以时日，治水功成，必然皆大欢喜。

纪大奎　少说空话。你即刻着手实施，我这就为山民削罪上表！

杨承祖　师兄！罪民之事，千万不可沾染哪。

纪大奎　（一笑）对了，你这引水野鹤滩，要多少时日？

杨承祖　只要人手足够，钱物充足，大约……五年可成！

纪大奎　唉？五年？嘿嘿，庙子修好，鬼都老了。（走下）

杨承祖　（拭汗）哎呀呀……纪师兄啊，山上罪民沾不得，治水才能出政
　　　　绩呀……

　　　　（唱）张师古，墓中葬，

　　　　　　　三农纪，河道图。

　　　　　　　上峰牯到这样做，

　　　　　　　我只好苦瓜当作嫩苞谷。

　　　　【收光。

第三场

【高景关。

【远山叠翠，茶树参天。

【女声："采茶啰……"

【光起。

【茶树硕大，众女人采茶，舞蹈。

女　人　（唱）又是三月雨纷纷，

　　　　　　　落在心里结愁云。

　　　　　　　都说明前茶正甜，

　　　　　　　谁尝苦涩自茶根……

【一众男人，背着包袱，上。

男　人　（唱）春雨送离人，

　　　　　　　树下满别情。

女　人　（唱）临别采下一捧茶……（送茶）

男　人　（唱）想家（想你），就把茶香闻。

女　人　（唱）留下，熬命。

男　人　（唱）奔命，求生。

男　女　（唱）风送茶香天涯远，

魂留茶根盼归人……

【吴忠隆上。

吴忠隆　（唱）又是一年春，

　　　　　　　还是戴罪人。

　　　　　　　哪天风调雨才顺，

　　　　　　　高景关不再愁生存。

　　　　（见状）你们……能不能不要再走哪。

男　甲　首领，这些年水旱两灾越来越凶，不走，活不了啊。

吴忠隆　纪老爷说了，准许我们下山，能够以茶换粮，这日子总会慢慢
　　　　好起来。

女　甲　哝？那是会好起来的。

男　甲　他要是能够再为我们削去罪籍，那才好呢。

【"吴爷爷……"

【乞娃跑上。

乞　娃　吴爷爷。（忙找水喝）

吴忠隆　乞娃回来了？纪大人呢？

【乞娃喝水……

女　甲　没来呀？

【乞娃喝水……

男　甲　我就晓得哄人的。

乞　娃　（喝完）哎呀，渴死我了。（一指）纪大人来了。

【二衙役抬轿，纪大奎气喘吁吁，上。

纪大奎　（唱）坐轿来登山，

　　　　　　　九弯十八旋。

　　　　　　　路窄坡陡山势险，

　　　　　　　轿儿颠，目儿眩，心儿慌，气儿喘，

　　　　　　　堪堪登上高景关。

【众人在吴忠隆带领下，齐跪下。

众　人　（跪地）见过大人。

纪大奎　呀……（下轿）

　　　　（唱）齐噗噗跪地一片，

　　　　　　意惶惶与常人一般。

　　　　　　肯切切都把我盼，

　　　　　　急忙忙搀扶上前。

　　　（扶住吴，对众）众位父老，纪大奎受不起呀。

　　　（唱）你们圈禁在高山，

　　　　　　风摧雪压忍苦寒。

　　　　　　更有这婴儿降生自戴罪，

　　　　　　堂堂大清昭昭日月该有你们一片天。

吴忠隆　大人你就是我们的天！

众　人　对！你是我们的青天哪！

纪大奎　我是父母官，国家才是天。快快起来。

众　人　多谢老爷！（起身）

纪大奎　吴首领，我们说好的以茶换粮？

吴忠隆　茶叶五千担，已经备周全。

纪大奎　好！民生是大事，即刻担下山！

吴忠隆　张五娃、车幺妹，你们汇集所有山民，送茶下山。

众　人　好！（下）

纪大奎　呃，给我留一担。

　　　【一众男女，挑茶舞蹈，上。

　　　【纪大奎上前，接过担子。跌跌撞撞……

吴忠隆　纪老爷，你究竟担不担得来担子哦？

纪大奎　我不是正在学嘛。（摇晃不已）

众　人　（笑）哈哈哈……

吴忠隆　算啰。剃头挑葱，各有一工。来来来，你坐茶树下，喝碗红白
　　　　茶。这些小事情，就让他们去吧。

纪大奎　（放下）也好。也好。

男　甲　（对众）乡亲们，担儿上肩，莫打偏偏。走起！（下）

　　　【众男女一声应，挑担，下。

乞　娃　二位差哥，跟乞娃去煮茶喝。（下）

　　　【二衙役跟下。

吴忠隆　来来来，纪大人请坐。

【二人于硕大茶树下，席地而坐。

纪大奎　（感慨地）一山布衣，风俗质朴，风景优美……

吴忠隆　风景虽美，却非故乡。

纪大奎　咋个？想家哪？

吴忠隆　咋个不想哦。（望着远方）当年改朝换代，不愿剃头易服，藏身此山，因此就获罪于天。

纪大奎　百年已过，你们已是国人打扮。而今，以你们之茶，换粮助什那百姓渡过难关。本县已上书，请为你们削去罪籍！

吴忠隆　啊?! 大人，你早想到哪。（跪下）

纪大奎　（扶起）削去罪籍，便可回到故乡。

吴忠隆　故乡虽好，一别久远。山水有情，几代人一居百年。父母长辈，长眠于此，只要大人削去我等罪籍，平了水旱之患，高景关自耕自足，这里就是我们的家园。

【乞娃捧茶碗，上。

乞　娃　纪老爷辛苦，请喝茶。（奉上）

纪大奎　（接过。喝）看来这洛水是到了非治理不可的时候了。

吴忠隆　早就该治哪。大人，金河虽宽，山势狭隘。天干水如细线，水来浊浪滔天。四季辛苦无一物，房垮人死顷刻间。

纪大奎　山上尚且如此，何况什那一马平川？

吴忠隆　要不是能力有限，我早就引水开山。

纪大奎　好！那就引水野鹤滩！

吴忠隆　啥?! 野鹤滩？

纪大奎　对！先贤张师古定的盘。

吴忠隆　张师古定在古瀑口。

纪大奎　不对呀。杨承祖有河道图，张乡贤写明野鹤滩。

吴忠隆　啊？难道张师古也要舍近求远？

纪大奎　何以见得？

吴忠隆　大人请看！（指）野河滩重峦叠嶂几十里，现挖河道现做堰。遇湾截角，逢正抽心，十年难成！而这古瀑口……

（唱）上头金河波浪宽，

　　　　离我只有一线天。

　　　　　　　导洛通山古瀑口，

　　　　　　　三点一线直端端。

　　　　　　　一千人，大半年，

　　　　　　　接引天水到人间。

纪大奎　（思索）古瀑口十个月，野鹤滩十来年……

吴忠隆　（唱）只是要把李冰陵墓淹……

纪大奎　水淹李冰陵？他可是四川人的神主牌牌呀……

　　　　（唱）搞不好朝野震动士农工商得罪完。

吴忠隆　我们祖上传有张师古治水名言。

纪大奎　（急切地）说什么？

吴忠隆　水淹李冰陵，万世享太平！

纪大奎　何以为证？

吴忠隆　《三农纪》。

纪大奎　（兴奋）你有此书？

吴忠隆　没有。（见纪失望）多年前有人传言，《三农纪》随他葬入坟墓。

乞　娃　唵？咋个把书埋进坟里啰。

纪大奎　嗨，可惜可惜呀。

吴忠隆　听说留有善本一部，从未见到，不知去向。

纪大奎　（失望）嗨，老鸹打破蛋———一场空喜欢。

　　　　【"吴首领……"

　　　　【山民男女跑上。

吴忠隆　呃，这么快就回来啦？

山民男　首领，衙役兵丁将山口堵住，不准我们下山！

纪、吴　（大惊）啊？

纪大奎　呃！以茶换粮，是本县定下之事！

山民女　杨县丞说：奉命征收罪民物资，以茶换粮与我们无关！

吴忠隆　那我们活命的两千担呢？

山民男　一并收缴！

吴忠隆　（暴跳如雷）吡？！纪大奎！

纪大奎　吴首领，这一定是误会呀。

吴忠隆　误会？你两个老爷，合伙骗我们茶叶，想把高景关五千山民困死饿死！

纪大奎　　吴首领……

吴忠隆　　我们是罪民，罪民自己求活路！（怒冲冲下）

【乞娃跟下。

纪大奎　　呸，杨承祖，你把师兄擤来立起，置我于不仁不义之境哪。

【收光。

第四场

【光启。

【杨承祖出。

杨承祖　　嘿嘿……

（唱）收缴茶叶五千担，

　　　　断了罪民相关联。

　　　　非是我下作耍手段，

　　　　出无奈只得与你挽圈圈。

　　　　我也曾秉烛攻书寒窗苦，

　　　　我也曾修身追先贤。

　　　　我也想早日成为七品县，

　　　　一路顺风魏阙前。

　　　　纪师兄啊……

　　　　你不该上任就把规矩变，

　　　　你不该当众呵斥我心寒。

　　　　你不该治水把这方案换，

　　　　你不该私抚罪民上了山。

　　　　得罪上司仕途险，

　　　　求自保反戈一击是必然的！

【班头上。

班　头　　杨大人，府衙的戈什哈到了。

杨承祖　啊？他怎么来了？有请！

班　头　有请！（下）

【戈什哈上。

戈什哈　杨承祖，你好大胆！

杨承祖　戈什哈大人，你这是？

戈什哈　我问你。纪大奎上任以来都干了什么？

杨承祖　纪大人勤政爱民，半年来倒没有……

戈什哈　他自定新规！私抚罪民，频繁上疏，还欲擅改治水方案！

杨承祖　啊？这些大人都知道了？

戈什哈　你不说有人说，你不想升迁有人想升迁。

杨承祖　（惊惧）哎呀呀，戈什哈大人，这些与我无关，你可得在大人面
　　　　　前……

戈什哈　大人说了：高景关一事，早有定谳。未行剿杀，已是恩典，不
　　　　　准翻案！

杨承祖　是是是。

戈什哈　至于什邡治水，早有方案，不得擅改！你是大人的人，引水野
　　　　　鹤滩，保住大人的脸。赶快去动工，迟则恐生变。

杨承祖　可是我一个县丞，说了不算哪。

戈什哈　哼哼哼……大人要往上升，你也就自然而然……（下）

杨承祖　多谢大人提拔。（忧喜参半）纪师兄啊，唉……

帮　腔　（唱）这心里半是苦涩半是甜。

【"杨大人……"

【班头急上。

班　头　杨大人，听说那吴忠隆准备炸山引水！

杨承祖　（惊）啊？真要生变哪？

【纪大奎出。

纪大奎　炸山引水？你不能这么干！

吴忠隆　我不这么干，困死高景关！

杨承祖　炸山是造反，再把死罪添！

纪大奎　朝野一震动，山民脱罪难！

杨承祖　上峰有敕令，不准来翻案！

纪大奎　　（一震）啊？

吴忠隆　　山民寻活路，只能搏一盘！（隐去）

杨承祖　　尔等是罪民，不信翻了天！（隐去）

纪大奎　　罪民，山民，都是我大清的国民哪……

　　　　　（唱）更鼓声声，

　　　　　　　　夜风阵阵，

　　　　　　　　似听见哭声喊声救命声，

　　　　　　　　久久回荡不忍闻。

　　　　　　　　高景关戴罪百年太残忍，

　　　　　　　　盛世中苟延残喘求生存。

　　　　　　　　多少年多少代政令都是为百姓，

　　　　　　　　多少年多少人读书就为济苍生。

帮　　腔　　（唱）心绪茫茫月如镜，

　　　　　　　　这九天清辉照何人……

【光起。

【纪大奎家书房。

【案几，笔墨，悬挂有东坡之"定风波"书法条轴。

纪大奎　　（唱）想当年茅屋秋风寒窗冷，

　　　　　　　　经史子集伴青灯。

　　　　　　　　而立之年做县令，

　　　　　　　　辗转五县留薄名。

　　　　　　　　宦海中处处掣肘云遮雾罩你好我好相互隐，

　　　　　　　　大多是急功近利皇皇大论攀青云。

帮　　腔　　（唱）随流逐波行船稳，

　　　　　　　　何苦当个苦行人。

纪大奎　　（唱）苦行人，霜染鬓，

　　　　　　　　不改平生老性情。

　　　　　　　　穷经皓首迂夫子，

　　　　　　　　救苦救难真学问。

　　　　　　　　水患容易平，

　　　　　　　　最难收人心；

　　　　　民为国之本；

　　　　　本固邦才宁；

　　　　　奉茶治水除罪籍；

　　　　　为国家更添五千好黎民。

　　【石竹娘上。

石竹娘　老爷，天都要亮了。你这样不眠不休，也不是个办法呀。

纪大奎　（叹息）唉……我熟读经史，竟想不出一条破解之道。真是自古无用是书生！

石竹娘　莫急，没有过不去的火焰山。

纪大奎　过不去了。上峰敕令：削罪一事不准翻案！

石竹娘　啊？那你就只管治水，其他嘛，睁只眼闭只眼，落得清闲不犯险。

纪大奎　（厉声地）什么话?! 想不到连你也变得如此不堪！

石竹娘　（一震）不堪？想当年你京城编纂，虽是小吏，也算京官。就是生性耿介，才外放山东。我陪你赴商河，转栖霞，走昌乐，到福山。十余年几地徙转，苦乐尝遍。你明知举世合流，却偏要逆水行船，到今天，奴家在你眼里倒成了如此不堪吗？（委屈掩面）

纪大奎　夫人啦，庙堂之高，江湖之远，虽为七品，为民当官。

石竹娘　你真是不撞南墙不回头。

纪大奎　嘿嘿，唯民至上，离微自心。撞了南墙，也不回头。

石竹娘　你……

　　【"纪大人……"乞娃急匆匆上。

乞　娃　纪大人，吴爷爷明天就要炸山引水。

纪、石　（惊）啊？

　　【"老爷……"雍奴急上。

雍　奴　老爷，什邡百姓拿着锄头扁担，红眉毛绿眼睛，杀气腾腾上山去了！

纪大奎　（再惊）啊?!

石竹娘　这一炸一打，保不住要出命案哪。

　　【纪大奎急切踱步……

帮　腔　（出）一边要炸，一边要保，

　　　　　　　　民情汹汹似火烧。

纪大奎　（略思）雍奴，乞娃，我们走！

帮　腔　（唱）平息事端，再作分晓。

石竹娘　老爷不可！双方正在气头上，谨防出事。

纪大奎　（苦笑）嘿嘿，官自七品修，好事坏事都是我的事。（下）

　　　　【雍奴、乞娃跟下。

石竹娘　（一声叹）唉……官自七品修，像你这样的犟拐拐，只怕是修到
　　　　七品休。

　　　　【收光。

第五场

　　　　【古瀑口。两峰对峙，一方巨石宛如一巨大镇水兽。

　　　　【吴忠隆率领众人，戴着面具，手持香火，祭祀舞蹈……

吴忠隆　（祷告）川主李冰，过往神灵。我今开山，为民乞命。若有鬼咒
　　　　神矢，万千惩罚，吾一力担承！

山民甲　上香。

　　　　【吴忠隆领众上香。

山民甲　磕头。

　　　　【吴忠隆领众叩首……

山民甲　礼毕。

吴忠隆　时辰已到，点火放炮——

　　　　【众百姓闹喊声：不准点……

　　　　【一众百姓各执锄头、扁担，涌上。

　　　　【杨承祖带衙役，暗上。

老者甲　罪民好胆大，敢把山来炸！淹了李冰陵，祸延千万家！

众　人　不准炸！

吴忠隆　开山引水，再无水患。为我山民，也为大家！点火！

老者甲　不准点！为了川主神牌牌，把他的香头拔！

【众百姓一声吆喝，涌向神坛。

【众山民群情激奋。拦住双方，眼看就要械斗起来。

班　头　杨大人，管不管？

杨承祖　民间纠纷，管个啥？你们四处伏下，一有异动，立即执法。

【班头领衔役，伏下。

【吴忠隆从你推我攘的人群中闪出，站于高处。

吴忠隆　二娃子，点火……

【纪大奎内声：住手——

吴忠隆　何人叫喊？

【纪大奎内应：什邡县正堂纪大奎。

【纪大奎领着雍奴、乞娃，上。

吴忠隆　原来是你？

纪大奎　正是本县。

吴忠隆　你骗取茶叶！

纪大奎　正在处置！

吴忠隆　你还有脸？

纪大奎　问心无愧。

吴忠隆　你不怕死？

纪大奎　死而无憾！

吴忠隆　可惜你来迟了，箭在弦上，不得不发！

纪大奎　（大笑）哈哈哈……若是如此，你的幸福家园何在？你那五千山
　　　　民，一众老幼何存？

吴忠隆　头顶罪名，百年难洗。你们引水野鹤滩，又一次丢弃我们。若
　　　　不设法自救，必然是身死族灭！

纪大奎　野鹤滩，古瀑口，二者相较选最优。你就不能等一等？给我一
　　　　点时间？

吴忠隆　你当官，有时间。我们等了百余年！为了我高景关的子孙后代，
　　　　老子今天拼了！

纪大奎　嗨！拼了就拼了！来呀！

众衔役　有！

纪大奎	上枷锁！

众衙役　是！

　　　　　【班头领衙役，欲拿吴忠隆。

　　　　　【山民上前，挡住衙役。

吴忠隆　你要拿我？

纪大奎　我拿……你没办法哟……（拿过枷锁）

　　　　（唱）他那里血气之勇要把山炸，

　　　　　　　看这边怒目喷火像夜叉。

　　　　　　　势同骑虎已难下……

　　　　（对雍）雍奴，来把枷锁给我戴起。

雍　奴　（接过）呃呃呃，老爷，只有官执法，哪有自戴枷？你咋个自己
把自己网起了哦？

纪大奎　（自嘲）哎呀，雍奴喂……

　　　　（唱）老爷愚笨只有一个笨办法。

　　　　　　　紧紧锁在山石上，

　　　　　　　他炸就连同老爷一起必炸。

雍、乞　晓得了。（为其锁于石上）

吴忠隆　你，你真是个无赖哟。

　　　　（唱）你这是装疯卖傻，

　　　　　　　量识我不敢开炸？

纪大奎　非也，非也。

　　　　（唱）我这是把你劝化，

　　　　　　　为了这万户千家。

吴忠隆　（唱）大白天少说鬼话，

　　　　　　　我光脚板不怕泥巴。

纪大奎　（唱）我也曾金榜把名挂，

　　　　　　　我也曾洞房花烛戴红花。

吴忠隆　可惜呀可惜呀……

　　　　（唱）学问未到头。

纪大奎　（唱）耕读已传家。

吴忠隆　（唱）功业化尘土。

纪大奎　（唱）浮名不堪夸。

吴忠隆　（唱）幼儿当失怙。

纪大奎　（唱）各人找各妈。

吴忠隆　（唱）老妻当如何？

纪大奎　（唱）我死她改嫁。

吴忠隆　（唱）铁了心？

纪大奎　（唱）胆子大。

吴忠隆　（唱）虚火旺。

纪大奎　（唱）豪气发。

吴忠隆　（唱）狗血洒地臭三里！

纪大奎　（唱）寒凝大地发春华。

吴忠隆　（唱）罢，罢，罢，

　　　　　　　　这只老狗炖不耙。

　　　　　　　　好汉做事好汉当，

　　　　　　　　阎王殿上打冤家！

　　　　　　（对众）尔等闪开，我要与纪大人同归于尽！（举火走向纪）

雍、乞　　老爷！（忙护纪）

杨承祖　　（惊呼）师兄小心！（急展臂，欲护纪）

　　　　　【衙役等错意，乱箭朝天齐发。

　　　　　【众人惊呼中，纷纷躲避。

　　　　　【吴忠隆一个踉跄，身形摇晃。

纪大奎　　（急呼）谁在放箭？住手！

杨承祖　　罪民欲害朝廷命官，拿下！

　　　　　【众衙役应一声，欲上前。

纪大奎　　（喝止）干啥！本县未发话，尔等速速退去！

杨承祖　　师兄，危险哪。

纪大奎　　他们也是迫于无奈，未必真的要炸。众位父老，有纪大奎在此，
　　　　　你们都放心去吧。

杨承祖　　（无奈地）唉……（向众挥手，下）

　　　　　【班头、衙役，以及众百姓，下。

纪大奎　　雍奴、乞娃，你们一个帮老爷，一个去看他。

乞　娃　是。（急忙扶住吴）

雍　奴　（拭汉，念锣鼓）猜乃乃……（上前解锁）老爷吔，你硬是旗杆上扎鸡毛——好大的胆子（掸子）啊。

纪大奎　哎呀，老爷还不是九尺的板鸭——绷起的。

雍　奴　老爷，看你一头大汗，把衣领解开凉快凉快嘛。（欲解）

纪大奎　（护住）呃。衣冠不整，何以正人啦。吴头领呢，什邡之患，洛水而已。你们之患，罪籍而已。我决意导洛通山，根治水患。你等先有茶叶换粮之功，再有助衙门治水之力，上报朝廷，为高景关削去天罪，如何？

吴忠隆　此话当真？

纪大奎　责无旁贷。

吴忠隆　如有虚假？

纪大奎　天诛地灭！

吴忠隆　折箭为誓！

纪大奎　箭来！

　　　　【众山民面面相觑，以示无箭。

吴忠隆　箭在此！（撩开披风，亮出胸口中箭）

众　人　首领……

乞　娃　吴爷爷，你中箭哪？！

吴忠隆　（指箭）纪大人，就以此箭，与你盟誓！（欲拔箭）

纪大奎　（一把握其手）拔不得！老吴啊，等你伤好之后，再与纪某盟誓不迟啊。

吴忠隆　打铁要趁热，再也等不得。（欲拔）

纪大奎　不能拔！

众　人　吴头领……

吴忠隆　拔了心口箭，一了心头节。与君盟誓言，甘洒一腔血。（毅然拔箭，身形摇晃，双手呈箭）纪大人。

纪大奎　（不禁一退）我……

吴忠隆　你快快盟誓！（递上）

纪大奎　（沉吟）水淹李冰陵，风波实难平……

吴忠隆　（苦笑）哼哼哼……草莽之命，不如蝼蚁。五千山民，就进不了

你的心吗？纪大人……（跪下）

众　人　（齐跪）纪大人。

纪大奎　（震动）啊？

帮　腔　（唱）其情悲哀，其声悲彻，

　　　　　　　　撞击心海浪千叠……

纪大奎　唯民至上，无我无造。纪大奎与你们盟誓啊！

　　　　【众起身。

众　人　大人。

纪大奎　（与其共握箭）吾，纪大奎盟誓：开山古瀑口，迁移李冰陵，山
　　　　民尽削罪，还你们清白身！（折箭）

众　人　（跪地）青天大老爷呀！

吴忠隆　余生有所得，格老子死了也值得！（大笑）哈哈哈……（溘然而
　　　　逝）

纪大奎　老吴，吴首领！

众山民　首领啊……

乞　娃　（凄喊）吴爷爷……（奔上，抱住，哭泣）

　　　　【众人光收、隐去。

纪大奎　（悲痛地）吴忠隆，吴首领，纪大奎必当倾尽心力，不相负
　　　　也……

　　　　（唱）握铁箭，殷殷血，

　　　　　　　意难平，心痛彻。

　　　　　　　山民呼唤在耳畔，

　　　　　　　和着这一山风烈烈。

　　　　　　　斯人真豪杰，

　　　　　　　我怎能无动于衷，瞻前顾后，几分胆怯？

　　　　　　　他们期盼纪老爷，

　　　　　　　纪老爷有苦说不得。

　　　　　　　同僚相互扯，

　　　　　　　上峰要压迫；

　　　　　　　硬着头皮顶；

　　　　　　　搞不好就把乌纱革。

（飞）只有来妥协。

（唱）要妥协，看眼色，

这样的官儿太扭捏。

平生追求君子道，

一颗心就该和百姓紧紧贴。

兴利除弊解虐债，

为民就是为家国。

虽然是削罪治水多阻碍，

敢把天逆，这断箭重于千钧铁！

【收光。

【山歌起：江山一叶舟，

民意如水流。

唯民至上心，

官自七品修。

第六场

【内帮唱："出事了，出事了，

什邡县要出大事情……"

【定点光启。

【百姓、乡绅、商人、学究等，围着杨承祖在诉说着……

百　姓　（唱）几月来他都在查水情。

商　人　（唱）说是要动李冰陵。

乡　绅　（唱）擅动神位有灾祸。

学　究　（唱）好气人！

乡　绅　（唱）纪老爷，外乡人。

百　姓　（唱）出了祸事拍拍屁股就走人。

商　人　（唱）我们只有鼓眼睛？

学　究　（唱）不得行！

四　人　（唱）不行不行绝不行！

　　　　　　　　这事就看你杨县丞！

杨承祖　我是县丞，县丞管不了大人。

乡　绅　一旦开工，什邡城就万劫不复了！

学　究　他若一意孤行，我们就群起而攻之！

众　人　对！群起而攻之！

杨承祖　别急，别急嘛。

　　　　（唱）做官就怕悠悠口，

　　　　　　　　积毁销骨神也愁。

　　　　　　　　世人难逃名利诱……

　　　　（对众人）来来来……（耳语）

四　人　（大悟）哦、哦、哦……

　　　　（唱）轿儿抬起闪悠悠。

　　　　【各色人等，拿着刻板，抬着上石碑，以及匾额，上。

众　人　大人，我们要见纪大人……

　　　　【光启。

　　　　【书房，雍奴等推上案几，书案变为公案，书房变为公堂。

　　　　【纪大奎闻声，整理衣冠，走出门来。

众　人　纪大人……

纪大奎　众位乡亲，这是何意呀？

杨承祖　纪兄上任以来，体察民情，兴农重教，赈灾济民，百姓自发前
　　　　来相谢呀。

百姓甲　我是雕刻匠，送你雕版一千张。

商　人　我出钱，把纪大人写的都印成书，天下人都读您的文章。

杨承祖　呃，师兄才高八斗，文章盖世，应该天下共享。

众　人　读文章，我们都要读文章。（涌向纪）

纪大奎　哎呀，使不得，使不得！（躲避）

百姓乙　我家祖传是石匠，送你德政碑，请老学究撰文颂扬。

学　究　早就写好了。北宋苏东坡，当下纪大奎，比肩流芳。

众　人　流芳，流芳，比肩流芳。（再涌向纪）

纪大奎　喂呀呀，区区在下，遑论与东坡先生比肩哪。（再躲）

杨承祖　师兄任上，颁布条谕，禁止包揽词讼，废除烟茶行会，百业兴隆，还有治水开渠，惠民万家，就是最大的德政！

纪大奎　呃呃呃，莫忙哦。好久挖的水渠哟？

杨承祖　引水野鹤滩，随时可挖！

纪大奎　哎呀，野河滩重峦叠嶂，猴年马月也修不好。

杨承祖　猴年修不好，还有马年，一个轮回十二年。只要开始修，就是大功一件！

学　究　对对对，君子三不朽，立德立功又立言。

众　人　对！立德！立功！立言……（三涌向纪）

纪大奎　难道说，这条水渠就是为我的功劳簿好看一点？

杨承祖　人生一世，不就是图个光鲜嘛。（悄声地）我有内幕消息，师兄大行德政，不日就要升迁。

纪大奎　难道说，升迁就是我最大的追求吗？

杨承祖　学而优则仕，圣人之言嘛。（对众）诸位诸位，遵纪大人训：文庙修葺，即将竣工。我们请纪大人留墨增辉！

众　人　好好好！请纪大人留墨！（四涌向纪）

　　　　【纪大奎在众人压力下，无处可躲，干脆钻入公案下。

　　　　【杨承祖率众，找到案前，两百姓抬出一空白的匾额，杨承祖拿给他一支毛笔。

纪大奎　吔？有备而来呀……

　　　　【一阵风起，灯光变化，众人各呈姿势，凝成群雕。

纪大奎　（唱）融融暖日我独觉冷，

　　　　　　熙熙攘攘我独徘徊。（慢慢从案几下出来）

　　　　　　他送我，文名烈烈超同侪，

　　　　　　一代文宗信守来。

　　　　　　他送我，官声赫赫甚慷慨，

　　　　　　名垂青史永不衰。

　　　　　　还有那，彪炳千秋德政碑，

　　　　　　天地不毁名不败。

　　　　　　也或许，我配享文庙有风采，

　　　　　　高高在上众人矮。

也或许，百年之后名不衰，

我百年盖棺有人抬。

世人都为我喝彩，

此时的呜咽怎释怀？

永垂不朽纪大奎，

五千生死怎躲开？

初心不忘得始终，

一灵不昧真如来。

【石竹娘出。

纪大奎　夫人啊，若有人以金银财宝向你行贿，你能拒之否？

石竹娘　清水出芙蓉，妻能够洁身自好。

【雍奴出。

纪大奎　雍奴，有人以高官厚禄、锦绣前程向你行贿，你能拒之否？

雍　奴　老爷，你这个官当得太造孽了。依我看这个当官也不是啥子好
　　　　差事，风险大呃。

纪大奎　如果有人，以功名文名、千秋美名向你们行贿，你们还能拒
　　　　之否？

雍　奴　咹？还有用这个行贿的呀？

纪大奎　眼前不就是吗。

石竹娘　老爷啊，文名千秋，博学大儒，不正是你孜孜以求的吗？

纪大奎　这世有官儒、犬儒，也有真儒、鸿儒……

石竹娘　真儒、鸿儒？

雍　奴　呃，老爷，雍奴只晓得蒸笼红薯。

【灯复原，众人恢复原状。

众　人　请纪老爷留墨！

【众百姓跪下。

【纪大奎接笔题下：离微不二。

众　人　（议论）离微不二？

纪大奎　无我无造谓之离，有道有达谓之微。赤子真心，耿耿如一，是
　　　　为不二。离微不二！

【"老爷……"班头急上。

班　头　禀老爷，有紧急公文！

【戈什哈出。

戈什哈　大人口谕：纪大奎施政安民，击毙匪首吴忠隆，勋功卓著。

纪大奎　（震惊）啊？

戈什哈　然，纪大奎私抚罪民，擅改引水方略，功过相抵，着其自省。县丞杨承祖主持什邡治水，十日后开工！（隐去）

四　人　恭喜杨大人。

杨承祖　（喜形于色）哈……（见纪，忙收笑）师兄……（见纪摆手）僭越了。（对众）令下：什邡治水患，引水野鹤滩，十日之后，鸣炮开工！

众　人　保住李冰陵，多谢杨大人！

【收光，众下。

【纪大奎身形猛震。

雍　奴　妈哟，老爷人没走，茶就冰浸了。（念锣鼓）丑丑丑……

帮　腔　（唱）上峰一纸令，

　　　　　　满腹心酸情……

石竹娘　老爷，当官为民，你也算尽心。

纪大奎　仅仅就是尽心吗？

石竹娘　还能干啥？你上任以来，废除杂税，除旧布新，以茶换粮，赈济灾民。没有功劳，总有艰辛。你身受责罚，还为治水，连日案牍伤神，我是看在眼里痛在心。

纪大奎　引水野鹤滩，这就是面子工程嘛。唉，要是能有张师古的《三农纪》，那就好哪。

乞　娃　《三农纪》，《三农纪》……（跑下）

雍　奴　乞娃，乞娃。唉，乞娃呃，只说老爷为你们脱罪，结果……唉……你们这是啥子命啰？

纪大奎　命？天地万物，生而平等。高贵低贱，何以区分？朱门豪宅，酒池肉林，（掏出断箭）山野草民，就该饿殍藉枕吗？

帮　腔　（唱）血迹斑斑犹未冷，

　　　　　　折箭之誓逾千钧！

纪大奎　（毅然地）雍奴，快跟我走！

石竹娘　老爷。深更半夜的，你要去哪里？

纪大奎　我要登上古瀑口，再探李冰陵！找到治水策，为民拼一拼！

石竹娘　唵？上峰谕令，要你自省。一意孤行，要引火烧身！

纪大奎　君子修道，为生民立命！

石竹娘　既为生民，就更该珍视前程。

纪大奎　（一时语塞）这个……一生官居七品，要是连这点都要脱了，我又如何为民？

石竹娘　对啰。不在其位不谋其政。

纪大奎　对呀。在其位谋其政，不在其位，我也要吼几声。

雍　奴　（念）壮啊丑！

纪大奎　你爪（啥）子？

雍　奴　给老爷助威。

纪大奎　助啥威哟，我们走。（欲走）

石竹娘　（气恼）站住！你这个老头属牛的？非要把自己顶得遍体鳞伤，丢官罢职才安逸呀？

纪大奎　嘿嘿，我学苏东坡：回首向来萧瑟处，也无风雨也无晴。（走）

石竹娘　（挡住）你！不准去！

纪大奎　（心念一转）不去不去。哎呀，咋个想喝酒了，请夫人为我取来。

石竹娘　暗度陈仓，你少来。

纪大奎　哦，我曾有离微不二之说，怎么一时记不得啦？无我无造是谓离，有道有达是谓微……

石竹娘　不偏不颇，唯民至上，初心如一，是为离微不二……

　　　　【趁夫人吟诵，悄悄招呼雍奴，主仆二人，顽皮一笑，蹑手蹑脚，悄然溜之。

石竹娘　五色不迷其眼，五音不乱其耳。加之而不怒，临之而不惊，入渊而不濡，入火而不焚，是为不忘初心也……（回过神）咃？好你个纪大奎，趁我不注意，就脚板抹清油——溜了哇。哎呀！咋个眼皮又跳起来了嘛。

　　　　【杨承祖上。

杨承祖　师兄被自省，师弟来宽心。纪师兄……

石竹娘　宽啥心啰，他的心在百姓那里，他要夜探李冰陵！（下）

杨承祖　唉？吔，师兄，夜登高山，这是要干啥哟？（略思）呃，你可不
　　　　能坏了引水野鹤滩的大事啊。

【收光。

第七场

【伴唱：山月不知心里事，
　　　　每到中夜分外明。
　　　　莫道晨风君行早，
　　　　比君更有早行人。

【光启。

【月明山道，影影绰绰。

【纪大奎内放腔：行迈靡靡，行行复行行……

【雍奴行色匆匆，上。

雍　奴　老爷，走起。

【纪内应：来啰……气喘吁吁，上。

纪大奎　（唱）山高水长，
　　　　　　　危岩密林。
　　　　　　　弯弯拐拐多歧路，
　　　　　　　坡坡坎坎路不平。（摇晃）

雍　奴　老爷！

纪大奎　（唱）汗流浃背湿衣领，
　　　　　　　腰酸背疼脚转筋。（摔倒）

雍　奴　（扶住）呃呃呃，老爷，咋个的哟？

帮　腔　（唱）一个扑趴噻绊得不轻。

纪大奎　雍奴，还有好远嘛？老爷我，实在走不动了。

雍　奴　老爷，天都快亮了，还是要走快点儿嘛。

纪大奎　走嘛走嘛！

　　　　　　【纪大奎勉强前行。

帮　　腔　（唱）一步三停，步步艰辛，

　　　　　　　　　　才知人间路难行。

　　　　　　【帮唱中，杨承祖乘衙役轿子，上。

帮　　腔　（唱）一个前面走，

　　　　　　　　　　一个后面跟。

　　　　　　　　　　同走一条路，

　　　　　　　　　　却是两般情。

衙役甲　杨大人，半夜上山，这是唱的哪本戏哟？

杨承祖　哪本戏，慢慢看嘛。

纪大奎　哎哟，雍奴，我看你七老八十，手绵脚软，你啷个比我还麻

　　　　利呢？

雍　奴　老爷咧，你看我穿的啥子嘛？一身短打，贴身又精干，你再看

　　　　你穿的啥子嘛？大官袍，松抛气胀，前后兜风，就像那水冲烂

　　　　抹布，走一路垮一路，你咋个走得快嘛？

纪大奎　我是说我没得这么朽儿货嘛，原来是衣服的过。那咋个办呢？

雍　奴　脱了噻。

纪大奎　脱不得！

　　　　（唱）朝廷脸面庙堂器，

　　　　　　　　金玉其外是威仪。

雍　奴　老爷，你还以为是公堂判案，下乡检查，还要啥子威仪嘛？

纪大奎　你说脱得？

雍　奴　脱得！

纪大奎　那还说啥，脱，脱，脱——

帮　　腔　（唱）脱下了名缰利锁，

　　　　　　　　　　脱下了一张面具。

　　　　　　　　　　脱下了官场常例，

　　　　　　　　　　脱下了累赘外衣——

　　　　　　　　　　还你本色接地气，

　　　　　　　　　　仿佛换了一张皮！

　　　　　　【纪大奎脱衣，摔于地。

雍　奴　老爷，这下该松活了，快走呃。

【纪大奎带领雍奴，扬扬得意，跑圆场，舞蹈，歇息。

【杨承祖招呼衙役，捡起衣冠。

杨承祖　（唱）这张皮，是威仪，

脱下衣冠是布衣。

行为怪诞我还懂不起，

帮　腔　（唱）是表象做戏？还是本性不羁？

纪大奎　哎哟，不得行了，又不得行了。雍奴啊，你老腿老脚咋个比老
爷跑得还快哟？

雍　奴　老爷啊，你看我的脚上——

纪大奎　啥子嘛？

雍　奴　我穿的是六耳麻鞋，你看你穿的是啥？

纪大奎　官靴噻。

雍　奴　这个爬山路，咋个能够穿官靴呢？常言说得好，啥子龙门啥子
砖，啥子马儿啥子鞍。这个爬山路就要穿草鞋，你看，老奴我
都给你准备好了。

纪大奎　你说这官靴也脱得！

雍　奴　脱得。

纪大奎　草鞋可换得？

雍　奴　换得。

纪大奎　那还说啥子？脱官靴，换草鞋。（脱靴，换鞋，欲扔）

雍　奴　哎呀丢不得。老爷高升离任，百姓还要老爷脱靴留念。

纪大奎　自欺欺人，吾不取也，丢丢丢！

【夺过靴子扔到山下。

【杨承祖下轿，欲接官靴……

帮　腔　（唱）丢掉了官场陋习，

丢掉了亦步亦趋。

丢掉了摇头摆尾……

丢掉了小心翼翼。

纪大奎　（唱）且将老脚试新履……

（兴奋地）嘿嘿！

帮　　腔　（唱）疾步如风好安逸。

【跑圆场。

纪大奎　哎哟，哎哟哟呦……

雍　　奴　又爪子了嘛？我看一下。哎呀，老爷，你的脚底打起血疱了。

纪大奎　唵？这又咋个办呢？

雍　　奴　没得事，多走几步，血疱儿破了，血流出来就对了。

纪大奎　唵?!还要流血啊？你来挘我一下噻。

雍　　奴　这个挘不得，要你各人走。

纪大奎　哎哟哟……（忍痛，蹒跚前行）

　　　　（唱）这一痛我好有一比，

　　　　　　　看起来人生路不破不立。

　　　　　　　我提起脚——

　　　　　　　踩下去——（咬牙忍痛）

　　　　　　　轻轻走，慢慢移，

　　　　　　　我慢慢移……（忍痛行路表演）

杨承祖　（唱）他穿草鞋登崎岖，

　　　　　　　步步走得我心发虚。

纪大奎　哎——（下定决心）

　　　　（唱）何须悲悲戚戚？

　　　　　　　何必艾艾期期！

　　　　　　　凤凰涅槃披火羽，

　　　　　　　鲤鱼龙飞要脱皮。

　　　　　　　狠心一踢当洗礼——

帮　　腔　（唱）痛彻肺腑冷汗滴。

雍　　奴　老爷，这下还痛不痛？

纪大奎　（大喜）痛乎哉？不痛也！

雍　　奴　那就走起！

纪大奎　走起！（念锣鼓）喽壮喽壮丑……

鼓　　师　呃，错了。

纪大奎　没错。

鼓　师　你这个锣鼓走不快。

纪大奎　要啥子锣鼓嘛？

鼓　师　赶锤噻。听到！

　　　　【急促锣鼓起……

雍　奴　老爷，快走。

　　　　【主仆在锣鼓声中疾行；纪大奎快步，走向高处……

杨承祖　呀……

　　　　（唱）躬身登石梯，

　　　　　　　下坡踏荆棘。

　　　　　　　风来耳畔阵阵起，

　　　　　　　犹闻民间苦与疾。

班　头　老爷请上轿。

杨承祖　上啥轿哦？老爷也要沾地气。（甩手而走）

　　　　【衙役跟随。

　　　　【高台上，纪大奎、雍奴登顶而立。

雍　奴　老爷，我们终于到山顶啰。

纪大奎　（放眼而望）群山葱茏，薄雾青烟，好景致也。

帮　腔　（唱）山悠悠，水悠悠，

　　　　　　　登顶极目一望收。

纪大奎　几次上山，走马观花。今日登顶，真不一般了。

雍　奴　（探头而观）老爷，没得啥变化嘛。

纪大奎　呃。这山下河谷蜿蜒，曾经必是河道。李冰陵四面环山，就是
　　　　一座水库。天干开闸放水，水涨蓄洪分洪！哎呀呀，李太守李
　　　　川主，你这分明就是为后世导洛通山留下的暗示嘛。

杨承祖　李冰安澜，师古悬念，能看出个中玄妙，了不起呀。

雍　奴　呃，老爷，那是啥哟？

纪大奎　（看）一条船。

雍　奴　我看咋像是棺材呢。

纪大奎　（突然地）哎呀！

雍　奴　（一惊）啥子？

纪大奎　我曾于什邡文献遗存中读到：民俗古风，生养死葬。伐木为棺，
　　　　以棺为舟，以舟载魂，是为载魂之舟。

杨、雍　载魂之舟……

纪大奎　好啊。布衣承俗，民风敦厚，为官修德，一生通透；庙堂仁政，
　　　　盛世千秋。人生百年，驶向彼岸之时，不能只是一副躯壳。得
　　　　有灵，有魂，有精，有神，所谓灵魂不灭，实则精神不朽也！
　　　　（欣喜地）找到了，找到了。

杨承祖　好啊，师兄悟道，载魂之舟。

纪、杨　（纵声大笑）哈哈哈……

帮　腔　（唱）官也修，民也修，

　　　　　　　不负天地载魂舟……

　　　　【内喊声：出事了，乞娃跳岩了……

　　　　【"爹爹……"

众　人　（大惊）啊？

纪大奎　乞娃……

　　　　【切光。

　　　　【光启。

　　　　【转至李冰陵。

纪大奎　（俯瞰）乞娃，你这是为什么？为什么啊？

　　　　【"纪大人……"缥缈的声音，飘飘然的乞娃出。

乞　娃　纪大人，你一心治水，却被说成冒犯神灵。你为我们削罪，却
　　　　反遭自省。乞娃心有不甘，就进入张师古的坟墓，要找到那本
　　　　《三农纪》。

　　　　【百姓甲乙出。

百姓甲　掘墓盗坟！

乞　娃　啊！我没掘墓，只想挖个洞洞找到书。

百姓乙　先人之墓，你敢乱动啊？！

乞　娃　是啊。我自己的爹妈也在地下的嘛。可是，我们代代相传：水
　　　　淹李冰陵，万世享太平。

【百姓丙、丁出。

百姓丙　胡说！

乞　娃　我没胡说，是张师古说的。

百姓丁　张师古最敬李冰，定是你们编的！

乞　娃　多少年，大家都这样说啊。

百姓甲　你们罪民，心怀怨恨！

百姓乙　亵渎神灵，让我们跟着遭殃！

众百姓　可恶！可恨！

乞　娃　你们，你们，你们不信，乞娃愿以性命相证！（跑上岩）纪大
　　　　人，我虽是孤女，却不敢高攀。今天报恩家园，愿从此再无水
　　　　旱之患。纪大人，今天喊你一声爹，乞娃就算爹妈双全！爹
　　　　爹……（磕头，纵身，隐去）

纪大奎　（惊、痛呼）乞——娃——（凝视着山涧）苔花如米小，也学
　　　　牡丹开呀……

雍　奴　（悲呼）乞娃呀……

帮　腔　（唱）这一跳，人心碎，
　　　　　　　　天地人，一起悲。

纪大奎　（唱）一声爹，如利锥，
　　　　　　　　锥心痛，老泪飞。
　　　　　　　　一朵花儿含苞蕾，
　　　　　　　　李冰陵前化作灰。
　　　　　　　　苍天有情当垂泪，
　　　　　　　　乞娃赴死把我催。
　　　　　　　　决意治水要削罪，
　　　　　　　　纵是丢官罢职心不归！

【众人不禁默然。

【杨承祖赶到。

杨承祖　（唱）这一跳，跳得我心翻五味，
　　　　　　　　是涩是苦，有酸有悲……

纪大奎　乡亲们哪，此处以下，斗折蛇行，分明就是金河旧道！这李冰

陵四面环山，天然成堰。足可证明，乞娃之言不虚呀。

百姓甲　要是张师古《三农纪》上真这样说，我们就信！

众　人　对！书呢？书呢？

纪大奎　好！承祖师弟，你既有张师古野鹤滩之河道图，必然读过《三农纪》，对吧？

杨承祖　师兄……前人之书，未必适合今日之用。

纪大奎　那你还是读过嘛。

杨承祖　呃……

纪大奎　承祖啊，你明知治水方案不善，却为自保而不言，是否？

杨承祖　师兄……

纪大奎　你随波逐流，全身远害，唯命是从，是否？

杨承祖　我……

纪大奎　你献假图，骗上司，舍近求远，劳民伤财！就不怕百年之后，载魂舟上只是一具空壳壳吗？！

杨承祖　（震动）呀……

　　　　（唱）字字句句如利刃，

　　　　　　　刀刀见血刺我心。

　　　　　　　人生处处该自省……

　　　　　　　学师兄我敢不敢步后尘？

纪大奎　承祖啊……

杨承祖　引水野鹤滩，上峰定案，朝廷批准。一经更改，师兄你的前程……

纪大奎　嘿嘿，当官应自七品修，修在七品休还修。

杨承祖　（复杂地）七品休……

纪大奎　（朗声地）水淹李冰陵，万世享太平！

杨承祖　（咬牙，顿足）好！（拿出书）张师古《三农纪》在此！

众　人　（一阵躁动）《三农纪》……

纪大奎　好！你且当众读来。

杨承祖　（翻念）川主自把陵墓建，选址山坳保平安，水浅无用，水满则漫，若要刚好，九丈三。

纪大奎　（拿过书）好一个九丈三！李太守，张乡贤，你们用的好心
　　　　　思啊！

帮　腔　（唱）往事越千年——

纪大奎　（唱）洪波涌，鱼龙现，
　　　　　　　李冰治蜀开鸿篇。
　　　　　　　分水导流都江堰，
　　　　　　　半个成都米粮川。
　　　　　　　什邡洛水千年患，
　　　　　　　李太守导洛通山积劳成疾死山前。
　　　　　　　留下这雄雄烈烈衣冠冢，
　　　　　　　也留下川主平生憾。
　　　　　　　张师古，承遗愿，
　　　　　　　勘破奥秘九丈三。

纪大奎　你们看——

　　　　（唱）九丈三，是水线；
　　　　　　　川主陵，伏龙拴；
　　　　　　　深淘滩，低作堰；
　　　　　　　蓄水分流灌良田。
　　　　　　　从此西川无饥馑，
　　　　　　　风调雨顺安居乐业太平年。

帮　腔　（唱）啊……李冰叮咛化春雨，
　　　　　　　啊……张师古苦心卷波澜。

纪大奎　（唱）似看见万千黎民开笑脸，
　　　　　　　似听见山歌荡漾高景关。
　　　　　　　似觉得乞娃呼声在耳畔，
　　　　　　　什邡就是好家园。

帮　腔　（唱）洛水在吟唱，
　　　　　　　大山在呼唤。

纪大奎　（唱）那一轮秦时的明月啊——
　　　　　　　含着爱，带着善，

忍着泪，抱着怨，

抬着头，睁着眼，

殷殷切切切切盼盼，

看了我们两千年！

众百姓　纪大人，我们都明白了。

纪大奎　这李冰陵？

众乡亲　淹淹淹！

纪大奎　列祖列宗？

乡亲们　搬搬搬——

【"老爷……"石竹娘、戈什哈，上。

纪大奎　呃，夫人也来啦？

石竹娘　老爷，这位戈什哈大人有紧急公文。

戈什哈　（宣读）朝廷饬令：山民虽蒙昧，亦是大清国人。今削去罪名，入籍什邡。

纪大奎　吴忠隆吴首领，小乞娃乖乖女，你们听见了吗？天恩浩荡，即刻起，高景关五千山民，俱是堂堂国民啦！

石竹娘　哎？老爷，乞娃咋个了？

纪大奎　（嗫嚅地）她……

石竹娘　（悲从中来）哎呀，我的乖女儿啊……

戈什哈　还有下文：纪大奎广施仁政，士民感佩，着令嘉奖！

杨承祖　恭喜师兄为我等父母官之楷模！

纪大奎　杨承祖，我们不是百姓父母官，百姓才是我们头上天！

杨承祖　是是是。

众百姓　请纪大人脱靴，请纪大人脱靴……

纪大奎　哎？我又没升官，脱啥子靴哟？

百姓甲　你为什邡治水，为山民削罪！

杨承祖　哦，这是百姓之求，就是民意呀。

纪大奎　嘿嘿，我没得官靴，只有这一双又破又烂的草鞋？

众百姓　我们要的就是县令的草鞋，草鞋县令！哈哈哈哈……

【山歌起：江山社稷一叶舟，

民意汤汤万古流。
离微不二把心修，
不负天地载魂舟。
官至七品休，
官休心不休……

【剧终。

2022 年 5 月 4 日晨 7 时
改于成都锦江盛捷酒店

新编大型川剧历史剧

台湾公·黄开基

编剧　雨林

时　间　清道光年间、当下
地　点　台湾彰化、永川

人　物

黄开基　男，五十岁至六十余岁，由福建平和县知县调任台湾彰化县知
　　　　县，抗击英军，推行禁烟，深得民心。后升任台湾知府，加道
　　　　台衔。因病，告老还乡。
苟县丞　男，四十来岁，彰化县县丞。
月　娘　女，二十余岁，歌姬。
小豆花　女，十六岁至三十余岁。
乔　治　男，三十余岁。英国军官。以神父布道为名，行刺探防务之事。
黄之元　男，三十岁，黄开基随从。彰化团练。
黄剑秋　男，二十余岁至八十余岁，老师。
李思齐　女，十六岁至六十余岁，五间学生，长大后为教师。
张　三　男，三十余岁，彰化衙役。
李　四　男，二十余岁，彰化衙役。
李阿荣　男，二十余岁至三十余岁，彰化渔民。
王阿爷　五十余岁，彰化渔民。
刘铁匠　三十余岁，平和居民。（代义勇）
王　洪　男，十五六岁至二十余岁。五间青年（代百姓）。
张　顺　男，十五六岁至二十余岁。五间青年（代百姓）。
　　　　二随从、三乡绅、衙役、百姓（代义勇）。

序　幕

【二十世纪五十年代初，永川五间，黄氏祠堂。

【一本翻开的画卷。

【一幅着清朝官服的黄开基白描造像。

【歌曲"解放区的天"音乐起。

【李思齐和王洪、张顺，兴高采烈地跟着哼唱，一边搬椅抬箱，上。

李思齐　嗨，王洪、张顺，你们看。（指画像）

王　洪　（看）这不就是那个黄开基嘛。

张　顺　李思齐，这个箱子上还有字。

李思齐　（念）台湾彰化父老赠。吧，这个黄开基，硬是跑到台湾去了的哟。

张　顺　台湾？那不是蒋总裁的地方吗？

王　洪　未必他还是反动派？快开箱子！

二青年　好！（欲撕下封条）

【内声：不能开！

【一袭长衫的黄剑秋，急上。

黄剑秋　娃儿们，这箱子不能开。

张　顺　黄老师，这是农协分给我家的。打开！

【黄剑秋阻止，未果。

王　洪　（拿出，念）精忠报国。

张　顺　（拿出，念）正气长存。

李思齐　（拿出，念）爱民如子。

王　洪　哎呀，我还以为是啥子宝贝。（胡乱揉一团，扔下）

黄剑秋　你，你们，就这样扔啦？

张　顺　哎呀，都是纸飞飞，看你心痛的样儿啰。

黄剑秋　在你们眼里，这一份荣光，就成了轻飘飘的纸飞飞了……（默默拾起）

李思齐　老师，你怎么哭了？

黄剑秋　（忙揩）哦，老师眼里进沙了。

李思齐　不，你是哭了。老师，就为了这几张纸吗？

黄剑秋　这不是几张纸，这是我们的精、气、神哪。

李思齐　老师是说黄开基吗？

黄剑秋　是啊。黄公三十二岁中得举人，年逾不惑，经朝廷大挑，派至福建平和。四年后，调任台湾彰化。他一生为国为民，可谓立下不朽之功啊。

李思齐　哦？那你今天得给我们好好讲一讲。

黄剑秋　你们愿意听？

三　人　愿意听。

黄剑秋　好！那是 1840 年，是西方列强用鸦片打开中国大门的庚子年哪……

　　　　【合唱：穿越岁月长河，
　　　　　　　悠悠往事如昨，
　　　　　　　君子清梦共我，
　　　　　　　如歌如歌，
　　　　　　　情动两岸泪落。

　　　　【收光。

第一场

　　　　【"不得行！""不让他走……"
　　　　【吵闹声，呼喊声，一片嘈杂。
　　　　【光启。
　　　　【平和县城外，榕树下。
　　　　【双方人等对峙。

刘铁匠　黄开基黄大人是我们的知县，你们各自回去。

平和众　回去，回去！

李阿荣　铁匠大哥，我们从彰化驾船到了漳州，又翻山越岭地走路，好不容易才走拢你们平和县，你们这样，算什么嘛？

刘铁匠　算什么？
　　　　（唱）世上草木怕天干，
　　　　　　　风平浪静好行船。

	贩夫走卒老百姓，
	盼的就是父母官。
李阿荣	对啰。

（唱）你们有福遇好官，

安居乐业笑开颜。

今日他调任彰化县，

也该我们笑几年。

王阿爷	对对对。莫堵起。
彰化众	哦，让开嘛。
刘铁匠	不得行！你们接走了黄大人，我们哪个办？
李阿荣	呃，黄大人到彰化，那是朝廷任命的哟。
刘铁匠	那我们不管！
李阿荣	让不让？
刘铁匠	不让！
李阿荣	不让今天我就请你让。（拉刘）
刘铁匠	吧？要动手？

【双方众人你推我攘，乱乱纷纷……

【"吵啥子？闹啥子？"

【小豆花挑担上。

小豆花	（唱）豆花担子闪悠悠，
	我送恩人城门楼。
	密密匝匝人群乱，
	叽叽喳喳吵不休。

（招呼）哎呀，你们干啥子？干啥子？（见无果，跺脚）都

住手！

【双方闻声而止。

刘铁匠	小豆花，你跑来干啥哟？
小豆花	黄大人今天离开我们平和，我啊，专程为他饯行。
刘铁匠	呃，我们留大人，你来送大人，啥子意思？
小豆花	（唱）自从大人来本县，
	执法公允百姓安。

浚河道，绝水患，

惩恶人，平民怨。

安居乐业平和县，

才有这一碗豆花香又甜。

刘铁匠　所以我们舍不得黄大人走啊。

李阿荣　你们舍不得，我们不得舍。要不，你们干脆搬家，来我们彰化嘛。

小豆花　呃，这个主意好。

刘铁匠　好啥子？帮外人说话。

小豆花　哎呀，福建人，台湾人，还不都是中国人。

刘铁匠　咦？未必你还真想去台湾？

小豆花　我……黄大人在哪里，我就去哪里。

老　者　（对小）我们是在真心实意地挽留黄大人，你就莫捣乱了。

李阿荣　你们又哪个留下黄大人呢？

老　者　一壶高粱酒。

老　妪　苞谷杂粮粑。

平和众　万民陈情表。

小豆花　还有我这香喷喷的嫩豆花。

李阿荣　（不屑地）啧啧啧……就一碗豆花？

小豆花　我这碗豆花，黄大人说就像他家乡永川的一样。

李阿荣　那又哪个嘛？我们就要接上黄大人。

刘铁匠　我们要请大人留下。

平和众　对，请黄大人留下！

　　　　【双方又吵闹起来……

小豆花　哎呀，莫吵了。大人走与留，哪个说了都不算。

众　人　哪个说了算？

小豆花　黄大人来了，他说了才算。

　　　　【内高喊：不好了……

　　　　【一百姓跑上。

百姓甲　黄大人走了。

众　人　走了？

百姓甲　听衙门里人说，黄大人为了不惊扰民众，昨天入黑就动身，这阵，只怕由漳州码头赶船去彰化了。

众　人　（惊）啊？

【收光。

第二场

【光启。

【水光山色，一派春日景象。

【黄开基放腔：高风骀荡碧云天……

【黄之元挑书箱，上。

【黄开基素衣小帽，手执折扇，上。

黄开基　（唱）催动波涛万里蓝。

　　　　　　欲将时节赋新词，

　　　　　　却难开篇，

　　　　　　心系黎民倒悬。

　　　　　　国祚不昌多危难，

　　　　　　列强虎口三尺涎。

　　　　　　强以鸦片开国门，

　　　　　　狼烟起，毁我文明五千年。

　　　　　　奉旨调任彰化县，

　　　　　　靖国守土把民安。

　　　　　　巴山自古多烈士，

　　　　　　何惧他魑魅横行，

　　　　　　狼奔豕窜。

　　　　　　星夜兼程到台湾，

　　　　　　别无长物把身缠。

　　　　　　唯有诗书挑一担，

　　　　　　伴我清风两袖正气一身自飘然。

【"咣咣咣……"

【光启，彰化县城。城门上方，写有"彰化"二字。门洞旁，放着一张朱红案几、两把竹椅。

【衙役张三提一面铜锣，敲击着，李四手拿告示，上。

【锣声中，李阿荣、王阿爷等百姓上。

张　三　道锣一响，准备银两。

李　四　往年防海，今年海防！

王阿爷　海防防海，你们到底在防啥？

百姓甲　防我们包包里的银子。

张　三　乱说！防海安民，人人有责！

李阿荣　安民？那红毛洋人，耀武扬威，你们哪个不管？

李　四　闲话少说，各自交钱！

王阿爷　（气恼地）没得！

李　四　那就脱衣裳！（动手脱衣）

黄开基　住手！课税纳捐，张榜告示。强行征收，无异抢夺！

张　三　（碰一碰李）呃，来了个内行哦。

李　四　内行？（看着二人，不觉笑起来）嘿嘿嘿……

黄之元　呃……你绿眉绿眼的把我们看啥子？

李　四　看啥子？看银子嘛。拿来。

黄之元　干啥？

李　四　（伸手）交钱。

黄之元　什么钱？

李　四　海、防、捐！

黄开基　何为海防捐？

李　四　这个？

黄开基　哪个？

张　三　哎呀，这个那个，交钱就过。

黄开基　要是没钱？

张　三　没钱就把衣裳脱。

黄开基　嗬，好霸道。

李　四　这是规矩！

黄开基　规矩荒唐，早该废除！

百　姓　对！应该废除！

李　四　咦！今天还遇上对红星了呢。你们听了：

　　　　（念）本县有官，

　　　　　　　衙门朝南。

　　　　　　　敢不听话……

李　四　（念）拘禁收监！（拿出铁链）

黄之元　你敢！

李　四　有啥不敢？

黄之元　你可知他是谁？

李　四　谁？

黄之元　他是新任知县黄……

李　四　（大惊，铁链落地）啊？

张　三　你你你说他是……（打量黄）你是黄开基黄大人？

众　人　黄大人？

黄开基　怎么，不像吗？

张　三　岂止不像，你娃简直是在冒皮皮。

黄之元　（气愤地）住口！

张　三　你才给我住口！人家黄大人可是堂堂七品正印县令。出得门来，
　　　　嘟个都是前呼后拥，威风凛凛。你看你，一副挑担，两靴带泥，
　　　　布衣小帽，还补得有巴巴。啧啧啧……坟坝撒花椒——你麻
　　　　鬼哟！

黄开基　你……

张　三　你啥子，各人识趣，赶快交钱！

黄开基　嘿嘿，今天爷还就不知趣。

李　四　呲！你硬是扭到肇，不扯票！

张　三　牢饭不好吃，日子不好熬！

黄开基　那爷就吃一吃，熬一熬。

李　四　（对甲）三哥，这家伙稳得老，该不会有啥子来头嘛？

张　三　啥子来头哦。绷得凶，吓师兄。去，把他套起！

李　四　（上前）要得，套起……（转念）呃，啥罪名？

张　三	冒充老爷，蛊惑民众！

【"了得！"

【苟县丞着官服，带随从上。

苟县丞	（唱）县丞当了十八载，
	惯把上司心事猜。
	官场就像做买卖，
	分寸拿捏巧安排。

张　三	（讨好地）苟大人。
苟县丞	何人冒充知县？
张　三	（指黄）就是他！
苟县丞	嗯？黄开基大人即将上任，此时刁民闹事，那还了得！即刻收监！
张、李	拿下了。（将法绳套上黄颈）
黄之元	（上前挡住）你们谁敢？！
黄开基	（示意）既是如此，那就请当场审案。
苟县丞	当场审案哪……
黄开基	是啊。当着一众百姓，审出是非黑白，以儆效尤嘛。（见其犹豫）怎么？苟大人审案见不得天吗？
苟县丞	（恼怒）啥子见不得天？来！
张李随	有！
苟县丞	升堂！
张、李	（高喊）升堂啰！

【二随从抬木桌到苟身前。

黄开基	（看身上法绳，不禁莞尔）嘿嘿，小鬼审城隍，看他怎收场？！
苟县丞	人犯，可知罪？
黄开基	何罪？
苟县丞	冒充朝廷命官，煽动民情，此乃大罪！
黄开基	民情早已沸沸，尔视之不见，充耳不闻吗？
苟县丞	（恼怒）胆大人犯，竟敢咆哮。来！
张、李	有！
苟县丞	杖责二十，杀其威风！

张、李　　　（举杖）打！

黄之元　　　（以身相护）你们谁敢！谁敢！

黄开基　　　爷的威风你杀不得。

苟县丞　　　我堂堂县丞，还杀不了你刁民之威？张三、李四！

张、李　　　有！

苟县丞　　　（高举折扇）与我打，打，打……

　　　　　　【黄开基突然从衣袖内拿出印信，高举过头……

　　　　　　【苟县丞骤见朝廷朱瑜，惊得目瞪口呆，手中折扇倒悬于空……

苟县丞　　　（大惊）啊！你是黄……

黄之元　　　大家听着：新任彰化知县黄开基黄大人上任！

众　人　　　黄大人？

帮　腔　　　（唱）胆战心惊……

黄开基　　　呃，苟县丞，往下审哪。

苟县丞　　　（惊惧地）哎呀……（忙从案几处走下，脸上顿时堆满谄笑）

帮　腔　　　（唱）换张嘴脸请大人。

众百姓　　　（惊喜，交流）啊？真是黄大人来了……

张、李　　　哎呀，遭啰。（惊惶跪下）

苟县丞　　　（急忙迎出）不知大人驾到，恕罪，恕罪。

黄开基　　　不审啦？

苟县丞　　　大人未至，属下代理。大人上任，属下从之。

黄开基　　　（整肃衣冠，上公案内）整肃衣冠，正本清源。来！

众衙役　　　有！

黄开基　　　列队两厢，看爷公干！

众衙役　　　是！

　　　　　　【黄之元率领衙役，列队两旁。

黄开基　　　苟大人。

苟县丞　　　属下在。

黄开基　　　本县到任之前，民情如何？

苟县丞　　　物阜民丰，一派祥和。大人到任，想必更上层楼，歌舞升平哪。

黄开基　　　言语如蜜，想不甜都不行。

苟县丞　　　（谄笑）大人夸奖。

黄开基　各位父老，你们以为呢？

众百姓　（迟疑地）我们……

黄之元　（鼓励地）大人上任，有冤诉冤，有苦诉苦。

李阿荣　他们不敢说，我来说！

　　　　（唱）我等祖上来台湾，

　　　　　　　打鱼畲田把身安。

黄开基　嗯。农忙耕作，农闲赶海。

李阿荣　（唱）不管天灾与人祸，

　　　　　　　衙门只要催命钱！

黄开基　苟大人，这就是你说的物阜民丰、一派祥和？

苟县丞　哎呀大人！刁民之言，不可为信。

黄开基　连我都被强行拘押，你们可真是虚伪得心安理得呀。

苟县丞　大人，捐税徭役，权在知县嘛。

黄开基　嗬，摘得好干净哪……

　　　　（唱）知县随时听调，

　　　　　　　尔等久驻一方。

　　　　　　　衙门三班成朋党，

　　　　　　　忽悠上司做文章。

苟县丞　是是是，大人教训得是。

黄开基　（唱）我等都是百姓养，

　　　　　　　吃的国家俸禄粮。

　　　　　　　安民固本是本分，

　　　　　　　黎民富足国才强。

　　　　　　　现如今，列强炮舰东海上，

　　　　　　　虎视眈眈屡犯疆。

　　　　　　　趁我积弱一再让，

　　　　　　　欲霸我国土奴役国民而称王。

　　　　　　　眼见国难降，

　　　　　　　怎能够无动于衷，

　　　　　　　正气不扬？

李阿荣　黄大人说得对。在我们彰化的那个红毛肯定另有名堂！

老　妪　对头。我们的娃儿，天天往他住的地方跑。一会儿像得了大病，一会儿又金刚火冒的，不晓得他施了啥子法术。

黄开基　这是吸食鸦片成瘾的症状嘛。

王阿爷　还有。那个神父拿个吹火筒东望西望，还一边望，一边用笔画呢。

黄开基　哦？莫非……

苟县丞　大人，本县确有一神父。不过，他是既做生意又布道啊。

黄开基　神父做生意，和尚念假经。

苟县丞　洋人嘛。

黄开基　大家听了：即日起，整顿衙门，废除苛捐，禁绝烟土，固其民生！

众　人　（鼓掌）好……

黄开基　呃呃呃，海防捐还是要作数哈！

众　人　（不解）唵？

黄开基　唵啥子？我带头，自愿捐。

　　　　【收光。

　　　　【众隐去。

苟县丞　留下海防捐？未必他也爱钱……呃，他在平和县可是官声清廉啊。今天这事……乔治，乔治神父……

　　　　【乔治出。

乔　治　你闭国锁关，我利炮坚船！阿门。

苟县丞　乔治先生，黄开基上任，高举海防大旗，下令禁烟。

乔　治　禁烟？（大笑）哈哈哈……在我强大的舰队面前，林则徐都已经被你们朝廷停职议罪了。

苟县丞　贵国固然强大，毕竟劳师远来。如能将黄开基拉而拢之，岂不皆大欢喜？

乔　治　yes，yes，yes（英文）。又如何拉拢呢？

苟县丞　有人不贪财，有人敢舍命，遇上娇滴滴，他就脑壳昏。

乔　治　月娘？那可是一个美丽的女人。

苟县丞　所以，我花重金将她从台北春楼赎了出来。

乔　治　米斯苟，你可真有办法呀。

苟县丞　嘿嘿……黄开基！

　　　　（唱）酒色财气，

　　　　　　　纸醉金迷。

　　　　　　　总有一样适合你，

　　　　　　　沾上就把心性迷。

　　　　　　　只要上了船，

　　　　　　　届时回头已无期。

乔　治　（唱）哦，我的上帝，

　　　　　　　他们的贪婪无药医。

苟县丞　（大烟瘾发，呵欠）乔治……先生，我的神仙膏快吃完了。

乔　治　放心。有的是。

苟县丞　好。乔治先生，我们就以乡绅捐款之名……（附耳密语）

　　　　【收光。

第三场

　　　　【琵琶声起……

　　　　【光启。

　　　　【绿云小筑，木质雕花轩窗，月洞内有桃花焕然。

　　　　【月娘弹拨琵琶，一曲幽思。曲未毕，不禁叹。

月　娘　唉……想我月娘，原本是书香闺秀，岂料造化弄人，堕入风尘。

　　　　可真是往事如烟，徒留追忆耳。

　　　　（唱）琵琶凄凄，

　　　　　　　散了小筑莺啼。

　　　　　　　弦缓弦急，

　　　　　　　弹落旧梦依稀。

　　　　　　　曾经往事难追忆，

　　　　　　　回首已然遥无期。

　　　　　　　灯红酒绿眼前乐，

陪你销金歌一曲。

笑靥如花，

谁识我心酸无比；

风月旖旎，

谁解我惨惨戚戚。

一入风尘万般去，

曾经月华照沟渠。

【苟县丞带着赵、钱、孙三乡绅，上。

苟县丞　（念）佳人美酒在眼前，

　　　　　　　不信你有好清廉！

赵乡绅　（念）我等作陪请知县。

钱、孙　（念）出钱。

【苟领着进屋。

苟县丞　月娘。

月　娘　苟大人，你的客人呢？

苟县丞　随后就到。月娘，今天的客人不同一般，你可要好生伺候啊。

月　娘　知道了。

苟县丞　（对众）各位都是商贾乡绅，懂得起嘛？

三乡绅　明白，明白。

【内喊：黄大人到！

月　娘　黄大人？

苟县丞　（对月）你快下去准备，一会儿听我招呼。

月　娘　好。（下）

苟县丞　（高声）快快有请！

【黄开基着便装，上。

黄开基　（对子）素衣不染尘，

　　　　　　　　清风自然生。

苟县丞　哟，黄大人到了。快快请坐。

三乡绅　（拱手）大人。

黄开基　（点头）这雕花飞檐，红灯摇曳，各位好雅兴。

苟县丞　迎来送往，宴乐歌舞，人之常情。再说，大人乃当下名士嘛。

黄开基　那又如何？

苟县丞　名士风流，千古佳话。

黄开基　（大笑）哈哈哈……（入座）

　　　　【三乡绅赔笑坐下。

苟县丞　（执酒壶于黄身前）大人，彰化地方小，酒菜不入流啊。

黄开基　玉壶盛美酒，满桌皆珍馐。

苟县丞　（击掌）歌舞上来。

　　　　【众歌女簇拥着衣袂飘飘的月娘，舞蹈上。

月　娘　（唱）非是爱风尘，

　　　　　　　似被前身误。

　　　　　　　花开花落自有时，

　　　　　　　总赖东君主。

　　　　　　　去也终须去，

　　　　　　　住也如何住？

　　　　　　　待到山花插满头，

　　　　　　　莫问奴归处。

众　人　（鼓掌叫好）好……

　　　　【众歌女下。

苟县丞　月娘快来拜见新任知县黄大人。

月　娘　黄大人？莫非是名满福建的黄开基黄大人？

黄开基　正是黄某。

月　娘　（躬身施礼）久闻大人清誉。乡野之歌难入耳。

黄开基　如听黄鹂婉转声。

月　娘　大人莅临，蓬荜生辉。（斟酒）月娘敬大人一杯。

黄开基　多谢。（饮酒）

　　　　【苟县丞示意众乡绅。

三乡绅　（会意，举杯）我等为大人接风洗尘。

黄开基　且慢！今日之酒，不是说为了海防捐吗？

苟县丞　他们都是本县商贾名流，自然唯大人马首是瞻。（示意众商人）

赵乡绅　哎呀，大人哪。

　　　　（唱）大人颁布海防捐，

　　　　　　我等本应出点钱。

钱乡绅　（唱）生意做得有点惨，

　　　　　　　　囊中羞涩有困难。

孙乡绅　（唱）捐款还是要自愿……

苟县丞　呃呃呃，你们都哭穷……

　　　　（唱）大人面子如何安？

赵乡绅　（唱）再穷也要捐一点。

钱、孙　（唱）三两五两把名签。

黄开基　（讥讽地）哟，三两五两，你们好大方啊。

赵乡绅　不是我等不捐，只是年年都变花样。

钱乡绅　昨天防海要钱，今天海防要捐，遭不住。

苟县丞　防海为防灾，海防防兵燹嘛。

孙乡绅　防灾年年灾。

钱乡绅　兵燹未见来嘛。

黄开基　你等商贾贸易，跑海过省，也算见闻广博。如今，国运不济，
　　　　民生艰辛。洋夷狼顾，屡侵中华。再不筹谋自保，国将不国，
　　　　诸君如何安生？

　　　　【众人沉默。

月　娘　月娘愿捐！

黄开基　你？为什么？

月　娘　守天下安危，乃国人义务。

黄开基　说得好！

　　　　（唱）简单一句话，

　　　　　　　　说出肺腑言。

　　　　　　　　巫医乐师何贵贱，

　　　　　　　　都是中华一片天。

　　　　　　　　她虽弱女有公义，

　　　　　　　　愧煞一干锦衣男。

　　　　　　　　海防本是千秋事，

　　　　　　　　尔等为何认不全？

赵乡绅　大人别说了。

（唱）家国事，非等闲，
我等愿意……

三　人　（唱）捐！捐！捐！

赵乡绅　三位老兄，不管真与假，都尽一份心吧。

钱、孙　好！反正也不多这一回。

三　人　（拱手）大人，失陪了。（下）

黄开基　士绅带头，民众趋附，海防可期。

苟县丞　即使他们不捐，在下也已为大人备好方案。

黄开基　哦？

苟县丞　大人的海防捐，只需他一人就够了。

黄开基　谁？

　　　　【乔治板从暗处走出。

乔　治　大人。

月　娘　哎呀，你怎么像鬼魂一样，阴区区地飘进来啰。

黄开基　你是？

乔　治　（得意地）大不列颠日不落帝国神父乔治。

黄开基　哦，你漂洋过海，来我中国何事？

乔　治　以上帝的名义，来解救你们。

黄开基　也以上帝的名义，劫掠殖民？

乔　治　no！no！no！我们是为了友谊而来呀。

苟县丞　（忙道）对对对，乔治先生是朋友，所要捐税，他可以全部
　　　　包下。

黄开基　嘿嘿……

　　　　（唱）凭空冒出一朋友，
　　　　　　　这场好戏才开头。

乔　治　（唱）他不露声色猜不透，

苟县丞　（唱）是真是假难算筹。

月　娘　（唱）他洋人也来插一手。
　　　　　　　我正好冷眼辨清流。

黄开基　（唱）洋夷历来图谋久，
　　　　　　　欲霸华夏裂金瓯。

苟县丞　（唱）世人难逃重金诱。

乔　治　（唱）布下网罗待时收。

月　娘　（唱）明知陷阱他还走？

黄开基　（唱）探他皮里几阳秋。

苟县丞　（唱）只要将他引上船。

乔　治　（唱）上船就把跳板抽！

月　娘　（唱）不禁喟然一声叹……

　　　　（惋惜地）唉……

黄开基　（唱）一声叹，叹出冷暖在心头。

苟县丞　哎呀，大人……

　　　　（唱）乔治先生有几手，

　　　　　　　生意做起几大洲。

乔　治　（唱）白银万两小 case（小意思），

　　　　　　从今后包你财源水长流。

黄开基　一万两？那可是我一百年俸禄啊。

月　娘　咄，难道这金钱真是君子的克星吗？（欲语且忍）

黄开基　好大的价码，该多高的条件呢？

乔　治　不高。我的船队在你的辖区建立码头基地。

黄开基　然后从这里出发，直下福建，乃至全中国！

乔　治　yes（是的）。我强大的日不落帝国从此就是你的后台！

苟县丞　着着着。洋人做靠山，朝廷都忌惮。在这台岛彰化，天高皇帝
　　　　远，你知县说了算。何不与洋人合作，来个仕途生意两相顾呢。
　　　　到那时，大人你财大气壮，我等也要跟着您沾光。

黄开基　到那时，我黄开基也必然是千夫所指，遗臭万年！

乔、苟　（尴尬地）呃……

月　娘　（惊中带喜）看来是个好官啊。

苟县丞　大人，多个朋友多条路。

乔　治　对对对。

黄开基　朋友？

　　　　（唱）朋友之交，

　　　　　　　贵乎知己。

商贾之交，

各谋利益。

酒肉之交宴散去，

虎狼之交国危矣……

（厉声地）中国人交朋友，你帮我扶，以心换心，礼尚往来。你们却是，恃强凌弱，撬门踏户，吃干拿尽，临走砸锅！你！打着布道的旗号，窥探我防务部署；假上帝之名，行殖民之举。戕害我国人，掠夺我财富，贿赂我官吏，图霸我土地，奴役我人民！种种行径，罄竹难书，你我之间，只有国仇，何来友谊?!

乔　治　台湾孤悬海外，无主之地……

黄开基　住口！自古以来，台湾就是我中华国土。限你三日之内，离开彰化，如其不然，驱逐出境！

月　娘　（不禁赞叹）呀，好气节！

乔　治　哼哼哼……气节？在大炮面前，一切都会灰飞烟灭！

黄开基　（大笑）哈哈哈……

（唱）恼羞露出豺狼齿，

安能将我君子屈。

机关算尽来下套，

惜乎遇上软硬不吃的黄开基！

苟县丞　（阴恻恻地）大人真是高风亮节呀。

黄开基　（正色地）苟县丞！你身为朝廷命官，不思为民安生，竟然勾连洋人，欲拉黄某下水，十分可恶！待我奏明朝廷，再作惩处！

苟县丞　（大惊）啊？

【"大人……"

【黄之元上。

黄之元　大人，渔民出海，遭遇军舰，船翻人亡！

黄开基　不修海防，遗祸无穷！（下）

【黄之元跟下。

乔　治　（恼怒）小小知县，竟敢藐视帝国?!

苟县丞　不必动气。黄开基虽说是死脑筋，可我们手上这张王牌，不是

还没有打出去呀。（示意月娘）

乔　治　（会意）哦……米斯苟，大英帝国的银子没有白拿。

苟县丞　呃……你暂时离开彰化，剩下的我想办法。

乔　治　ok（好的）。朋友，拜拜。（下）

苟县丞　月娘，苟某对你怎样？

月　娘　苟大人不但为我赎身，还礼敬有加，不知何以为报啊。

苟县丞　眼下就是你报答苟某的时候了。

月　娘　哦？

苟县丞　你也看见了，我一番好心，他非但不领情，还要上奏朝廷。你
　　　　若不帮我，苟某必定祸事加身。

月　娘　呃，我虽歌女，却不卖国！

苟县丞　谁说卖国了？与洋人合作，免去战火，也算为彰化百姓造福。

月　娘　这个……

苟县丞　（暗示）改日，将你赎身文书带来给你。

月　娘　我晓得，没有赎身文书，还不是等于换了一座青楼。

苟县丞　话不能这样说。这事于你，说不定也是一段缘分呢。嘿嘿嘿……
　　　　（下）

月　娘　缘分……这话听起来哪个有点……

帮　腔　（唱）心里欢喜……

月　娘　（有些憧憬，旋即，回到现实）唉……

帮　腔　（唱）不过是梦里相期。

　　　　【收光。

第四场

　　　　【"咣咣咣……"锣声响起。

　　　　【光启。

　　　　【县衙前。

　　　　【张三敲着锣，李四拿着布告，上。

张　三　彰化海防，布告四乡。招募义勇，捐钱捐粮。（敲锣）

李　四　捐钱张榜，挂在城墙，如有疑问，没得商量……

张　三　你娃说啥子？又想挨骂了哇。

李　四　哦。如有疑问，好商好量。（挂告示）

【二人挂好告示，下。

【内吆喝：豆花，鱼丸，香喷喷的豆花鱼丸……

【小豆花挑担，舞蹈上。

小豆花　（唱）一副挑担过海峡，

　　　　　　　炉火鱼丸热豆花。

　　　　　　　福建平和到彰化，

　　　　　　　翻山啰……（上山舞蹈）

　　　　　　　下坎啰……（下坡舞蹈）

　　　　　　　过河啰……（蹚河舞蹈）

　　　　　　　还要把那海船搭。

　　　　　　　太阳落坡借宿农家下，

　　　　　　　鸡鸣五更踩着露水又出发。

　　　　　　　脚板都走大，

　　　　　　　肩头起茧疤，

　　　　　　　冷暖病痛我不怕，

　　　　　　　怕到不了彰化这两月奔波要白搭。

　　　　　（飞）这里是彰化。

　　　　　（惊喜地）唉？这就是彰化城哪？

　　　　　（唱）到彰化不由得我把泪珠洒，

　　　　　　　恩人他又能吃上一碗热豆花。（放下担子）

　　　　　（吆喝）鱼丸，豆花……

【李阿荣、王阿爷及一众青年上。

李阿荣　（唱）大人带头海防捐。

百姓甲　（唱）真心为民是好官。

百姓乙　（唱）驱逐红毛真有胆。

王阿爷　（唱）招募义勇保台湾。

小豆花　（吆喝）鱼丸，豆花，新鲜鱼丸嫩豆花……

李阿荣　呃，你像是？平和县的小豆花嘛。

小豆花　你是？

李阿荣　我叫李阿荣。（见其茫然）呃，去年，我们去平和迎接黄大人……

小豆花　哦，是你呀。

李阿荣　嘟个？买豆花都漂洋过海？

小豆花　不行吗？

李阿荣　行不行，要看味道好不好。

小豆花　我的豆花鱼丸，那不是吹的。包你吃了一碗想二碗，半夜做梦呀……

众　人　嘟个嘛？

小豆花　舌头还在把嘴巴舔。

阿　荣　那你说哈你这个鱼丸豆花到底有多好？

王阿爷　对，说得好啊，我们就买。

小豆花　那我就王婆卖瓜，自卖自夸……

　　　　（唱）客家人，客家话，
　　　　　　　客家鱼丸嫩豆花。
　　　　　　　豆花今年豆子磨，
　　　　　　　鱼丸今晨把网拉。

众　人　（唱）新豆子，香气大，
　　　　　　　撒一网，鱼和虾。

小豆花　（唱）豆子磨出千堆雪。

众　人　（唱）千堆雪，真会夸。

小豆花　（唱）鱼肉剁成九天霞。

众　人　（唱）像图画，九天霞。

小豆花　（唱）姜葱蒜，撒一把，
　　　　　　　香喷喷，绵扎扎，
　　　　　　　入口化渣滋味长，
　　　　　　　客家人吃了不想家。

众　人　（唱）哎哟哟，不像话，
　　　　　　　馋得口水一尺八。

香喷喷，又化渣，

哎哟哟……

客家人吃了不想家。

（开怀大笑）哈哈哈……

李阿荣　哦哟，把我清口水都说出来了。

百姓甲　她不说嘛你也在流口水嘛。（对众人眨眼示意）是不是嘛？

众　人　（调笑）对头……

李阿荣　涮我坛子。小豆花，除了他（指甲），每个人一碗。

小豆花　（高兴地）要得。（递给众人，对李）来，豆花。

李阿荣　（接过，有些发呆）啊……

（唱）她生性烂漫又豁达，

做事手脚多利麻。

声音就像阳雀鸟，

让我不禁把呆发……

小豆花　（见状，有些羞涩）你……你不吃豆花，看我干啥？

李阿荣　（反应过来）哦，吃豆花。（边吃边看）

小豆花　嗨！你还看？

李阿荣　（唱）越看越好看，

就像一枝花。

小豆花　（双手叉腰，跺脚）哼！

（唱）像花就像花，

是你屋头小姑妈！

李阿荣　好燥辣，是我们客家味道。再来一碗。

小豆花　（看锅内）哦嗬，买发财了。

李阿荣　那里不是还有一碗嘛？

小豆花　那是专门给黄大人留的。

李阿荣　黄大人也吃你的豆花？

小豆花　吃。每次吃完，他总要说一句：豆花香又甜，就像在永川。

李阿荣　哦。你是为了黄大人而来？

小豆花　是啊……

（唱）我家住在平和县，

　　　　　　　年年水患淹家园。

　　　　　　　那年大人把任上，

　　　　　　　夜发山洪浪滔天。

　　　　　　　我与爹娘困树梢，

　　　　　　　眼见丧命顷刻间。

李阿荣　（着急地）哎呀，这怎么办哪？

小豆花　（唱）危急时刻救星现，

　　　　　　　黄大人冒险踏浪救下母女得平安。

李阿荣　（松口气）好危险啰。

小豆花　后来洪水退去，大人带头捐资，浚河修堤，绝了水患。我们为
　　　　那道堤坝，还专门起了一个名字呢。

众　人　什么名字？

小豆花　黄、公、堤。

众　人　（赞）父母官哪。

李阿荣　呃，妹子，你来彰化，爹妈不担心哪？

小豆花　（唱）豆花女命运多舛，

　　　　　　　爹娘病撒手人寰。

　　　　　　　孤女无依就像风筝断了线，

　　　　　　　更有那恶少欺辱不敢言。

李阿荣　（摩拳擦掌）这么可恶！我阿荣……

小豆花　（对阿荣一笑）黄大人知道后，不但惩戒了恶少，还给我二两银
　　　　子，让我做起鱼丸豆花的生意呢。

李阿荣　所以你就来我们彰化了？

小豆花　我阿妈说过，只有在黄大人身边，才活得出来。呃，阿荣大哥，
　　　　我一路上都听大家说，彰化人有福气。啥意思？

李阿荣　是这样的。

　　　　（唱）天也清，地也明，

　　　　　　　彰化来了黄大人。

　　　　　　　废除苛捐日子顺，

　　　　　　　差哥不再欺负人。

王阿爷　（唱）兴农桑，固根本，

　　　　　　　　　开市场，重公平。

李阿荣　（唱）重建文庙尊孔圣。

众　人　（唱）不叫后世忘了根。

李阿荣　（唱）为募义勇保家园，

　　　　　　　　　带头捐钱发榜文。

　　　　　　　　　好官好了老百姓……

众　人　（唱）这就是大有福气的彰化人。

李阿荣　阿妹，既然你来到彰化，哪个要是欺负你，给我阿荣说一声！

小豆花　那就谢谢阿荣哥了。

百姓甲　咄，阿妹阿哥，喊得热和。

众　人　（大笑）哈哈哈……

　　　　　【黄之元带张三、李四，上。

张　三　何事喧哗？（对小豆花）呃，衙门口卖豆花……

李　四　（作势）胆大！

张　三　该罚！

黄之元　干啥？

张　三　（拉住李）稳到。

李　四　哦，老爷说了，文明执法。

小豆花　（对黄）小哥，还认识我吗？

黄之元　嗨！平和县的小豆花嘛。你怎么来到彰化啦？

小豆花　你们离开平和，我也挑起担子，来到彰化，一碗热腾腾的豆花，

　　　　　既解你们思乡之情，又报答黄大人的救命之恩哪。

张　三　（对李四）喊你稳到，如何？

李　四　差点出拐。

黄之元　大家聚集衙门，为了何事？

李阿荣　（唱）黄大人张了官榜，

　　　　　　　　　募勇乡为了海防！

百姓甲　（唱）想捐钱莫得银两，

　　　　　　　　　来报名要上战场。

王阿爷　（唱）后生们个个劲仗，

　　　　　　　　　我也有热血一腔。

阿　荣　（唱）打强盗都有胆量！

众　人　（唱）保家园不怕伤亡！

黄之元　好啊！

　　　　（唱）这真是民心所向，

　　　　　　　一个个群情激昂。

　　　　　　　待大人一声号令，

　　　　　　　御外辱齐心保家邦！

　　　　【众人摩拳擦掌。

黄之元　大家都随我去报名登记。

众　人　要得。

　　　　【张三、李四，带着众人，下。

小豆花　呃，黄大人的豆花。

黄之元　大人就在二堂，你送过去嘛。（给钱）收下。

小豆花　（推辞）不不不……

黄之元　大人定下的规矩，不收就不吃。（塞给豆花手里，下）

小豆花　回回都给钱。（猛然地）二堂？二堂在哪里嘛？

　　　　【月娘内声：我知道。

小豆花　你晓得呀？

　　　　【月娘内声：且随我来。

小豆花　那就谢谢啰。（忙挑担，下）

　　　　【收光。

第五场

　　　　【二堂，黄开基居所。

　　　　【光启。

　　　　【屏风，书画，八仙桌两旁置有木椅。正中匾额题写：慎思笃行。

　　　　【黄开基手握书信，背身而立。

帮　腔　（唱）廷报来心潮难禁，

　　　　　　　　又折了擎天之人。

【黄开基转过身来，读信。

黄开基　苟利国家生死以，岂因祸福避趋之……（赞叹地）好啊！

　　　　（唱）国运中落势难振，

　　　　　　　举步维艰我大清。

　　　　　　　列强环伺欺我弱，

　　　　　　　欲依仗坚船利炮开国门。

　　　　　　　朝廷无力久隐忍，

　　　　　　　忍出个低声下气民不聊生的猥琐形。

　　　　　　　常怀忧国心，

　　　　　　　心忧贼未平，

　　　　　　　海上游弋强盗船，

　　　　　　　岸上蛰伏代理人。

　　　　　　　有心上疏除顽症，

　　　　　　　奈何我芝麻官儿人微言轻空负一腔忧国情。

　　　　　　　林则徐举世浑浊尤独醒，

　　　　　　　虎门销烟自请缨。

　　　　　　　只说是天下中兴又重启，

　　　　　　　谁料得诤臣转眼成罪臣。

　　　　　　　他一品大员敢将生死置身外，

　　　　　　　我七品小县何惧荣辱加其身！

【月娘手提食盒，上。

月　娘　大人。

黄开基　哦，月娘来了。

月　娘　（放食盒）大人，你看谁来了？（招手）

【小豆花捧着一碗豆花，怯生生地上。

黄开基　（讶异）小豆花？

小豆花　（不知所措地）恩公……

月　娘　呃，小豆花，你怎么了？

小豆花　我、我、我是第一次进衙门，害怕……

黄开基　（笑起来）哈哈哈……衙门清正，该有敬畏之心。小豆花，你怎么来到台湾了？

小豆花　恩公啊……

　　　　（唱）恩公离开平和县，

　　　　　　　没吃我们一粒盐。

黄开基　百姓清苦，怎忍心哪。

小豆花　（唱）我这一命是你救，

　　　　　　　我这生意是你出钱。

黄开基　你的豆花做得好，有我家乡的味道。

小豆花　（唱）大人家乡离得远，

　　　　　　　一心为民好清廉。

　　　　　　　既然是豆花能慰思乡情，

　　　　　　　我就挑起担儿来台湾。（双手奉上豆花）

黄开基　（感动地）小豆花，你，你真是太有心了。

小豆花　恩公，你吃嘛。

黄开基　好好好。（接过，扶起）豆花接过手，豆香扑鼻来。要是加点胡豆瓣，仿佛在永川。（吃完）好多钱？

小豆花　黄小哥已经给了。（接碗）恩公……

黄开基　说了多少次了，别叫恩公。

小豆花　你本就是我的救命恩人嘛。

黄开基　你年龄和我儿女相仿，要不你就喊我……

月　娘　小豆花，还不快拜见义父大人。

小豆花　（既惊且喜，跪下）义父……

黄开基　（微讶）妹仔……

小豆花　（喜而泣）我，我，我又有阿爹啦。

黄开基　（扶起）好了，起来吧。

小豆花　义父，我明天再送过来哈。（下）

月　娘　大人贵为知县，生活竟然如此简单。

黄开基　箪食瓢饮，果腹足矣。

月　娘　难道你真不想锦衣玉食？

黄开基　想！年俸微薄，焉敢奢望。

月　娘　　只要大人一句话……

黄开基　　嗯？想做说客？

月　娘　　大人啦……

　　　　　（唱）大人清流儒雅，

　　　　　　　　不愿绿云赏花。

　　　　　　　　今日特陪您闲话，

　　　　　　　　与大人翻书赌茶。

黄开基　　（唱）月娘才情果不假，

　　　　　　　　如是易安爱酒茶。

月　娘　　（唱）不经夸，

　　　　　　　　堕入乐籍命已差。

黄开基　　（唱）会说话，

　　　　　　　　如风吹来满天霞。

月　娘　　（唱）浅唱一阕天下乐，

　　　　　　　　乐的君家，苦的奴家。

　　　　　【衣袂飘飘地靠向黄开基，黄避开。

黄开基　　（唱）我生性木讷不潇洒，

　　　　　　　　不解风月，流水落花。

月　娘　　红袖生香，人们追之若鹜。大人何必如此认真哪。（靠向黄怀）

黄开基　　黄某身为一方知县，上受国家之重，下承黎民之望。所作所为，
　　　　　不敢不认真哪。

月　娘　　啊……（忙整妆）

帮　腔　　（唱）快整顿衣裳，

　　　　　　　　收起了佯狂。

月　娘　　（唱）面对着故乡君子，

　　　　　　　　不该游戏孟浪。

　　　　　　　　求鉴谅深深施礼，

　　　　　　　　莫怪我行为荒唐。（深施礼）

黄开基　　哦？姑娘难道是永川人吗？

月　娘　　惭愧呀……

　　　　　（唱）月娘祖上，

与大人同一故乡。

永川松溉水街上，

尚有氏族祠堂。

黄开基　哎呀呀，没想到还遇上老乡了。

月　娘　（唱）虽称老乡心惶然，

云泥别，地下天上。

黄开基　小老乡，缘何如斯啊？

月　娘　（唱）曾祖他为慕朱子举家往，

居在了三坊七巷。

也算家道殷实，

本是门第书香。

被双亲视如明珠捧掌上，

父慈母爱情长。

自幼儿不喜女红，

偏爱那薛李辞章。

也曾是少女心思多幻想，

天际之处，

有我翩翩白马郎。

不料灾无妄，

横祸起萧墙。

只为那闲情小诗，

更胜了乌台牢房。

一夜之间失双亲，

贬入乐籍陷泥塘。

课曲卖唱，

不过为谋稻粱；

作戏逢场，

惯看世态炎凉。

从此飘蓬断念想，

偏遇上，故乡君子，

叫人羞愧难当。（掩泣）

黄开基　呃，他乡遇老乡，喜事一桩嘛。

月　娘　命运不堪，大人笑话了。

黄开基　（唱）休道不堪，

　　　　　　　各有际遇在世间。

　　　　　　　人生羁绊，

　　　　　　　谁又能所欲达天？

　　　　　　　总也为是与非，恶与善，

　　　　　　　一念之间天地远，

　　　　　　　徒留喟然长叹。

　　　　　　　飘飘子衿在眼前，

　　　　　　　隐隐悲戚颇心酸。

　　　　　　　她雍雅才情非装点，

　　　　　　　世俗中，茕茕孑立一株兰。

　　　　　　　慢道说多少俊彦空感叹，

　　　　　　　我都想重回翩翩一少年。

　　　　（帮）却怎么闲情沉湎？

　　　　　　　拴住了意马心猿。

　　　　（唱）家有老妻倚门盼，

　　　　　　　替我奉孝在永川。

　　　　　　　为我养育几子嗣，

　　　　　　　让我为国倾才干。

　　　　　　　更何况朝廷委我彰化县，

　　　　　　　为的是靖海护国守台湾。

【"大人……"黄之元上。

黄之元　禀大人，招募义勇，群情振兴，四乡百姓，都来报名！

黄开基　好！你为团练，按我教你的兵法阵式，集结操演！

黄之元　是！

月　娘　大人决心抗英？

黄开基　护国安民，以继林则徐大人未竟之举！

月　娘　洋人势大，朝廷都退让几分。为这台湾孤岛，值得吗？

黄开基　中华大地，如天地之舟，台湾一岛，是迎风之帆。先民渡海，垦荒畲田，开枝散叶，即有今天。历朝历代，皆为国土，列祖列宗，共祀轩辕。至圣先师，来自山东。大神妈祖，驾启福建。东南西北，民俗虽异，海峡两岸，历来血脉相连哪。

月　娘　要是功败垂成，岂不祸事加身?!

黄开基　如林则徐大人言：苟利国家生死以，岂因祸福避趋之!

月　娘　（感动）有君如斯，彰化之福，台湾之福啊!

【收光。

【喇叭里传出"大海航行靠舵手"旋律……

【歌声中，光启。

【二十世纪六十年代末，五间，黄家祠堂。

【四十五岁的黄剑秋，拿着扫帚扫地。

【二十六七岁的李思齐、王洪、张顺抬着一大箩物件，上。

李思齐　老师，我们到处找你呢。

黄剑秋　莫乱喊。我是麻五类，小心惹事情。

李思齐　（改口）哦，黄剑秋同志，他们代表大队，去黄开基老屋，又抄出来一些东西。

黄剑秋　都有些啥?

李思齐　有字画，有衣服，还有一把襟襟吊吊的伞。

黄剑秋　襟襟吊吊……哦，那可是万民伞哪。在哪里?

李思齐　被大家你一剪我一刀，一人一截拿回去当抹布了。

黄剑秋　（跺脚）唉! 万民伞可是百姓对黄开基的一片赤忱啊。唉……

张　顺　（正色地）黄剑秋! 你对封建王朝很有感情嘛。

王　洪　哦，思想有问题哟。

黄剑秋　我……

李思齐　（忙接过话）我们还发现了一本像书的东西。

王　洪　上头尽是些"绞绞字"，不晓得是啥。

张　顺　是啥? 肯定是藏起来的变天账!

黄剑秋　变天账? 在哪里?

王　洪　（递上）这里。

黄剑秋　（接过，看）啥子变天账哦。这是满族文字。是朝廷对黄开基的褒奖。

李思齐　啥事要褒奖他呢？

黄剑秋　他亲率义勇，抗击英军，取得大胜！你们说，该不该褒奖呢？

王　洪　既然是抗击帝国主义嘛，那还是……

张　顺　该奖！

李思齐　抗击外辱，彰化人必然个个都是英雄好汉！

黄剑秋　也不尽然，比如那苟县丞……

　　　　【收光。

第六场

　　　　【光启。

　　　　【绿云小筑。

　　　　【苟县丞出。

苟县丞　（唱）黄开基油盐不进，

　　　　　　　　不贪财不爱美人。

　　　　　　　　只说是为他摆下迷魂阵，

　　　　　　　　哪晓得月娘反倒迷了魂。

　　　　　　　　那乔治生意做得嗨得很，

　　　　　　　　炮舰开路估到成。

　　　　　　　　故而与他走得近，

　　　　　　　　各打一本生意经。

　　　　　　　　虽说是外患已迫近，

　　　　　　　　虽说是兵燹即将烧国门，

　　　　　　　　天塌自有高汉顶，

　　　　　　　　伐谋交战有朝廷。

　　　　　　　　老苟不过官八品，

　　　　　　　　封妻荫子是浮云。

　　　　　　　　只要能够把钱整，

　　　　　　　　他殖民由他去殖民。

（飞）昧良心。

（白）啥子哦?

（唱）黄开基自己装清正,

　　　拿我开刀做典型。

　　　还要上疏请皇令,

　　　那时候我就成了刀下魂!（焦虑,惊惧)

【月娘走出,见状,忙隐身。

【乔治暗上,一袭玄袍将身首掩住。

乔　治　苟大人。

苟县丞　（见之,大惊）你? 你? 你……此时还来,胆子好大。

乔　治　（揭帽,不屑地）怕什么?! 大英帝国的舰队正在赶来!

苟县丞　黄开基早有准备,布置了义勇巡防。

乔　治　那就找个机会,将他……（指划脖,杀状）

苟县丞　啊? 杀人……

乔　治　yes(是的)。干掉主将,必定一片混乱。到时举火为号,你亲自给舰队带路,我的士兵杀入彰化!

月　娘　（禁不住惊呼一声）啊? 好歹毒啊。

乔　治　（拿出小纸包,短枪）这是毒药,这是火枪,双保险。

苟县丞　（惊惶地）不不不……

乔　治　（塞苟手）你不杀他,朝廷杀你! 米斯苟,你可是大英帝国的朋友。（下)

苟县丞　（失神地看着手里物件）妈哟,跟你交朋友,提起脑壳走……

　　　（唱）又是惊慌又是怕,

　　　　　逼我去把上司杀。

　　　　　虽说是我不杀人人杀我,

　　　　　既杀人还得全身而退找说法……（焦虑,思索)

【随从甲,上。

随从甲　大人,月娘偷听!

苟县丞　月娘?（拍腿）嗨……

苟县丞　（唱）这张牌儿继续打,

　　　　　祸水正好泼向她。

　　　　　　请她堂前来说话……

　　　　　　【随从乙带月娘，上。

月　娘　（唱）避祸事我顾左右而言他。

　　　　　　（笑盈盈地）哟，苟大人来了？我这就去备酒。（欲走）

苟县丞　站住！月娘，我也不多费口舌！中秋将至，你以赏月之名，将
　　　　　　黄开基诱上南山！事成之后，一大笔银子连同你的赎身文书，
　　　　　　你就彻底自由！若其不然……

月　娘　你、你、你是要杀了我吗？

苟县丞　我不会杀女人，我会把你送给那些洋人水鬼。

月　娘　（大惊失色）啊？

苟县丞　（对月娘）不要逼我做不愿做的事情哪。（示意随从，下）

　　　　　　【随从点头会意，下。

月　娘　天，怎么啥事都让我月娘遇上哪……

　　　　　　（唱）眼见一场大风浪，

　　　　　　　　　铺天盖地逼月娘。

　　　　　　　　　我若如了他的愿，

　　　　　　　　　黄公必定遭祸殃。

　　　　　　　　　若不听从他之意，

　　　　　　　　　必定狗急要跳墙。

　　　　　　　　　是生是死我不怕，

　　　　　　　　　怕深陷匪窟不人不鬼不生不死好凄凉。（彷徨无计）

帮　腔　（唱）怎么办？想一想，

　　　　　　　　　忙中失智枉惊惶。

月　娘　（唱）黄公待我如亲友，

　　　　　　　　　从未轻看我月娘。

　　　　　　　　　世道败坏清官少，

　　　　　　　　　怎忍见他魂断南山一命亡。

　　　　　　　　　还需要及早把这惊天消息放……（刚走出门）

　　　　　　【随从上，挡住。

月　娘　（唱）难脱身，叫人急断肠……

　　　　　　【"豆花鱼丸，香喷喷的豆花鱼丸……"

月　娘　（唱）吆喝声不禁让我心花放，

　　　　　　　小豆花正好可以来帮忙。

　　　　　（对随从）呃……我想吃豆花。

随　从　我帮你去喊。（恶恶地）进去！（下）

月　娘　（唱）以文会友寻常事，

　　　　　　　消息就在诗内藏。

　　　　【提笔，略思，书写，咬破手指，钤印，折好诗笺。

　　　　（接唱）鲜血钤印生异样……

　　　　【"豆花来了……"

　　　　【小豆花捧碗，上。

　　　　【随从跟上。

小豆花　月姐姐，你要的豆花。

月　娘　（接过）妹子，黄大人他……还好吗？

小豆花　好。他老人家就是忙得很。

月　娘　对了，我有一首小诗，请大人指教。（递上）

随　从　（一把抢过）中天一轮明，秋光万里霜。有心问故人，难为关
　　　　山长。

月　娘　看懂没有？

随　从　（晃晃头）看不懂。

月　娘　看不懂就拿过来。（拿过，递给小豆花）

小豆花　（接过，揣好）月姐姐，我走了哈。想吃豆花，说一声。（下）

月　娘　（唱）但愿他一眼勘透早提防。

　　　　【收光。

第七场

　　　　【光启。

　　　　【二随从着黑衣，蒙面，蹑手蹑脚，上。

随从甲　（念）月白风清。

随从乙　（念）南山藏身。

随从甲　（念）就等暗号……

随从乙　（念）杀人！

　　　　　【随从甲拍手：啪啪啪……

　　　　　【苟县丞，上。

　　　　　【二随从拱手，苟县丞比画分别藏身、围住、拿人。

　　　　　【旋即，三人分下，潜藏。

　　　　　【月娘内放腔：风起台海波涛响……

　　　　　【月娘披红氅，提食盒，上。

月　娘　（唱）吹来海天万里凉。

　　　　　　　　载酒我把南山上，

　　　　　　　　心如倒海又翻江。

　　　　　　　　都说秋月如诗画，

　　　　　　　　只怕今夕是陌殇……

　　　　　【黄开基上。

黄开基　（唱）月明松岗，

　　　　　　　　天地青光。

　　　　　　　　登高远望多浩荡，

　　　　　　　　江山好，当此英雄不让。

月　娘　（唱）不让韶光付流光，

　　　　　　　　谁有侠骨柔肠？

黄开基　（唱）敢挽天河洗甲兵，

　　　　　　　　还我安泰之邦。

月　娘　（唱）我约黄公人未见。

黄开基　（唱）隐约可见是月娘。

月　娘　（唱）他若不解后果不敢想。

黄开基　（唱）我早已谋篇布局成文章。

月　娘　（唱）但愿你爽约。

黄开基　（唱）要把虎穴闯。

月　娘　（唱）南山藏杀机。

黄开基　（唱）正好擒头狼。

月　娘　（唱）禁不住心慌慌，意惶惶……

黄开基　（唱）心儿明，眼儿亮，

　　　　　　　气定神闲上山岗。

　　　　【光启，南山。

　　　　【隐隐涛声，皓月当空。松柏虬枝旁，一大石如桌。

月　娘　大人，你还是来了。

黄开基　不来，岂不负了小老乡对酒当歌的美意？

月　娘　是啊，明月桂花酿……

黄开基　黄公破阵歌！酒来！

月　娘　（下意识护住酒壶）这酒……

黄开基　怎么？

月　娘　我……

黄开基　小老乡欲言又止，莫非有难言之隐？

月　娘　哦，今夜月圆如镜，正所谓：

　　　　（诗）中天一轮明，

　　　　　　　秋光万里霜。

　　　　　　　有心问故人，

　　　　　　　难为关山长。

黄开基　这是你托小豆花带给我的诗嘛。

月　娘　大人以为如何？

黄开基　素雅如月，意境颇深。尤其是那藏头四字……

月　娘　（忙问）哪四字？

黄开基　中、秋、有、难！

　　　　【黑衣人带二匪上，围住二人，"变脸"恫吓之……

月　娘　（惊慌地）哎呀，有鬼……

黄开基　月朗天清，你几爷子装神弄鬼，累不累哟？

二随从　（露出面容）吓不到嗦。

黄开基　苟大人，该你登场了。

　　　　【苟县丞上。

苟县丞　嘿嘿嘿……大人神算。

黄开基　苟大人藏头露尾，也要与黄某对酒当歌？

月　娘　我歌非彼歌。

苟县丞　那是的。月娘之歌，其音靡靡，苟某之歌，送君财喜。

黄开基　哦？还想劝我？

苟县丞　大人哪……

　　　　（唱）历来廉吏清官瘦，

　　　　　　　自古神巫庙祝肥。

黄开基　（唱）污吏虽肥万民骂，

　　　　　　　清官虽瘦威如雷。

苟县丞　（唱）盛世尤可歌胸臆，

　　　　　　　国衰莫把虚名追。

黄开基　（唱）天下中兴看我辈，

　　　　　　　纾难何惜把身摧！

苟县丞　正气！只是彼强我弱，何不另寻路径？

黄开基　什么路径？

苟县丞　与洋人议和。

黄开基　议和？

苟县丞　是啊。他不过借我之地，用于补给。彰化仍是大清国的彰化，
　　　　大人还是彰化的大人。

黄开基　卑躬屈膝，亡国之见！

苟县丞　（唱）说大话，自己美。

黄开基　（唱）坏良心，要倒霉。

苟县丞　（唱）洋人势力大！

黄开基　（唱）中华民心归！

苟县丞　（唱）以卵去击石！

黄开基　（唱）玉碎也光辉！

苟县丞　（唱）你非要不见棺材不落泪？！

黄开基　（唱）我劝你迷途知返把头回。

苟县丞　（恨恨地）哼哼哼……回头已是百年身！来！

月　娘　慢！让我再劝一劝黄大人。

苟县丞　对嘛，虎狼药再换蜜糖水嘛。

月　娘　（对黄）大人，面对生死，你真不怕吗？

黄开基　太史公说：死，有重于泰山，轻于鸿毛。黄某一生，俯仰不愧
　　　　于天地，有何惧哉！

月　娘　好！今夜危局，乃应月娘之约，大人恨我吗？

黄开基　就凭你的藏头诗，黄某只有谢，何来恨哪？

苟县丞　（惊）藏头诗？

黄开基　嘿嘿，你虽为县丞，认了主子，（指随从）收罗两个狗子，做了
　　　　洋夷的桩子。为我设下套子，抬我轿子，上你路子，黑了心子，
　　　　里通外国为银子！对吗？

月　娘　还有！他们逼我约请大人，趁机挟持，如其不从，就用毒酒将
　　　　大人杀害。而后，举火为号，引领洋夷军舰靠岸！

苟县丞　既然开了底牌，亮了骰子，那就请！

黄开基　请什么？

苟县丞　请你们对酒当歌！（将酒壶塞月手）

二随从　喝！

月　娘　我晓得，你毕竟是不会放过我的！

黄开基　小老乡，这酒你不能喝，快给我！

月　娘　（护壶）大人，都是月娘罪过啊……（推开黄）
　　　　（唱）君是九天月，
　　　　　　　清辉洒乾坤。
　　　　　　　映照人间存正气，
　　　　　　　是邪是恶现原形。
　　　　　　　我恨自己心思蠢，
　　　　　　　为自保差点成了帮凶、害了忠臣、
　　　　　　　辱没祖先的大罪人！
　　　　　　　歌女人贱看，
　　　　　　　苟活在风尘。
　　　　　　　人前无尊严，
　　　　　　　死后是孤茔。
　　　　　　　今夜当效柳如是，
　　　　　　　舍生取义留下一缕干净魂！（举酒壶）

黄开基　（急忙地）喝不得！（抢过）我有安排！（将酒壶扔出）

月　娘	（疑惑）安排？
苟县丞	（愕然）什么安排？
黄开基	（冷冷地对苟）卿本佳人，奈何作孽。执迷不悟，殃民祸国！明日会期，军民同血。将计就计，痛打洋贼！与我拿下了！（放出信炮）

【信炮响起，黄之元带着张三、李四，以及小豆花、李阿荣等一拥而出。

小豆花	（挡在黄身前）义父！
黄开基	还不束手就擒！
苟县丞	（困兽犹斗）杀！

【二随从一声应诺，举刀上前。

李阿荣	（对豆花关切地）阿妹，小心了！
小豆花	哎呀，我晓得。

【苟县丞见状，欲溜之，被小豆花挡住去路。遂与之打斗。

【一番打斗，二随从被擒。

苟县丞	（掏出火枪，瞄准黄）黄开基！（扣扳机）
月、豆	（惊呼）大人(义父)小心！

【月娘飞身上前，中弹。

【黄之元挥刀劈向苟……

苟县丞	（一声惨叫）啊……（倒地身亡）
黄之元	苟县丞毙命！
黄开基	好！明日将计就计，诱歼洋鬼！
小豆花	（急唤）月姐姐，月姐姐你怎么啦？
月　娘	（奄奄一息）妹子，大人他……
黄开基	姑娘，内患已除，你是彰化第一大功臣哪。
月　娘	（松了口气）哦……我要走了。可惜，再也看不见你们……
小豆花	月姐姐，你不能走，不能走啊。
黄开基	小老乡……
月　娘	大人，月娘最后再为你唱一曲吧……（轻声吟唱）
	（唱）非是爱风尘，
	似被前身误。

花开花落自有时，

总赖东君主。

去也终须去，

住也如何住？

待到山花插满头，

莫问奴归处。

【面对逝去的月娘，黄开基深深鞠躬。

【小豆花泪流满面，不禁依偎在阿荣肩上哭泣……

【收光。

第八场

【转至海边。

【光启。

【礁石，海浪。

【黄之元，率领李阿荣等义勇，舞蹈上。

【合唱：旌旗招招，

　　　　滚滚如潮。

　　　　岂曰无衣，

　　　　与子同袍。

　　　　保我家国，

　　　　举我戈矛……

黄之元　大家听着：枕戈待战。保家卫国，抗击洋夷，就在今天！

众　人　杀！

李阿荣　黄大人来了。

【黄开基着征衣，挎腰刀，身后紧跟衙役，上。

黄开基　（诗）长风呼啸海天阔，

　　　　　　壮士赳赳守家国。

　　　　　　不叫山河颜色改，

怒向刀丛一腔血。

黄之元　禀大人，义勇整备完毕！

　　　　【男女声："大人……"

　　　　【小豆花、刘铁匠急上。

小豆花　大人，福建平和县的一众百姓到了。

黄开基　平和县？

刘铁匠　大人台湾抗英，小豆花托人带信，乡亲们日夜兼程赶来了。

王阿爷　这么远都来帮忙，我们过意不去呀。

小豆花　平和彰化，同为中国，海峡两岸，本是一家。

黄开基　好啊！

　　　　（唱）台海抗英随县令，

　　　　　　　来了平和众乡亲。

　　　　　　　上山打狼亲兄弟，

　　　　　　　阵前杀敌父子兵。

　　　　　　　百里海峡隔不断，

　　　　　　　两岸一家骨肉亲。

　　　　　　　有民如斯真带劲，

　　　　　　　看中华遍地英雄大国民。

　　　　（对众）大家听了！

众　人　啊！

黄开基　我军长在武功而短在武器，今欲求胜，须以我之长攻敌之短！近战纠缠，敌人大炮投鼠忌器，不敢发射。贴身肉搏，洋夷火枪失去威力。如此，我军必胜！李阿荣。

李阿荣　在！

黄开基　命你驾船，佯装投敌，将洋鬼诱入伏击圈中！

李阿荣　是！（下）

黄开基　陆战队！

黄之元　在！

黄开基　埋伏两厢！

黄之元　是！

黄开基　刘铁匠！

刘铁匠　在！

黄开基　你率平和乡亲，随时支援！

刘铁匠　是！

黄开基　一众衙役，随我居中迎战！

众衙役　是！

小豆花　呃呃呃，还有我呢？

黄开基　你？一个女娃子……

小豆花　我要为月娘姐姐报仇！

黄开基　随我左右！待洋夷上岸，百步之内，听令出击！

众　人　是！

黄开基　点火！

　　　　【收光。

第九场

　　　　【光启。

　　　　【空场。

　　　　【李阿荣，上。

李阿荣　（念）心里怦怦跳，

　　　　　　　　身后跟红毛。

　　　　（对内）哎呀，走快点嘛。

　　　　【着英军军服的乔治，率领一队英军士兵，上。

乔　治　（念）岸上静悄悄，

　　　　　　　　难道有圈套。

　　　　（对李）你真是带路党？

李阿荣　咋个？不信？

乔　治　那黄开基？

李阿荣　中毒身亡！苟大人就在那边等你们。（指远处）

　　　　【一着官服之人，背身而立。李阿荣暗下。

乔　治　（大笑）哈哈哈……黄开基已死，彰化从此就是我大英帝国的土地了。米斯苟，朋友！

【"哈哈哈……"笑声中，那人转过身来，却是黄开基。

黄开基　犯我中华者，杀！

【"杀！"呐喊如潮，义勇等涌出。

乔　治　哎呀！中计了……

【义勇们举刀，与一众英军展开厮杀……

【合唱：岂曰无衣，

　　　　　与子同袍。

　　　　　保我家国，

　　　　　举我戈矛……

【合唱中，黄开基带领小豆花及众衙役，挥刀迎敌。

【黄之元率义勇，与英军肉搏。

【激战中，小豆花始终不离黄开基左右。乔治惊慌失措，于乱战中被黄开基击毙。其余英军急忙逃向大海。

【阿荣率一众渔民，驾舟追击……

黄之元　洋鬼子逃了，我们胜利了……

李阿荣　胜利了，我们胜利了……

【众人欢呼：胜利了……

【李阿荣来到小豆花身旁，两人相互关切地查看对方。

【"大人……"

【书吏举着廷报，急上。

书　吏　大人，朝廷来了廷报。

黄开基　说什么？

书　吏　朝廷签订《南京条约》，割让香港，林则徐流放新疆！

众　人　（大惊）啊？

黄之元　我们拼命，他们媾和。这是为什么啊？

【众人光收。

黄开基　《南京条约》，割让香港……（身形渐渐颤抖，凄声地）我的大清国啊……

　　　　（唱）一纸廷报下九阙，

惊雷恸心魄。

才说河山无限好，

一转眼，河山破碎金瓯缺。

曾记得，五间秋风吹瓦舍，

灯如豆，伴我遍读经世策。

身似草根江湖远，

位卑何曾忘忧国。

四十六岁为县令，

闽之南，台之北，

宵衣旰食，为民安居乐业。

却逢国运渐衰竭，

列强环伺卧榻侧。

衮衮诸公满朝野，

一个个自爱羽毛自顾勋名皇皇阔论空误国。

（帮）虎门烟未灭，

勋功成罪孽；

名臣流放三千里，

清史何以书竹帛？

（唱）枉读了五车之书，

挽不住大厦倾斜。

辜负了烈烈壮士，

为家国，人人甘把身折。

有民如斯国之幸，

为什么，泱泱华夏竟成鱼肉虎狼猎？

都因为坐井观天，

都因为陈腐难革；

开门揖盗种恶因，

割地赔款丧权辱国祖宗尊严尽磨灭……

帮　腔　（唱）无力回天心痛彻，

十年光阴驹过隙……

【"圣旨下!"

【画外音:黄开基台防经略有方,禁烟护国,升任台湾知府。

黄开基 (叩首)谢万岁。

【画外音:加道台衔。

黄开基 万万岁!敢问钦差大人,欣闻林则徐大人重新启用,调任云贵
总督?

【画外音:林则徐?福薄命浅,数月前就病死在赴任途中了。

黄开基 (大恸)栋梁摧折,时也运也……

(唱)可叹,可悲,可怒!

无奈,无语,无策……

禁不住老泪如雨泄,

心痛也,向天洒出一腔血。(身形摇晃,仰天喷血)

帮　腔 (唱)海风烈,浪千叠,

谁人解?杜鹃血。

殚精竭虑光阴去,

一夜青丝尽飞雪。

【黄开基已然病体羸弱,瞬间,须发皆白。

【小豆花捧着一碗豆花,身后跟着李阿荣,上。

小豆花 义父。听说您要走?

黄开基 老了,病了,该回永川了。

小豆花 义父,我想跟着你去。

黄开基 你们有了家,还有一个小小豆花,跟我去干啥哟。

小豆花 自从你救下小豆花那天起,我就把你当作了阿爸。十六年了,
你没日没夜,为民操劳。到今天,白发满头,病体难支,小豆
花难过啊。

黄开基 乖女儿,不要哭。能活着回到故乡,应该为我高兴哪。

小豆花 (拉阿荣一起跪下)小豆花没得别的,一碗豆花,为你老人家饯
行了。(双手举碗)阿爸……

黄开基 (忙扶住)起来,起来。阿爸我,吃不下去了……

(唱)黄昏已冷天将黑,

残灯已枯油将竭，

一生精气早耗尽，

只剩下病骨支离满头雪。

唯盼后世有来者，

雄才大略，收拾河山，解民倒悬，

还我生机勃发大中国。

我今归去也，

归去故乡伴明月。

【黄开基拖着病躯，慢慢走去……

【小豆花、阿荣不舍地望着远去的黄开基。

【光启。须发皓然的黄剑秋出。

黄剑秋　黄公在台一十二年，及至1851年，因病告老还乡，逝于故乡五间。台湾百姓心存感念，尊其为：台湾公。

【及近老年的李思齐，出。

李思齐　老师，桂山书院开院，请你去讲一讲黄开基的故事。

黄剑秋　我老了，讲不动哪，该你们接着讲了。

李思齐　好！接着讲。

尾　声

【光启。

【当下的永川。

【一城葱翠，海棠盛开。

【琅琅书声起，曾子曰：士不可以不弘毅，任重而道远。仁以为己任，不亦重乎？死而后已，不亦远乎？

【合唱：穿越岁月长河，

悠悠往事如昨，

一怀清梦共我，

如歌如歌，
　　情动两岸泪落。
【收光。
【剧终。

2019 年 12 月 8 日
成稿于永川
2020 年 7 月 23 日
四改于万州

该剧入选国家艺术基金项目

新编大型现代花灯戏

一路芳芳

编剧　雨林

贵州省花灯戏剧院　演出

谨以此剧——
献给为新农村建设作出突出贡献的人们！

时　间　当下
地　点　贵州西北部山区

人　物

陶春云　女，四十余岁，云岭村党支部书记。

王四旺　男，四十余岁，云岭村村民（代傩人）。

李志用　男，四十余岁，陶春云丈夫（代傩人）。

王晓霞　女，二十余岁，村支委，妇女主任。

大山叔　男，六十余岁，云岭村老支书。（代傩人）

向黔花　女，四十余岁，外号"想钱花"，云岭村民。

老　者　男，八十余岁，云岭村长者。

蒋乡长　男，三十余岁，云岭乡乡长。

莽　子　男，二十余岁，王晓霞男友，村民。

五　婶　女，五十余岁，村民。

黄　毛　二十余岁，村民，潮流青年。

村干甲乙、男女村民等（代傩人、花灯演员）。

序　幕

【深邃，带有浓郁黔西北韵味的山歌哼鸣。蓦地，粗犷而沧桑的山歌破空而起……

【须发皓然、神情矍铄的老者出。

老　者　（唱）这山没得那山高，

　　　　　　　　那山云雾半山腰。

　　　　　　　　要想山顶看日出，

　　　　　　　　变个阳雀冲云霄。

【收光。

（1）

【初春。

【地戏的锣鼓声响起。

【几个着地戏装，戴面具者，随着鼓点舞蹈……

【光启。

【云岭村。

【村前，大树下。山路弯弯，村舍零落。村后，崇山峻岭，云雾
　缭绕。

老　者　祭山啰……

【王晓霞、王四旺、五婶、向黔花等，随大山叔祭山。

傩　人　（唱）敬皇天风调雨顺，

　　　　　　　　敬大地五谷丰登。

　　　　　　　　巍巍群山养育我，

　　　　　　　　念念不忘大山恩。

老　者　今年祭山，不同往年。告别贫困，喜笑颜开。新春之祭，谢人
　　　　谢天，日子红火，又是一年。

王四旺　老者，祭山谢神，你咋个谢人呢？

老　者　（揭下面具）四旺啊，没得人哪来神呢？（下）

【众傩人跟下。

大山叔　哦。这一届干得好，两年就让我们云岭村揭下了贫穷的帽子。
　　　　我啊，放心了。

王晓霞　老支书，春云姐硬是有几把刷子。我王晓霞服她！

五　婶　现在啥子都好，就是差点人气。要是打工的都回来，云岭村就

更好啰。

【莽子内喊：回来啰……

【莽子及一众青年男女，提着行囊兴奋地上。其中，黄毛用手机不停拍照。

众男女　（唱）一路风尘往家赶，

　　　　　　　辛劳打工又一年。

　　　　　　　欣闻家乡脱贫困，

　　　　　　　从此昂首在人前。

大山叔　大家都回来啦？

众男女　回来了。

【村民们纷纷与自己亲人打着招呼……

莽　子　晓霞，给你的。（从包内拿出新手机）

王晓霞　（兴奋地）oppo！

莽　子　这是最新款，功能多，像素高得很。（递与霞）

【王晓霞羞涩中，黄毛直播着……

黄　毛　（举着手机）呃，直播。新农村的爱情，一样浪漫。

女　甲　你们看，晓霞的脸都红啰。

众　人　哈哈哈……

莽　子　晓霞，听说我们云岭村脱贫啦？

王晓霞　脱贫啦。

莽　子　快给我们讲讲。

王晓霞　（唱）今年县上来检验，

　　　　　　　人均收入已超前。

　　　　　　　你们城里打工去，

　　　　　　　我们留守建家园。

莽　子　你们具体咋干的呢？

王晓霞　（唱）陶支书思路不一般，

　　　　　　　集中了部分土地来试验。

　　　　　　　不种传统老洋芋，

　　　　　　　花花草草都是钱。

莽　子　种花草？啥子花？

王晓霞　玫瑰山茶郁金香，菊花红花金银花。

莽　子　那又是啥子草呢？

王晓霞　就是家家户户都喜欢吃的鱼腥草。

莽　子　（不解）啥？

王晓霞　起先我也不信。直到结算下来，硬还是赚了几十百把万。

黄　毛　莽哥，比我们城里打工也差不了好多哟。

王四旺　眼下是有点搞头，可哪个又晓得能不能长久？

向黔花　就是。陶春云两口子是老板，既有公司，又有酒店，吃穿不愁
　　　　图新鲜，回来当支书啊，我看是为了玩！

王晓霞　向黔花！你那个弯酸毛病又发了？！

向黔花　哎哟晓霞妹妹歪辣姑，莫冲着我冒火。今天是祭山她都没来，
　　　　你说她是不是正在城里头，喝酒打牌闲聊天。（吐出瓜子壳）

王晓霞　你！

　　　　【村民中有人大喊一声：看！陶支书来了。

　　　　【陶春云内放腔：一夜春风绿山岗……

　　　　【陶春云手执图纸，兴奋地上。

陶春云　（唱）群山涌翠绽鹅黄。

　　　　　　　新春当有新气象，

　　　　　　　一怀欣喜回山乡。

王晓霞　（迎上）春云姐。

陶春云　（招呼）大山叔，晓霞。（对莽子等）你们打工都回来啦？

打工者　回来了。

陶春云　过完年还走吗？

打工者　（看着莽子）莽哥？

莽　子　我们也许……

王晓霞　也许啥呢？自己的家乡就要自己建设嘛。

陶春云　晓霞说得好！改革开放几十年，是到了建设家乡的时候啦！

向黔花　哎呀，我们都建设了几辈人，还不就这是这个样子。

王四旺　嘿嘿，你是支书，要挣面子，我们百姓，看的票子。

王晓霞　四旺叔，自从春云姐上任，去年到今年，人均分了好几千。

向黔花　（不屑地）啧啧啧……那几个钱，刚好够我赶场打麻将。

五　婶　　那是你懒！男人挣钱你来花，怪不得你叫"想钱花"呢。

众　人　　（笑）哈哈哈……

陶春云　　乡亲们哪……

　　　　　（唱）水有源头树有根，

　　　　　　　　祖祖辈辈云岭人。

　　　　　　　　当年贫穷实无奈，

　　　　　　　　靠天吃饭算收成。

　　　　　　　　青壮城里去打工，

　　　　　　　　山乡老幼孤零零。

　　　　　　　　最是那白眼看人低一等……

打工者　　（唱）还有那黑心老板拖欠赖账不认人！

陶春云　　（唱）如今政策如阳春，

　　　　　　　　生机勃发大地新。

　　　　　　　　带回一大好消息，

　　　　　　　　未来可期新农村。

大山叔　　春云啊，你是不是又有了新想法哦？

陶春云　　老支书。

　　　　　（唱）试种花草收益强。

　　　　　　　　牛刀小试见锋芒。

　　　　　　　　天赐一座云岭山，

　　　　　　　　正好放手干一场。

众　人　　（唱）心里爽，干一场，

　　　　　　　　等你支书拿主张。

陶春云　　（唱）集中土地重规划，

　　　　　　　　突破传统旧框框。

　　　　　　　　因地制宜选新项，

　　　　　　　　先人一着抢占未来新市场。

大山叔　　我咋个还是不太明白呢？

王晓霞　　老支书，村支两委开会研究了，云岭村将重新布局，集中发展。

众　人　　（不解）重新布局？

陶春云　　对！趁热打铁，成立云岭合作社，把土地都集中起来，种他一

　　　　　山果木鲜花，让我们云岭山彻底变成人人羡慕的花果山。

众　人　（兴奋地议论）那好啊……

陶春云　这就是集中资源，统一规划，抢占市场，以图长久！

王晓霞　还要利用网络，宣传推广我们的产品。

莽　子　对呀！现在是互联网经济时代，我们可以建立网站。

陶春云　莽子的这个意见好！有网络这个平台，云岭山有的是钱赚。呃，
　　　　　哪个又负责网络这一块呢？

　　　　　【众人齐齐看着黄毛。

黄　毛　唵？我啊？

莽　子　黄毛，你娃喜欢搞网络直播的嘛。

黄　毛　行嘛。莽哥，那我们就不走啦？

莽　子　兄弟们，陶支书的设想摸得着看得见！我们留一年看看？

众　人　啊？

王四旺　莫忙！这件事情还没搞清楚的哟。

众　人　啥子事？

王四旺　集中土地，重新规划？陶春云，你是要把我们的土地收归集
　　　　　体吗？

陶春云　不是收！成立合作社，大家自愿入股。

王四旺　那土地权属？

陶春云　按政策不变。

王四旺　我地里收成？

陶春云　每年流转金，庄稼折成钱。

王四旺　那合作社的利润又咋说呢？

陶春云　按土地分配，利益均沾！

五　婶　我看这是件好事嘛。

大山叔　（有些困惑）好事情，我还是有些……

陶春云　老支书，放心吧。就算有什么问题，由我陶春云承担！

　　　　　【众人收光。

　　　　　【定点光启。

　　　　　【老者出。

　　　　　【黄毛依然直播着……

老　者　（唱）出门是山就登山，
　　　　　　　过河浪大就行船。
　　　　　　　没得路时走出路，
　　　　　　　未必原地转圈圈。

黄　毛　直播直播，傩戏老者唱山歌。土地流转新鲜事，听听他们咋个
　　　　说。（下）

【转至空场。

（2）

【光启。

【村前，大树下。

【众人围着傩戏头，议论纷纷。大山叔、王晓霞、莽子、二村干
　部与老者同场，但有空间距离感。

王四旺　老者，你一天不是傩戏就是山歌，硬是心闲。

老　者　呃，傩戏驱邪，山歌抒怀。

五　婶　云岭村有大事，你老人家也不管？

老　者　大事？好大的事？天还是这个天。

向黔花　就是要变天了。陶春云要收我们土地承包权！

王晓霞　啥子收哦，是成立合作社，这叫土地流转。

莽　子　哦，单干变成集体干！

大山叔　土地承包到户，这是国家大政。小心翻船。

老　者　翻啥子船？久分必合，又是几十年。

村民甲　还别说，这个土地流转还是有好处。

向黔花　（忙问）啥子好处呢？

村民甲　每年都拿流转金，还可以在合作社上班。

向黔花　（有所思）哦。

村民乙　就怕她说起好听，兑不到现。

王四旺　兑不到现，我们就联名向上反映，撵她下台，支书重新选！

老　者　咶，这娃娃有想法嘛。

向黔花　呃，你们说那个合作社，我们到底干不干？

二村民　（看着王四旺）呃……

王四旺　都把我看到干啥哟？（对老）老者干，我也干。

老　者　嘿嘿，我都活了八十几了，就爱图个新鲜！

大山叔　新鲜？那是闷大胆！

老　者　你娃娃忘啦？四十年前，我们不也是瞒着上面，悄悄把土地分
　　　　给各家干！（光收，隐去）

大山叔　那就干。只要能改变云岭村，我老党员跟着你们新党员干！

莽　子　呃呃呃，老支书，我不是党员哈。

大山叔　那你多向人家学习，争取成为党员。

　　　　【收光、隐去。

　　　　【光启。

　　　　【春光明媚，遍野花开。

　　　　【远山巍峨，彩旗飘舞。

　　　　【王晓霞与众女采摘鲜花，舞蹈上。

　　　　【莽子带领一众男青年，将众女采下的鲜花捆扎成束，挑出花
　　　　田……

　　　　【合唱：春日晴和花似海，
　　　　　　　　笑靥如花灿烂开。
　　　　　　　　且趁春光多采撷，
　　　　　　　　万家笑迎春风来……

　　　　【莽子见花田中的王晓霞，蹑足其身后，模仿采摘……

　　　　【黄毛拿着手机，做录像状。

　　　　【王晓霞见女伴示意，佯作不知，突然与众女一道，用手中鲜花
　　　　将莽子覆盖……

众　女　（调笑）三月花开刺藜子，
　　　　　　　　哥哥钻进刺林子。
　　　　　　　　想偷妹妹花帕子，
　　　　　　　　锥成满脸大麻子。
　　　　　　　　哈哈哈……

　　　　【莽子拨开从花丛，见黄毛正在摄像，忙起身。

莽　子　（对黄发火）你在干啥子？

黄　毛	直播，花开云岭，山乡趣事。
莽　子	去你个鬼哟！莽哥出糗，你娃儿还直播？（欲抢手机）
黄　毛	（躲避）呃呃呃，莽哥，网络直播，注意形象。

【陶春云着一身工装，围毛巾上。

陶春云	大家好高兴啊。
王晓霞	这是我们合作社成立的第二个春天，当然高兴啦！
众　人	对头。
莽　子	陶支书，这季鲜花和鱼腥草网络销售势头很好，订单多呢。
众　女	真的呀？
莽　子	不信？黄毛，给她们看看呢。
黄　毛	（打开手机）看嘛。

【众女围着黄毛，看手机网页。

众　女	有贵阳的、遵义的、安顺的……哎，还有重庆的订单呢。
村民甲	照这样发展下去，我们这个穷山村不想致富都不行啰！
陶春云	好啊。网络营销，旗开得胜！大家努力，争取今年的收益翻上一番！
众　人	要得。
王晓霞	那大家就不要歇了。采花的注意手法，不要伤了花蕾。你们收鱼腥草的，不要把根铲断了哦。
众　人	晓得了。
王晓霞	那就动起来嘛。
陶春云	莫忙。山里人，不唱山歌不展劲。晓霞，你起个头。
王晓霞	好！
	（唱）春来早呃……
	春到云岭风光好。
	妹站山梁把歌唱，
	风送歌儿上云霄。
众　女	（唱）妹站山头把歌唱
	风送歌儿上云霄。

【众男怂恿莽子唱歌。

莽　子	（唱）隔河看见花一苗，

砍根松来搭根桥。

姐是桥头观音殿,

郎是海水又来潮。

众　男　（唱）姐是桥头观音殿,

郎是海水又来潮。

王晓霞　（唱）甘蔗再甜不如糖,

白菜不如芹菜香。

妹是园边菜籽鸟,

哥是山中金凤凰。

众　女　（唱）妹是园边菜籽鸟,

哥是山中金凤凰。

莽　子　（唱）天上乌云追白云,

地上婆娘追男人。

仓里猫儿追老鼠,

妹妹要追什么人?

众　男　（和）仓里猫儿追老鼠,

妹妹要追什么人?

【众女羞涩,女村民甲挺身而出。

女　甲　（唱）先砍杉树后剥皮,

哥哥是个厚脸皮。

主意打了几十个,

不知怎样向妹提。

众　女　（纷纷）厚脸皮,厚脸皮。

众　人　（开怀大笑）哈哈哈……

陶春云　（唱）这歌声心驰神往,

云岭山欢歌荡漾。

极目青山放眼望,

满眼锦绣好家乡。

这些年心里时常想,

云岭村如何才能奔小康?

众　人　（唱）奔小康,是梦想,

　　　　　　　　你是我们领头羊。

陶春云　（唱）告别了各自为政小九九，
　　　　　　　　抱成团实力壮大竞争强。
　　　　　　　　树大根深树才壮，
　　　　　　　　有源之水得久长。
　　　　　　　　一山资源变资产，
　　　　　　　　我们一起好好做篇大文章。

　　　　　【蒋乡长上。

蒋乡长　乡亲们好哇。

　　　　　【众人热情地与其打着招呼。

陶春云　哟，蒋乡长你来啦？

蒋乡长　你们搞起土地流转，成立合作社，闹出这么大动静，我这个乡
　　　　　长不该来关心一下？

陶春云　谢谢领导关心。

蒋乡长　你们村思路活泛，敢想敢干，成绩显著，行动超前，值得表扬！
　　　　　特别是你们那个在合作社基础上，发展生态旅游的方案，很有
　　　　　创意，乡党委非常重视！

陶春云　有乡里支持，我们就更有信心了！

蒋乡长　（对陶）我就是这个项目推进联系人。呃，只能成功，不能失败
　　　　　哟！（见陶点头）前面岩脚村脱贫工作到了关键时刻，我得马上
　　　　　赶过去。祝你们早日成功！（下）

王四旺　呃呃，陶春云，你又有啥子新花样？

王晓霞　陶支书的想法是，合作社打下了基础，下一步该开发云岭山，
　　　　　吸引城里人。

王四旺　啥？我们这里一无庙子二无河，哪个来这个穷山村？

众　人　就是嘛。

陶春云　会有人来的。

　　　　　（唱）云岭山，好风景，
　　　　　　　　四季风物最宜人。
　　　　　　　　农旅结合谋发展，
　　　　　　　　盘活资源变金银。

向黔花	（兴奋地）咹？有金银哪。在哪里？在哪里？
陶春云	头上看？
众　人	蓝天白云。
陶春云	脚下是？
众　人	大山青青。
陶春云	山腰上？
众　人	瀑布飞流。
陶春云	来，大家深深吸口气？（深吸一口气）
众　人	（齐吸气）哎呀，空气清新，格外精神。
陶春云	（唱）祖先留下好宝地， 　　　　看你用心不用心。 　　　　手捧金碗去要饭， 　　　　你说笑人不笑人？
黄　毛	呃，你们看，我把云岭山图片刚发出去，就有好多人点赞。
王晓霞	本来我们这里就林壑尤美，水秀山清。鸟语花香，蓝天白云。这样的自然条件，不就是城里人梦寐以求的旅游度假胜地吗？
村干甲	哦。我们这里，吃的全是绿色食品，喝的都是清冽山泉，城里人来了，那还不笑嘻了。
莽　子	对头！回归自然，健康养生，这是潮流。
村民乙	这么好的事情，我们快点搞起来嘛。
陶春云	按照设计方案，需要平整道路，连接景点，设计园艺，引种果木，使游客有景可观。还要配套亭廊、广场、食堂、宾馆，让人随处休闲。至于人员培训、歌舞表演、土特产品推广，那是后一步了。
向黔花	我的天，听上去都不像是我们云岭村哪。
王晓霞	所以芬芳姐说，是到了建设家乡的时候了嘛。
莽　子	这么大的项目，我们只怕不得行哦。
陶春云	以我们的实力，眼下还有困难。需要引入资金，借鸡生蛋。
王四旺	借鸡生蛋？鸡呢？
陶春云	云龙公司。
王四旺	嗨！那不就是你家的嘛。

陶春云　是啊。双方都了解，合作才周全。

王四旺　这么大的摊子，那得多少钱？

陶春云　首期投入一千万！

众　人　（惊愕）一千万？

陶春云　不要紧张。双方对等投资，各出五百万。

王四旺　不消说资金是由合作社出啰？！

陶春云　合作社底子薄，大家凑钱入股！

王四旺　唉？要自己出钱哪？

　　　　【收光。

　　　　【定点光启。

　　　　【老者出。

老　者　（唱）紫薇无皮看到筋，

　　　　　　　　人若无私看见心。

　　　　　　　　雁鹅跟到头雁飞，

　　　　　　　　行船不离掌舵人。

（3）

　　　　【光启。

　　　　【村委会前。

　　　　【王晓霞内喊：莽哥，快走。

　　　　【莽子内应：来了。

　　　　【二人疾步上。

王晓霞　（唱）山乡夜月树梢头。

莽　子　（唱）人约村前黄昏后。

　　　　【二村委干部，蹑足蹑手，不时回顾，上。

王晓霞　（唱）心急步快为筹款。

莽　子　（唱）我像根尾巴跟后头。

王晓霞　（唱）莽哥哥，快些走。

莽　子　（唱）莫着急，慢悠悠。

王晓霞　（唱）一慢落后步步后。

莽　子　晓得。

　　　　（唱）要趁青春争上游。

王晓霞　（唱）来到村前大树下。

　　　　　　　就等他们来碰头。

　　　　【几人不约而同来到黄果树下，村委甲不时张望，有些心绪
　　　　不宁。

莽　子　（故意地）哎呀，有人来了！

村委甲　（惊慌四顾）咹？

莽　子　（大笑）哈哈哈……这哪里是商量事情，明明就像搞地下工
　　　　作嘛。

王晓霞　莽子，莫开玩笑。

村委甲　我家那个人"歪"，你们又不是不晓得。

王晓霞　好了，说正事。我们与云龙公司合作，需要投资，大家说，怎
　　　　么办？

　　　　【几人一时默然。

王晓霞　呃，咋个都不说话呢？人家陶支书为了我们云岭村，主动用她
　　　　家的公司来合作，对等投资，我们才投五百万嘛。

村委甲　哎哟，你口气好大，才五百万？

王晓霞　是啊，一家出五万，就是五百万嘛。

莽　子　（拉霞衣袖）晓霞……

王晓霞　（甩开）你拉啥子拉？

莽　子　（小声地）我们两个，加起来那就是十万。

村委乙　我看干脆由云龙公司，全额出完。

王晓霞　那样的话，大家又是输赢都不管，只想拿工钱，毫无责任心，
　　　　与打工无二般。

村委乙　这个我也晓得，可是……

王晓霞　春云姐说了……

　　　　（唱）入股当股东，

　　　　　　　才是主人翁。

莽　子　对头。

　　　　（唱）农民变股东，

走路都带风。

村委甲　（唱）我两个空荷包。

村委乙　（唱）婆娘管得凶。

王晓霞　（唱）各自做工作。

村委乙　（唱）肯定做不通！

村委甲　（唱）反正有支书。

王晓霞　（唱）不怕脸羞红？

莽　子　也是哦，啥子都靠陶支书，是有点不好意思唻。

王晓霞　这是我们自己的事情！都是党员干部加骨干，还是要有点觉悟
　　　　来嘛！

村委乙　就算我们交钱入股，也还差得远嘛。

王晓霞　有了我们几个带头，其他人就会跟上来。

村委甲　（狠心顿足）那就干嘛！

　　　　（唱）顶多回去把膝跪肿……

王晓霞　（唱）我们女人莫得那么凶。

村委乙　你们说，陶支书为我们这么巴心巴肝的，她图个啥哟……

　　　　【收光。

　　　　【光启。

　　　　【陶春云家。

　　　　【城里居室。客厅内，沙发茶几。一旁，两盆兰花盛放，衬托出
　　　　雅致之气。餐桌上，已有做好的菜肴。

　　　　【陶春云系围腰，上。

陶春云　志用，该起床了。

　　　　（唱）窗外一早喜鹊鸣，

　　　　　　　晨光轻启一天新。

　　　　　　　志用天天忙生意，

　　　　　　　我忙云岭新农村。

　　　　　　　别人夜宴合家乐，

　　　　　　　我家团聚在清晨。

　　　　　　　做好早餐我把丈夫等……

　　　　【李志用着睡衣上。

李志用　（唱）要珍惜这难得的时分。

陶春云　志用，起来啦。

李志用　早就起来了。早晨这点时间，对于我们家金贵。

陶春云　是啊。你忙公司，我忙工作，儿子小勇忙到上学。

李志用　早上出门，半夜回屋，一家人就靠早晨这点时间把话说。

陶春云　呃，小勇呢？还在睡懒觉啊？

李志用　啥子懒觉哦，人家小勇前天就回学校去了。你呀，成天为了云岭村，忙得来把自己儿子都忘记了。呃，哪一天你该不会把我也忘了嘛？

陶春云　那咋个会哟。

陶、李　（异口同声）呃，志用（春云），跟你商量（说）……

陶春云　（唱）见志用却难开口。

李志用　（唱）春云她欲说还休。

陶、李　（唱）为云岭大步朝前走

　　　　　　（为公司家庭两相就），

　　　　　　还要志用帮一头。

　　　　　　（要劝春云早回头）

李志用　春云，你是有什么事给我讲？

陶春云　我……

李志用　是我们云龙公司投资云岭村的事吧？

陶春云　哎呀，志用，我们可真是心有灵犀一点通啊。

李志用　一点通？我这里一点都不通。

陶春云　为啥子呢？

李志用　做慈善你很热心，做生意我比你精！

陶春云　这怎么是慈善呢？这是一份事业嘛。

李志用　（脱口而出）你的事业把我的公司当成了提款机！

陶春云　（惊讶）你……

李志用　我劝过你多少次了？各自辞掉村支书，该回家来了！

陶春云　辞去村支书？

李志用　是啊！你看看这个家，还像个家吗？

陶春云　志用，我晓得，这两年忙，对你照顾少。等云岭生态旅游这件事上了路，我再好好地补起哈。

李志用　补起都是疤？女人嘛，就该做女人应该做的事情！

陶春云　什么是女人应该做的事情呢？

李志用　守好家庭，经佑儿子，侍候男人！

陶春云　女人就只有这点用处？那你去买一个机器人嘛。

李志用　你咋个不听劝啰……

　　　　（唱）你让他们脱了贫，

　　　　　　　对得起云岭众乡亲。

　　　　　　　为啥还要担责任？

　　　　　　　一时兴起瞎折腾。

陶春云　这怎么是一时兴起呢？

李志用　（唱）寒来暑往忙打拼，

　　　　　　　商海沉浮记忆新。

　　　　　　　攒下千万家业在，

　　　　　　　你不心疼我心疼！

陶春云　（唱）说什么瞎折腾？

　　　　　　　我怎能不痛心？

　　　　　　　公司是我半条命……

李志用　哦，这就对了嘛。

陶春云　（唱）另外半条是云岭村。

李志用　哎呀，又来了。

陶春云　（唱）农村经济有前景，

　　　　　　　朝阳产业独占新。

　　　　　　　我为公司寻机遇，

　　　　　　　双方合作是双赢！

李志用　好！我今天就明确地告诉你，我绝不同意！

陶春云　理由？

李志用　农村底子薄，投入回报差。稍有风吹草动，公司必定垮！（见陶
　　　　欲辩，止住）再说，我已经决定与大风集团合作地产开发。

陶春云　可是我旅游方案已经定，项目也已上马呀。

李志用　那就停下来！你也快回家！

陶春云　乡亲们眼巴巴地盼着这个项目，怎能说停下就停下？

李志用　你！云岭山到底有啥子值得你这么不管不顾的哟？

【二人陷入沉思，似乎回到了当年。

陶春云　当年，我们面对这座大山，一家人不计寒暑，披星戴月地劳作。可是，一年辛苦下来，这麦子苞谷老洋芋的收成，也不过勉强果腹。

李志用　正是因为贫穷，才促使我们离开云岭嘛。

陶春云　对呀。我们举家离乡，出去打拼。几年下来，也有小成。

李志用　是啊。这外面的世界真好啊，我一个穷小子也成了有钱人。从此，我就给自己定下一个原则，不论是谁，都绝不准威胁到我公司的生存！

陶春云　后来，婆母病逝，我们连夜送她老人家归葬故里。快到云岭之时，突然，风雨交加，步步泥泞。山里暴雨，洪水即成，危急时刻，要不是乡亲闻讯而至。这后果都不敢想象啊！那时，我就在心里发誓，如果有机会，一定要好好回报这一众善良的乡亲！

李志用　所以，你当支书，我没拦你。贴钱给村里办事，我也默许。现在公司转战地产，投资云岭，没得资金！

陶春云　我们不是还有座酒店吗。

李志用　啊？陶春云！那是我们最后的防波堤！为了云岭山，你要把老底子都败光啊?！

陶春云　志用，云岭山于我们有恩。再说，我还是一名党员干部啊。

（唱）生长都在云岭村，

云岭连着我的心。

当年心里曾约定，

要把穷山村变成富裕村。

李志用　（唱）干部也是人，

是人有私心。

干部也要过日子，

为啥自冒风险为别人？

陶春云　（唱）为了这满满一怀家乡情，

为了这世世代代云岭根。

纵然腰缠十万贯，

无根无脉无依存。

李志用　（唱）什么脉，什么根，

我只要自己日子过滋润。

陶春云　（唱）一人富裕不算啥，

要让这一方富裕才算能。

李志用　（唱）我为自家有啥错？

陶春云　（唱）错在不念故乡情。

李志用　（唱）劝你辞去支书职。

陶春云　（唱）不敢愧对众乡邻。

李志用　（唱）非要一根筋？

陶春云　（唱）愿望当践行。

李志用　（唱）不管老和小？

陶春云　（唱）老少在我心。

李志用　（唱）非要干？

陶春云　（唱）早决定！

李志用　（唱）要后悔！

陶春云　（唱）不可能！

李志用　（唱）假话！

陶春云　（唱）真心！

李志用　（唱）辞职！

陶春云　（唱）不行！

李志用　哼！捡了风筝丢云雀……

（唱）我看你是真正蠢！

陶春云　（唱）为梦想，我是吃了秤砣铁了心！

李志用　（气恼地）你、你，当个村支书就想干天下事吗？

陶春云　嗨，要是把农村的事情办好了，就是干的天下事。

李志用　你能干！你的事与我无关！

陶春云　啥子哦，公不离婆，秤不离砣，我的事就是你的事。哎呀，我
们志用那也是知恩图报、志存高远的人……

李志用　我不是瓜娃子，少戴高帽子！云岭山的事就此打住，你也马上辞职！

陶春云　那怎么行。大家花灯锣鼓闹闹热热地等着我们呢。志用，走嘛。（拉李手）

李志用　（甩开陶手）不去！

陶春云　好好好，我也可以代表你。（欲走）

李志用　站住！陶春云，在你心中，云岭山比家庭更重要吗？

陶春云　家庭是我的港湾，云岭有我的诺言。（再次欲走）

李志用　今天你若敢走，就不要回来了！

陶春云　（回身，怔怔地看着丈夫）你……（强忍酸楚，转身下）

李志用　（恼怒看着离去的妻子）格老子，这日子没法过了！（愤怒地将一桌餐点推翻在地）

　　　　【收光。

　　　　【定点光启。

　　　　【老者出。

老　者　（唱）天上飘来一朵云，

　　　　　　　半山阴来半山晴。

　　　　　　　是阴是晴由它去，

　　　　　　　何苦当个烦恼人。

　　　　【转至云岭村。

（4）

　　　　【众人内喊：跳花灯啰……

　　　　【光启。

　　　　【众男女村民跳起欢快的花灯，舞蹈出。

　　　　【合唱：锣鼓响，花灯亮，

　　　　　　　好事一桩接一桩。

　　　　　　　幺妹憨哥展劲扭，

　　　　　　　扭出欢乐喜洋洋……

　　　　【王晓霞，莽子对视，造型。

黄　毛　（手机直播）嗨，今天直播，幺妹看憨哥……

男　乙　笑出两个酒窝窝。

众　人　（调笑）哈哈哈……

王晓霞　好了好了，大家不要笑了。为了庆祝云岭生态旅游公司成立，我们几个编排了新花灯，大家再练习一次，好不好？

众　人　要得。

黄　毛　等一等。（举起手机）直播新农村。莽哥，说几句。

莽　子　好。（忙整理衣衫）新农村，新山乡，人人满面放红光。花灯不把老事唱，晒一晒云岭的日子味道长。跳起来！

【众人随着鼓乐声，跳起花灯……

王晓霞　（唱）身上穿的新衣裳。

众　人　（唱）顿顿吃得油熬香。

王晓霞　（唱）家里用的现代化。

众　人　（唱）坐在屋头看八方。

王晓霞　（唱）学生娃免费午餐有营养，
　　　　　　　人人医保更健康。

众　人　（唱）公路修到山顶上，
　　　　　　　家家户户盖新房。

王晓霞　（唱）吃穿不愁心里还在想……

众　人　想啥子嘛？

王晓霞　（唱）想云岭，未来小康日子长。

众　人　（唱）向未来，奔小康，
　　　　　　　梦里都要笑几场。

　　　　　（大笑）哈哈哈……

【随着花灯舞蹈，光渐启。

【云岭村村委前。

【村委挂着红绸掩盖的吊牌，一旁，大红标语上写：庆祝云岭生态旅游公司成立。

【陶春云陪着蒋乡长，兴冲冲地上。

【老者、大山叔、五婶、向黔花、王四旺以及村民上。

陶春云　哟，乡亲们热情高涨，老天爷红花太阳，好兆头。

王晓霞　就像电杆上挂邮箱——高兴（信）啰。

陶春云　老者也来啦？

老　者　这么喜庆的事情，我老人家当然要来沾沾光。

莽　子　自从改革开放，日子天天不一样。

蒋乡长　那你们说说，哪些不一样？

女　乙　那就多啰。比如，比如……（不知从何说起）

众　人　（笑）哈哈哈……

蒋乡长　乡亲们！云岭村率先搞起土地流转，开了我省先河，取得了初步成果。今天，和云龙公司合作开发生态旅游。吧，你们都成了股东了哦。

王晓霞　那是。乡亲们，一会儿签完约揭牌的时候，花灯要"展劲"，掌声要响亮哦。

众　人　晓得了。

大山叔　春云，咋个你家李志用还没到呢？

陶春云　哦，他今天身体不舒服。签约的事情，由我代表。

【李志用内应：休想！

【众人看着气冲冲而来的李志用，惊愕不已……

王晓霞　（热情地）志用哥，（见其不悦，改口）哦，李总。春云姐不是说你生病了得嘛？

李志用　（没好气地）她巴不得我死了！

陶春云　志用，你说什么呢？

李志用　说什么？哼！

　　　　（讲）昨天已经对你谈，

　　　　　　　这事与我不相干。

　　　　　　　你有本事独自管，

　　　　　　　为啥要越姐代庖把约签？

陶春云　志用，有什么我们下来说嘛。

李志用　（讲）有啥当着众人面，

　　　　　　　话说清楚少麻烦。

　　　　　　　投资云岭我不干，

　　　　　　　我的钱也是辛苦钱！

【众人被这突如其来的变化惊呆了。

蒋乡长　（圆场）呃呃呃，李总，你是我们乡走出去的企业家，有什么意见，尽管给我们提出来。何必……

李志用　这是我的家事，与你蒋乡长无关！

蒋乡长　（尴尬地）呃……

王晓霞　（忙招呼）今天情况特殊，旅游公司成立大会改期举行，大家都回去吧。

向黔花　噢嗬，老鸹打破蛋，一场空喜欢。

【村民们小声议论着，下。

陶春云　（有些歉意地对蒋）蒋乡长，你看这……

蒋乡长　（举手止住）春云同志，干事情需要激情，也不能少了理智。处理好家庭事务，也是我们的工作哦。

陶春云　（点头）晓霞、莽子，你们替我送送蒋乡长。

蒋乡长　那好。你和李总好好谈。有什么需要我们党委政府帮忙，给我打电话。（下）

【王晓霞、莽子跟下。

陶春云　志用，你一来就冒火，让我好丢脸。

李志用　丢脸没关系，只要不丢钱！

陶春云　人活一张脸，未必只认钱？

李志用　无钱哪有脸？事事都说钱！

陶春云　（怔怔地看着丈夫）你变了，你不再是那个心存志向的李志用，你成了一个唯利是图的商人了。

李志用　我没变。保卫公司，是我一直以来的原则！

陶春云　好。我建议公司投资新农村，未来也赚钱！

李志用　赚钱？天方夜谭！

陶春云　改革开放，城里领先。几十年过去了，现在该轮到我们农村发展。

李志用　打住！今天回云岭，最后把你劝，辞去村支书！闲事莫再管！

陶春云　当年有承诺，改变云岭山。半途来退出，我心实不甘！

李志用　不听劝？！那就大路朝天，各走一边！要云岭，要家庭？你选！

陶春云　不，我不选。

李志用　必须选！

陶春云　李志用！你，你，你太自私，不像男儿汉！

李志用　你！（举手欲打）好，我自私，我不是男儿汉。（冷冷地）陶春云，我们离婚吧。

陶春云　不！

李志用　那就辞职，跟我走！（拉陶臂）

　　　　【二人一拉一拒……

陶春云　（紧紧抱住李）志用，我不能就这样离开云岭山哪！

李志用　好！家产一人一半，你和你的云岭山过一辈子！（将其推倒在地，气冲冲下）

陶春云　（跌下，悲呼）志用，不，不……

　　　　【众村女出。

众　女　（唱）平地风波千尺浪，

　　　　　　　荞麦久旱遇雪霜。

　　　　　　　人生难料悲欢事，

　　　　　　　风起云岭阵阵凉。

陶春云　（唱）一刹那，亲人成了路人样，

　　　　　　　一刹那，夫妻恩情付汪洋；

　　　　　　　一刹那，天旋地转神思恍；

　　　　　　　一刹那，心痛如刀绞我肠。（慢慢起身）

　　　　　　　我不过想要云岭变个样，

　　　　　　　人人活得像朝阳。

　　　　　　　不再背井离乡苦，

　　　　　　　不再是妇孺老幼守谷黄。

　　　　　　　难道不该有理想？

　　　　　　　难道不该为家乡？

　　　　　　　难道让子孙尽漂泊？

　　　　　　　难道把世代乡愁全抛光？

　　　　　　　大山人是大山养，

　　　　　　　大山恩情怎能忘。

　　　　　　　我把大山来守望，

要守得大山尽芬芳。

志用啊……

你怎把如此绝情话来讲,

怎忍心字字见血把我伤。

你男人本该顶天地,

却要我一个女人来承当。

众　女　（唱）女人啊,你是弱者为何还要搏风浪?

女人啊,弱者是你何苦还要来逞强。

陶春云　（唱）如今我苦辣和泪吞,

风雨独自抗;

人前强颜笑;

辛酸暗里藏。

不禁问天天在上,

可知我心好凄惶……

众　女　（唱）天在上,苍苍莽莽,

心凄惶,痛断肝肠。

大山林海连天浪,

要为这受屈的女人来帮腔。

【王晓霞、五婶上。

王晓霞　（轻轻地）春云姐……

【陶春云转过身,后背微微抽动……

五　婶　春云,天大的事情,不能憋在心里啊!

王晓霞　春云姐,你说话啊。

【陶春云后背越发抽动明显……

五　婶　女娃子,你爹妈走得早,五婶就是你最亲的人了。

陶春云　（转过身）五婶……

五　婶　（哽咽地）五婶晓得心里苦,你,你就哭出来嘛。

陶春云　（猛抱住五婶）五婶啊……（痛哭起来）

王晓霞　春云姐……

【三人相拥,哭作一团。

五　婶　春云,你说你这是为啥子哦,一个好好的家就要散了,你为云岭，哪个为你哟，你就放弃了吧。

陶春云　放弃啊……这么好的机会，我不甘心哪。

王晓霞　不甘心又能怎样？李志用不同意得嘛。

陶春云　他不同意啊……未必离了红萝卜，就办不成酒席啦。

王晓霞　哎？你还要干哪？春云姐，眼泪都还在流，你情绪转换得好
　　　　快哟。

　　　　【收光。

　　　　【向黔花从林中闪出。

向黔花　哎哟，这变那变，闹出婚变。老者，我看你地戏咋个哼，山歌
　　　　又该啷个唱呢？

　　　　【定点光启。

　　　　【老者出。

老　者　（唱）总有晴天把雨落，
　　　　　　　总有好事费磋磨。
　　　　　　　总有闲话费口水，
　　　　　　　总有麻雀笑云雀。

　　　　【转至村口，大树下。

(5)

向黔花　呃，啥意思嘛？我是麻雀，她是云雀？嫌我叽叽喳喳话多？哎
　　　　呀，我不说心里难受得嘛。

　　　　【王四旺、二男一女村民上。

王四旺　向黔花，你又听到啥子了？

向黔花　哎呀，出大事哪！

　　　　【唢呐曲牌响起，向黔花一番比画交代……

王四旺　（念）两口子闹离婚，
　　　　　　　这下啥都搞不成。

男村民　（念）我看这事不一定，
　　　　　　　她可是个女强人。

向黔花　对头！

（念）这么伤心的事情，

　　　　她只哭了一会儿就收声。

王四旺　　嗯？

　　　　（念）有套路？假离婚？

向黔花　　唵？假离婚哪？

女村民　　哎哟……

　　　　（念）东西烫，理不清。

男村民　　（念）该不会鼓起眼睛跳火坑？

向黔花　　四旺大哥，我们咋个办啰？

王四旺　　咋个办？要求退股，赔偿损失！

三村民　　退股赔偿？

向黔花　　她要是不给赔偿不让退，又咋个办呢？

王四旺　　我们就联名告状！

向黔花　　对！要她下台，我们选四旺大哥。

王四旺　　大话连天，众叛亲离。陶春云，你就是有三头六臂，只怕也过
　　　　不了这一关！

　　　　【收光。

　　　　【转至城市街景。

　　　　【华灯初上，霓虹闪烁。其写意的城市景致，是公司或政府某局
　　　　办公室等。

　　　　【陶春云内放腔：为寻投资走八方……

　　　　【陶春云拿文件袋（设计辅助表演的民俗道具），上。

陶春云　　（回头喊）蒋乡长，蒋领导，你走快点嘛。

　　　　（唱）领导与我齐奔忙。

　　　　【蒋乡长边打电话边上。

蒋乡长　　哎呀，老兄，就是土地流转，集中资源，发动农民入股搞开发
　　　　的那个方案。好，我这就去你办公室。（挂电话）

陶春云　　蒋乡长，为了我们村，辛苦你啰。

蒋乡长　　春云大姐，你为了一众乡亲，不计个人得失，让我这个当乡长
　　　　惭愧啊。再说，村上的事情，不也是我们乡党委政府的事情嘛。

陶春云　　话是这样说，几天跑下来，资金还是没有着落啊。

蒋乡长　别急。我们兵分两路，你继续和公司谈，我再去农行找一下肖科长。（拍拍陶手中文件）把细点，这全套方案有专家论证，相关批复，可不能弄丢了。（下）

陶春云　放心，丢不了。

【表演与约见者告别，躬身而失落。

陶春云　（唱）乘兴连日公司闯，

　　　　　　　连日碰壁心里慌。

　　　　　　　电话打得手机烫，

　　　　　　　好话说了一箩筐。

　　　　　　　送规划未及张口听送客，

　　　　　　　谈方案座中人物若冰霜。

　　　　　　　平日里胸脯拍得震天响，

　　　　　　　急难时百般理由相推搪。

　　　　　　　挥手拒人千里外，

　　　　　　　微笑间筑起一道高高墙……

【表演送资料，遭拒绝。

　　　　（唱）这道墙，把城乡割裂两个样，

　　　　　　　这道墙，把人情区隔透心凉。

　　　　　　　都说农村天地广，

　　　　　　　为什么袖手不肯帮？

　　　　　　　都说投资农业有希望，

　　　　　　　为什么望农兴叹把身藏？

　　　　　　　同在这方土地上，

　　　　　　　吃的都是黔山粮。

　　　　　　　一城霓虹尽繁华，

　　　　　　　这灯红酒绿，歌舞升平，

　　　　　　　也有我们的悲欢在荡漾……

【众村女出。

众村女　（唱）菜籽花开啰黄又黄，

　　　　　　　妹妹一早吔送情郎。

　　　　　　　送到山脚噻回头望，

　　　　　　　　　云雾深处噻是家乡……

陶春云　（唱）家乡二字久萦怀，

　　　　　　　　夜色斑斓起惆怅。

　　　　　　　　独立风中两眼望，

　　　　　　　　前路一片皆茫茫……

　　　　　【地戏锣鼓声隐隐响起……

陶春云　（唱）何处锣鼓响？

　　　　　　　　地戏登了场。

　　　　　【三傩人出，造型。

三傩人　（唱）忠心耿耿杨家将，

　　　　　　　　威风凛凛上战场……

陶春云　（唱）表面都是冷峻像，

　　　　　　　　谁人知面具后面温与凉……

　　　　　【三傩人造型表演。

傩人乙　（喷口）哦呀呀……

陶春云　（唱）你想对谁讲？

　　　　　　　　欲说口难张。

傩人丙　（喷口）喳喳喳……

陶春云　（唱）莫非你我都一样，

　　　　　　　　无处话衷肠。

　　　　　【三傩人表演，傩人甲转身揭下面具。在陶春云眼里，赫然就是
　　　　　丈夫李志用。

陶春云　志用，怎么是你？

傩人甲　（唱）我看你理想摔地上，

　　　　　　　　必定七零八光。

　　　　　【傩人乙转身揭下面具，竟然是王四旺。

傩人乙　（唱）自古男人管事，

　　　　　　　　你女人敢把家当？

　　　　　【傩人丙转身揭下面具，却是大山叔。

傩人丙　（唱）小富即安已变样，

　　　　　　　　何必冒险惹祸殃。

陶春云　老支书，四旺叔，（对三傩人）你们怎么都来了？

三傩人　来劝你！

傩人甲　（唱）劝你丢掉空想！

傩人乙　（唱）莫再想把官当！

傩人丙　（唱）但求无过才稳当。

三傩人　（唱）免得遍体鳞伤！

陶春云　呃，你们也是云岭山的人，就不想家乡变个样？

【三傩人对视，点头。

三傩人　对嘛，变嘛。

【三傩人转身，戴上面具，恢复傩人形象。

傩人甲　原本就是这个样。

傩人乙　变了不如这个样。

傩人丙　该是啥样就啥样。

陶芬芳　啊？

　　　　（唱）难道我枉费心肠？

　　　　　　　为家乡我家破情殇。

三傩人　划不来！

陶春云　（唱）为家乡逼得我把尊严放，

　　　　　　　低眉顺眼低三下四求帮忙。

三傩人　何苦呢。

陶春云　（捧着文件）都是你啊……

　　　　（唱）你让我负重如牛，

　　　　　　　到今天变成虚妄。

三傩人　多年后，谁能记住你？！

陶春云　（唱）倒不如一了百了……

　　　　【举起手中规划文件。

二傩人　（紧紧围住陶）丢了它，丢了它……

　　　　【陶春云在三傩人的催促、压迫下，几经反复，最后重重地扔于地上。

　　　　【傩人光收、隐去。

陶春云　（唱）从今后，轻轻松松度时光。

【光变化。

【车水马龙，汽车鸣笛声频繁响起……

【陶春云神情恍惚，穿行在大街上。

【众村女出，帮唱中带着无奈的叹息声。

众　女　（唱）神思恍恍，

　　　　　　　（唉……）

　　　　　　　车流人往；

　　　　　　　（唉……）

　　　　　　　难为女人；

　　　　　　　（唉……）

　　　　　　　凄凄惶惶……

【急促的汽车喇叭声和着尖厉的刹车声，把陶春云从迷离状态中

唤出。

陶春云　（怔怔地）我这是怎么啦？

女帮唱　（唱）曾经豪情在路上，

　　　　　　　怎辜负热血一腔？

陶春云　（醒悟）哎呀，我的方案！（四顾寻找）

众　女　（唱）急急忙忙，

　　　　　　　（快点，快点……）

　　　　　　　慌慌张张；

　　　　　　　（哪里？哪里？）

　　　　　　　心急步乱；

　　　　　　　（快找，快找……）

　　　　　　　汗透衣裳。

【在众女帮唱声中，陶春云心急火燎，沿路寻找……

众　女　找到了……

【一束光，定定地照住地上的文件。

【陶春云急奔过去，拾起，像找到失散的孩子般紧紧地抱在

怀中。

女帮唱　（唱）怀抱着理想，

　　　　　　　不放弃希望。

这是与大山的约定，

我们梦的启航。

【众女光收、隐去。

陶春云　（唱）抛却那恼人的过往，

挺起我受伤的胸膛。

怕什么风险坎坷，

管什么蜚短流长。

大山女人就这样，

跌倒起身自疗伤。

纵然是倾家荡产无依傍，

也留下乡愁十里绕山梁。

【蒋乡长上。

蒋乡长　春云大姐。（见其情绪低落，安慰）商人嘛，看重的是眼前利益。对了，银行肖科长说……

陶春云　说什么？

将乡长　暂不向集体放款，个人可以申请。不过，需要资产抵押。

陶春云　（略犹豫）资产抵押？

将乡长　要承担还贷风险，你要想好哦。

陶春云　（苦笑）还该好好想一想……

【收光。

【定点光启。

【老者出。

老　者　（唱）有岩有坎才是山，

有阴有晴才是天。

不信吃口青梅子，

酸了过后就有甜。

【收光。

（6）

【转至村前，大树下。

【光启。

【王晓霞、莽子坐在树下石墩上。

莽　子　唉……人啦，这辈子算是逃不脱自私这两个字哦。

王晓霞　吔，莽子，今天咋个这么深沉呢？

莽　子　不是我深沉，是眼前看见的。别的鸡毛蒜皮不说，就说我们村
　　　　的事情，你看，哪个的眼睛不是只盯着钱？

王晓霞　就是嘛。春云姐为了云岭村，出钱出力，操心劳神。结果呢？
　　　　惹出天大的风波，好好的一家人就要散了。

莽　子　（安慰地）晓霞，莫伤心，生活就是这样。有人活得悠闲，有人
　　　　活得可怜，有人活得顶天立地，有人活得苦不堪言。

王晓霞　（讶异）咦，看不出你还个像哲学家呢。

莽　子　嘿嘿，这叫知识改变形象。

王晓霞　莽子，二天要是我遇上春云姐这样的事情，你会不会像李志用
　　　　那样哦？

莽　子　（脱口而出）那咋个可能……（反应过来）晓霞，你是答应啦？

王晓霞　（有些羞涩）答应个鬼哟……

莽　子　你刚才就是答应了嘛。（围着霞转圈）呃，晓霞，我们两个也差
　　　　不多了。嘿嘿嘿……

【黄毛跑上。

黄　毛　莽哥，出事了！

莽、霞　什么事？

黄　毛　他们在村委会，围住陶支书要闹事！

王晓霞　啊？快走！

【收光。

【转至村委会。

【光启。

【王四旺、向黔花等围住陶春云，吵嚷着。大山叔、五婶一旁
劝解。

【王四旺示意向黔花。

向黔花　春云妹子，这件事情呢……四旺大哥，还是你说。

王四旺　我说就我说。陶春云！

（唱）你把大家拉入伙，

　　　　说是未来油水多。

向黔花　哪里有嘛？哪里有嘛？

王四旺　（唱）满山都是金疙瘩，

　　　　好像天上要落一坨。

　　　　【王晓霞、莽子上。

王晓霞　哪有下午种麦子，早上就收割的道理？你们这是胡闹！

陶春云　晓霞，你让四旺叔把话说完。

王四旺　哼！

　　　　（唱）天天围着你来转，

　　　　摊子扯起几匹坡。

　　　　哄我们入股掏腰包，

　　　　你答应的资金没着落。

众　人　（唱）大话多了闪了腰，

　　　　假话多了砸肿脚。

王四旺　（唱）要求退股好散伙，

　　　　赔损失，今天你要拿话说！

向黔花　（振臂高呼）退股！散伙！（见无人响应）嗨，你们咋个不开腔

　　　　了呢？先前不是都激动得很的嘛。

众　人　（唱）搞不下去就散伙，

　　　　关起门来各顾各。

王晓霞　说得撇脱！大家早就有言在先，签字画押。

向黔花　咦，跳进你们挽的圈圈，未必还跑不脱？

王晓霞　啥子叫圈圈？年底分红，你为啥不说？

向黔花　（语塞）呃……

王晓霞　村里发展，遇上困难。陶支书正在想办法，跑贷款！

王四旺　贷款？那肯定用土地抵押，告诉你，我们不得干！

向黔花　哎哟，陶春云，你好阴险！用土地去抵押，二天你跑了，欠账

　　　　我们还哪？！

众　人　啊？不得干！

向黔花　春云妹子，我胆子小，我退股，先把我的工钱结算。

众　人　（见状）先给我办……

王晓霞　（忙拦）站住！向黔花，你带头闹事，胆大包天！

王四旺　王晓霞，你少吓人，我们是正当维权！

向黔花　对头！（对王晓霞）歪辣姑，你站开。陶春云，拿钱！

　　　　（伸手，见其摇头）吔？没有？那今天跟你没完！

　　　　【几个村妇，在向黔花鼓动下，上前拉扯陶春云。

　　　　【王晓霞见状，急忙上前，欲护住陶芬芳。

　　　　【拉扯中，陶春云跟跄倒地。

莽　子　（挺身而出）吔！要打人嗦？来来来，有我莽子在，你们哪
　　　　个敢?!

王四旺　莽子，不关你的事，莫撑硬头船！

　　　　【王四旺带领众人，逼上。

　　　　【莽子、王晓霞等寸步不让。

陶春云　（无奈求助）大山叔……

大山叔　唉……四旺，不能这样干。

王四旺　老支书，莫说是你，就是天王老子来了，今天也不管！

　　　　【内白：哪个说的呀？

　　　　【老者提着烟杆，上。

众　人　（尊敬地）老者。

老　者　陶大山、王四旺，云岭寨好久兴起了欺负女人的风气啊？

大山叔　老者……

王四旺　哪个在欺负女人嘛，我们是想……

老　者　你们想坏寨规？好大的胆！（对霞）王家妹仔，你先把李家媳妇
　　　　扶起来。

陶春云　（起身）寨佬阿爷，这件事是我没有做好，还惊动了您老人家，
　　　　对不起呀。

王四旺　一句对不起就算了吗？

老　者　你想哪样？未必还要把人家煮来吃啦？我就搞不懂了，现在马
　　　　路越修越宽，人心却越来越窄，房子越起越高，个子却越来越
　　　　矮，把人都搞糊涂啰！

王四旺　糊涂？现在一个烂摊子，老本都要完！

向黔花　天啊，我的钱。

老　者　钱钱钱，命相连。为了这几个钱，云岭山，不管哪？几辈人攒
　　　　下的亲情也不要哪？她陶春云有钱，为啥没有只顾自己？那是
　　　　她心里装得有这份情谊，装得有这座山！（慢慢掏出一布包）今
　　　　天，我说了算。自己的事情，自己凑钱！（对陶）

陶春云　（激动地）老者……

王晓霞　算我一个！（对莽子）莽子？

莽　子　你说了算！

村干及五婶等　还有我们！

向黔花　安逸，本来是要钱，闹来闹去，还要倒贴钱。

王四旺　你们愿意你们去，我反正不干！

老　者　咋个，我说话也不算？

王四旺　人老话多，树老根多……

老　者　大胆！

大山叔　四旺！

王四旺　这么大的项目，凑钱也是泥巴遇到水！

　　　　【众人又被鼓噪起来……

　　　　【"嘀嘀嘀……"一阵汽车鸣笛。

　　　　【蒋乡长挎包，兴冲冲上。

蒋乡长　哟，好闹热啊。

　　　　【陶春云、王晓霞、大山叔等向蒋乡长打招呼。

陶等人　蒋乡长您来啦。

蒋乡长　嘀，老者都出面了，云岭村要唱地戏啦？

王四旺　蒋乡长来得正好。这是非公正，你来断！

蒋乡长　我来断？好！（从包里拿出信封，递与陶）春云大姐，贷款批下
　　　　来了。

陶春云　（发怔）你说什么？

蒋乡长　（将信封再递与陶）贷款，批下来了。

陶春云　（接过、折看，长舒气）啊……总算度过这一关哪……

　　　　（唱）这一关把我逼好惨，

　　　　　　　差一点几年心血白耗完。

好多冷眼来想看，

想看我一怀梦想成笑谈。

亲人不理解，

乡亲对着干；

喊着来退股；

逼我要决算。

此刻天降及时雨，

贷款为我解眉燃。

长舒一口憋屈气，

再搏激流又扬帆。

王四旺　蒋乡长，我丑话说前面。贷款没有经过我们同意，是不得认账的哟。

大山叔　四旺，都啥时候了，还说这些？

王四旺　是嘛，我凭啥要承担风险？

蒋乡长　什么风险？

王四旺　贷款必定是用我们的土地抵押，未必还舍得拿自己的家产？

蒋乡长　你说对了。她把自己的酒店作了抵押，风险她一人在担！

众　人　（大惊）啊？

老　者　（激动地）春云妹仔，你为云岭山付出得太多了。

陶春云　我也没那么高大无私。这笔钱算我入股，与大家共谋未来，休戚相关。

众　人　（自责地）陶支书……

陶春云　乡亲们，改革开放近四十年了，个体能量已经全部释放。要想更上层楼，就得把零散的资源进行土地流转，重新规划，形成集团优势，才能激发出新的能量！而成立公司，大家入股，我们就不再是传统意义上的农民，而是农业产业的股东，企业的主人！大家要相信我们村支两委作出的决定啊。

众　人　我们相信！

王晓霞　春云姐，刚才我算过了，有了这笔贷款，我们还是差那么一点……

众　人　差多少？我们筹！

陶春云　（惊喜）怎么？大家不退股啦？

众　人　不退！

陶春云　愿意一起干？

众　人　愿意！

陶春云　好啊！

　　　　（唱）天有太阳人有胆，

　　　　　　　群情激昂云岭山。

　　　　　　　趁着时代好风潮，

　　　　　　　众人抬桨划大船。

　　　　　　　世代辛劳为了啥？

　　　　　　　为子孙有个好家园。

　　　　　　　怀希望，朝前赶，

　　　　　　　不负一山好资源。

　　　　　　　牧歌撵着山歌唱，

　　　　　　　致富蓝图把梦圆。

　　　　　　　小康路上抬望眼，

　　　　　　　必将是欢声笑语一路芬芳艳阳天。

老　者　四旺，你还有啥说的没有呢？

王四旺　（憋气地）我……（旋即，叹息）唉……你老人家说了算。

老　者　呃，我人老话多，树老根多哟。

王四旺　（忙赔笑）嘿嘿嘿……树老根多得长寿嘛。

众　人　（笑）哈哈哈……

王晓霞　乡亲们，大家都跟我去登记。

众　人　要得。

　　　　【众人除傩戏头外，均随王晓霞下。

　　　　【向黔花欲跟随，又不好意思。

陶春云　黔花嫂，你怎么不去啊？

向黔花　春云妹子，我那样对你，你们还要我啊？

陶春云　看你把我们说得那样小气。致富路上，一个都不能少。

向黔花　要得，不能少，不能少。等到起，我来了。（欢喜地跑下）

黄　毛　（直播）刚才暴风骤雨，现在云淡风轻。嗨，看见彩虹啰……

【收光。

【老者面带微笑，看着这又充满活力的山村。

老　者　（唱）大河涨水小河满，

　　　　　　　大河无水小河干。

　　　　　　　独木难成一片林，

　　　　　　　百里竹海根相连。

【收光。

（7）

【男声：花炮备好没有？答：好了。问：花灯队好没有？答：好了。

【男声：呃，新娘子打扮好没有？

【女声：好了……

【女声唱：菜籽花开黄又黄，

　　　　　妹妹梳妆等情郎。

【男声唱：哥哥送你连心锁，

　　　　　背起妹妹好拜堂。

【光启。

【当下云岭村。

【蓝天白云，鲜花满台，群山芬芳。

【村委会旁，那株大树越发葱葱。

【鼓乐齐鸣，荞子背着王晓霞，一身新婚服饰，在欢天喜地的迎亲队伍簇拥下，格外炫目。众人舞蹈出。

【合唱：锣鼓喧天花炮响，

　　　　男女老少都登场。

　　　　跳花灯，看新娘，

　　　　情哥情妹金凤凰。

　　　　百花斗妍春光好，

　　　　云岭喜事成了双，

　　　　成了双……

【舞蹈中，莽子背着新娘，下。黄毛直播着，与迎亲队伍，跟下。

【大山叔、王四旺、向黔花、五婶、蒋乡长等上。

向黔花　呃呃呃，各位，各位，大家听我讲……

王四旺　（打断）向黔花，你硬是跳站得很。蒋乡长在这里，哪里轮到你讲？

向黔花　嘿嘿嘿……我一高兴，把领导都忘记了。蒋乡长，你讲。

蒋乡长　现在你讲，一会儿我再讲。

向黔花　那我就说讲啰？（见蒋点头）大家听好：今天是我们云岭村双喜临门的好日子，一会儿人陶支书来了……

【李志用内喊：等一等。

【李志用急上。

向黔花　（调笑）哟，大老板来啦？

李志用　黔花嫂，刚才你说双喜临门，啥子意思？未必春云她？

五　婶　李志用，你以为天下只有你一个男人？我家春云离了你就活不出来啦？

李志用　五婶，过去的事，您老人家不要再提了。

向黔花　大老板，心虚啦？

李志用　（佯作镇定）我心虚啥子哟。

向黔花　喊，鸭子死了嘴壳硬。不心虚？你来做啥子嘛？

李志用　我……蒋乡长，到底咋个回事哦？

蒋乡长　这个啊，要等春云大姐来了，你自然就知道了。

村民甲　（指向内）陶支书来了。

【陶春云内放腔：又是一年春风荡……

【陶春云满面春风，上。

陶春云　（唱）春色映人人更忙。

　　　　　天道无私遂人愿，
　　　　　满山花海迎客商。
　　　　　道路越走越宽广，
　　　　　喜看云岭美名天下扬。
　　　　　放眼望……

曾经磨难，几多悲凉，

终还我家山如画，

一路芬芳。

【众人纷纷与陶春云打招呼，莽子、王晓霞笑逐颜开。

莽　子　陶支书。

王晓霞　（娇嗔地）春云姐，好漂亮哦。

陶春云　今天我们云岭村既嫁闺女又娶媳妇，是应该漂亮点嘛。

李志用　春云。

陶春云　（有些讶异）你来啦？

李志用　来看看你。

陶春云　（反讥）看我的理想摔在地上，七零八光？

李志用　哎呀，春云。过去是我自私，我……

陶春云　你……有事吗？

李志用　（脱口而出）我想与你……（不好意思，忙改口）一起合作，
　　　　建设家乡。

陶春云　（一笑）好啊。云岭山下一步要建设成国家级生态公园，欢迎你
　　　　们企业家来投资。

李志用　春云我真的……

陶春云　（怨嗔地）你呀……

向黔花　呃，蒋乡长，该你讲啰。

蒋乡长　好。首先，祝贺一对新人，喜结连理，百年好合。其次，云岭
　　　　村率先搞起土地流转，成立公司，村民入股。把资源变成了资
　　　　产，资金变成了股金，农民变成了股东。这"三变"措施的成
　　　　功使云岭村取得了骄人的成绩。因此，成为全省脱贫致富示
　　　　范村！

【众人鼓掌叫好。

黄　毛　（举起手机）直播。云岭双喜，点击送礼！

大山叔　今天双喜临门！让我们跳起花灯，为新人祝福，为我们农民自
　　　　己喝彩！

众　人　要得！跳花灯啰……

【花灯队伍在铿锵的鼓乐中，欢快地舞蹈起来……

众　人　（唱）人逢喜事精神爽，
　　　　　　　跳起花灯人欢畅。
　　　　　　　人在白云蓝天里，
　　　　　　　梦在脚下地里藏。
　　　　　　　贵山贵水贵州人，
　　　　　　　自尊自爱奔小康。
　　　　　　　锦绣田园把歌放，
　　　　　　　唱它个一山欢腾，
　　　　　　　荡气回肠……
　　【花灯演唱中，演员依秩谢幕。
　　【剧终。

　　　　　　　　　　　　　　2018 年 5 月 26 日晨
　　　　　　　　　　　　　　成稿于贵阳观山湖
　　　　　　　　　　　　　　2018 年 8 月 7 日
　　　　　　　　　　　　　　八改于南充高坪守直居

该剧入选中宣部、国务院扶贫办、人社部、中国文联主办
全国脱贫攻坚优秀舞台作品展演第八届贵州文艺奖铜奖

新编大型现代花灯戏

村里那些事

编剧　郑瑞林　陈龙

贵州省花灯剧院　演出

时　间　当下
地　点　黔中屯堡地区

人　物

成　英　女，三十八岁。党员。性情豁达，乐于助人。
幺　鸡　男（"幺鸡"为绰号），二十八岁。小聪明，好赌博。
田二牛　男，四十余岁。屯安村党支部书记。
邱三孃　女，近四十岁，村民，爱面子，好计较。
叔　公　男，八十岁，无儿无女。
小二妹　女，十六岁。五年前，父母丧生火灾，落下病根。
孟老者　男，六十五六岁。
彭老者　男，六十五六岁。
魏　来　男，十八岁，邱三孃儿子。
王小香　女，幺鸡妻子。
　　　　众男女村民等。

序　幕

【定点光启。

【着屯堡装女，敲击板鼓，出。

【唱：你道鸡毛蒜皮，

　　　我看兴衰缘起。

　　　小事不小在理。

　　　灯开锣响，

　　　一台乡村真趣。

【收光。

第一场

【"杠开自摸海底捞……""豹子对上同花顺……"麻将声，扎
金花声，杂乱闹嚷。

【光启。

【屯安村。

【春季，生机盎然，山岭葱翠，小河蜿蜒。座座农家小楼，早已
替代曾经的土墙瓦舍。

【村口，几户人家，均摆有席桌。幺鸡与村民们玩牌，一旁，看
热闹的，或站或坐。王小香与几个村妇，正说笑着。

【茶驿内，坐着以老叔公为首的几位老者。

叔　公　以前啊，但凡哪家有事，乡里乡亲我帮你，你帮我，吃得简单，
　　　　心头热和。现在咋感觉这味道变了呢？

孟、彭　哪样变了？

叔　公　你看今天，张家订婚，李家上梁，唐家娃儿剃毛头，屯安村摆
　　　　酒都重起摞起的了。

彭老者　不想这么多，只要有酒喝。

孟老者　这些酒还不够你喝啊？

彭老者　不够不够，要等到九月九哟。

叔　公　为哪样？

孟老者　九月九是您老八十大寿，我们都盼着。

叔　公　都盼着？

彭老者　嘿嘿，盼着多年前您老就窖下的一大坛子好酒！

叔　公　你呀，只要一说酒，喉咙伸出手。到时候把你泡在酒里头。

彭老者　巴不得哟。

　　　　【众老者笑。

王小香　（拉着丈夫）吔！幺鸡！你又在打牌啊？

幺　鸡　哎呀，喝酒打牌，男人的招牌嘛。

王小香	你!一天不是玩牌就是吃酒,还说存钱修房子,修你个灵房子!不过了!(冲下)
村民甲	幺鸡,你婆娘又跑了,还不去追。
幺 鸡	跑惯了的,有人帮我追!再说,今天三台酒,我也不能白送礼。
村民乙	那是,今天三家摆酒,我都遭了一千多。
村民丁	我还请人帮到吃呢。过一久,我还得要摆回来。
村民乙	我先摆。
村民丁	我先摆!
村民丙	呃,还玩不玩啰?
幺 鸡	来喽。(拉二村民,继续玩牌)
叔 公	(叹息)唉……隔天就有酒,皇历都不够用啰。(拄杖,走)
孟老者	呃,叔公,等成英一吆喝,就开席了。
叔 公	上岁数的人,闹不起了。(下)
彭老者	呃,总管事的,叔公都走哦哈。
	【成英内应:来喽,来喽,哈哈哈……
	【成英着春装,喜笑颜开,上。
成 英	(唱)天生一副热心肠, 　　　　家长里短爱帮忙。 　　　　虽然不是自家事, 　　　　一串哈哈喜洋洋。 （对众）呃呃呃,各位各位。今天日子好,黄道吉时昌。张家订婚酒,李家立新房,邱家儿满月,我来把忙帮。同台三家酒,吃了不准走。玩牌又唱歌,喝酒各自吼。要是不满意,休怪主人全赖我。
众 人	说得好。
村民甲	成英,屯安村没得你张罗,简直不闹热。
村民乙	下个月你家老妈满六十,要请酒哦。
众 人	对对对,我们都要来。
成 英	满请,满请。
彭老者	总管事的,好久开喝嘛?
孟老者	这个家伙,还真是只要说起酒,喉咙伸出手。

三事主　（对成）那就开席？

成　英　噢啦。（对内）邱三孃、小二妹，上菜啰……

【邱三孃领着小二妹以及帮忙的乡亲，端盘捧碗，舞蹈上。

众　人　（唱）蒸笼开，菜出堂，
　　　　　　　　道道美味喷喷香。

成　英　（唱）头一碗节节高升还要涨……

众　人　哪样菜？

成　英　笋子烧肉。
　　　　（唱）第二碗开门就是金凤凰。

众　人　咋个说？

成　英　辣子鸡嘛。
　　　　（唱）第三碗狮子站在绣球上……

众　人　又是哪样嘞？

成　英　肉末豌豆米。
　　　　（唱）第四碗日子就像红海洋。

众　人　嘿，是火锅鱼。

成　英　（唱）煎炒烹炸不重样，
　　　　　　　蒸烧炖拌滋味长。

三事主　呃呃呃，大家尽情吃，尽兴喝哈。

【众人应了一声，开始觥筹交错，喝酒划拳……

邱三孃　成英，再等几个月，我家魏来考上大学，我啊，要好噜噜地摆
　　　　一台。

成　英　干儿子上大学，必须的。

邱三孃　比他们，起码多出六个碗！

成　英　二十四碗啦？哪点吃得完哦？

邱三孃　吃不完也要堆起！这面子不能输，这送出去的票子，不也得收
　　　　回来？

成　英　好。面子，票子。到时候，我张罗。

邱三孃　不好意思，又要你帮我。

成　英　（拉邱一旁）你家男人死得早，我不帮你哪个帮？

邱三孃　（心情复杂）命不好哦。

小二妹	（突然哭了）啊……
成　英	小二妹，你咋个了？
小二妹	看到这么闹热，我想我的爸爸妈妈了。（哭泣）
邱三孃	哎呀小二妹，咋个又神挫挫的……
成　英	（止住）三孃，你晓得她受过刺激嘞嘛。（对二）二妹，你捡几样趴和的，一哈打个包，给叔公送去哈。
小二妹	要得。
邱三孃	叔公无儿无女，小二妹倒成了他的孙女了。
小二妹	（一指）我二牛伯伯来了。（亲昵迎上）二牛伯伯。
	【田二牛急匆匆上。
田二牛	（爱怜地）二妹。
成　英	（迎上）哎哟田支书，你是从不参加吃请的，今天咋个来啦？
田二牛	我们村的韭黄橄榄毛节瓜，市场销路供不应求。我刚刚签了一笔深圳的紧急订单，物流的车子都等起了。
成　英	啊？你看这……
	【众人，喝酒、划拳声起……
田二牛	（对众高声地）停停停！有紧急订单，必须立刻马上收割装车。
众　人	（吆喝着）感情浅，舔一舔，感情深，一口闷……
成　英	大家听见没得？有紧急订货呐！
	【两三个村民，离席来到田二牛身旁。
田二牛	（唱）签约订单急如火， 　　　还有心思把酒喝？
众　人	（唱）三碗好酒该你喝……
田二牛	（唱）赶快停下动起来， 　　　不然我们要违约！
众　人	（唱）四季都有该你喝……
	【突然，吵闹大起：不落教！输了就该干三杯！不喝就灌！
	【"哗啦……"一声，酒桌被掀翻，竟然动起手来……
成　英	（忙劝）呃呃呃，你们搞哪样？不要动手。田支书喊你们停下来。
田二牛	今天加班，工资翻倍！

众　人　（唱）酒里金山有几座，

　　　　　　　二麻二麻好快乐。

彭老者　（唱）喝酒不谈工作事，（拉着田）

　　　　　　　来、来、来陪老者把酒喝。

　　　　【村民们吆喝着，东倒西歪……

田支书　（见状，无奈）唉……

成　英　田支书，只怕要另想办法哟。

田支书　还有哪样办法？屯安村早晚要毁在这个酒席上！

　　　　【收光。

第二场

　　　　【空场。

　　　　【定点光启。

　　　　【小二妹扶着拄杖的叔公，出。

叔　公　摆酒来请客，天天都闹热。你请我也请，从早闹起黑。

小二妹　天黑接到喝，喝到鸡唱歌。天天有席坐，管他那么多。

叔　公　小二妹你说说，每天都这样闹热，要不要得啊？

小二妹　有那么多好吃的，当然要得啊。只是……

叔　公　哪样？

小二妹　天天都摆酒，屯安村又没得石油。

叔　公　咦，小二妹有眼光哦。

　　　　【另一光区启。

　　　　【田二牛、村干部出。

田二牛　是要有眼光，还要会算账。

干部甲　哪样账？

田二牛　全村几百户，一年三百六十五天，就有二百多台，这吃喝的花
　　　　销，一年几百万。

叔　公　哟，不算不知道，一算骇一跳。

田二牛　尤其是最近两年，都脱贫了，荷包鼓了。这滥办酒席的风气愈演愈烈！而且摆酒易赌、生赌出事。这样下去，屯安村的未来咋个办？乡村振兴的规划，咋个办？

干部甲　摆酒是风气，慢慢拖嘛。

叔　公　肥狗拖瘦，瘦狗拖垮。

田二牛　拖不得呐，是时候拿出新方案！

三干部　哪样方案？

田二牛　制定村规民约，禁止滥办酒席！

　　　　【第三光区启。

　　　　【幺鸡、邱三孃等人出。

幺　鸡　安逸！管天管地，还管吃喝放屁？！

村民甲　没得管你放屁，是管滥办酒席。

邱三孃　这个都要管？

叔　公　咋个管？

田二牛　立村规！

干部甲　出文件！

幺　鸡　鼓捣整啊？

田二牛　村规民约，村民自治。大家讨论，家家签名！

叔　公　哪个又来领头呢？

田二牛　成英！

　　　　【收光、除田二牛外，众皆隐去。

　　　　【成英手拿一纸规约，出。

成　英　唉？我啊？我还说给我家老妈摆个生日酒呐！

田二牛　家家都有老，是该来尽孝。摆酒是形式，心里当成宝。

成　英　加多宝咩。不干！

田二牛　成英，你胸前戴的哪样？

成　英　（低头看）党徽嘛。

田二牛　对啰。身为党员，就应该带头站出来。

成　英　党员咋个嘛？人家摆酒，哪样事都没得。我要摆酒，就出个禁止滥办酒席的规定。这么大个烂摊子，说砸给我就砸给我啊！田二牛，你也是党员，你还是我们的支书，这件事就该你管！

田二牛　我肯定管！剥蒜挑葱，各有一工。我管村里大发展，乡规民约
　　　　你领头。

成　英　不行不行！最多，我家老妈的酒不摆就是了。

田二牛　党员不光约束自己，还要带动群众。我晓得，只要是你成英铁
　　　　心想办的事情，就一定能办成。

成　英　你这是要我去得罪人！

田二牛　你人缘好，威信高。你出面，我放心。马上成立酒席服务队，
　　　　村支两委给你扎起！成英，这件事办成了，你不是得罪人，你
　　　　是屯安村的大功臣。（隐去）

成　英　（无奈地）来嘛，来嘛……

　　　　（唱）矮子骑大马，

　　　　　　　鸭子赶上架。

　　　　　　　受他几句奉承话，

　　　　　　　先来得罪自家妈。

　　　　　　　自家娘母好说话，

　　　　　　　他们面前又该如何张嘴巴？（犯难，看规约）

　　　　　　　这新定民约事体大，

　　　　　　　一条一款到各家。

　　　　　　　只保留婚丧红白两件事，

　　　　　　　其他都算违规法。

　　　　　　　红事八菜加一汤，

　　　　　　　白事一锅荤素杂。

　　　　　　　酒水适量不误事，

　　　　　　　每桌标准一百八。

　　　　（叹息）唉……

　　　　　　　这样治理难度大，

　　　　　　　必定投石掀浪花……

　　　　【一对男女村民背着行囊，上。

成　英　你们这是？

男村民　去城里打工。

成　英　村里干得好好的，何必哟？

男村民　唉……村里上班也挣钱，一年随礼要搞完。

女村民　我就说不走，摆酒送钱摆酒收。

男村民　憨婆娘，说憨话。摆酒挣钱，那是一辈子的事吗？

成　英　现在已经立了新规矩，不准滥办酒席了。

男村民　喊！就是一句话，说来摆起的！走！（拉女人，下）

成　英　（唱）见此情五味陈杂，

　　　　　　　　几句话又酸又辣。

　　　　　　　　他说这治酒新规是玩耍，

　　　　　　　　激起我倔强性儿意气发。

　　　　　　　　不忍见乡亲躲酒又离乡，

　　　　　　　　不忍见屯安自此民风塌。

　　　　　　　　虽不情愿已领下，

　　　　　　　　我就麻起胆子往浪里扎。

　　　　　　　　手拿规约东寨走……（上山，行路表演）

　　　　　　【一众（女）村民，舞蹈上。

众　人　（念）笑话笑话真笑话，

　　　　　　　　鲤鱼上岸遭油炸。

　　　　　　　　心血来潮搞起耍，

　　　　　　　　哪个陪你过家家。

成　英　（唱）他们叽叽又喳喳。

　　　　　　　　再走小西坝……（下山行路表演）

　　　　　　【另一组村民，舞蹈上。

众　人　（念）没听说摆酒要受罚。

　　　　　　　　戏台打仗都是假……

成　英　（唱）西坝人人闹麻麻。

　　　　　　【众人围着成英……

村民甲　（念）我家新房烧锅底。（办酒）

村民乙　（念）我家要庆八月八。（办酒）

村民丙　（念）我家母猪下了崽。（办酒）

村民丁　（念）我家猫儿能喊妈。（办酒）

　　　　　　（七嘴八舌）起灶台，修牛圈，过生日，冲运程，换门头……

【成英被众人围住，无奈捂耳……

成　英　（唱）哎呀呀……

　　　　　　　闹得人的脑壳大，

　　　　　　　就是不愿来画押。

村民甲　除了婚丧嫁娶这两件事，其他全部禁止，太不近人情了。

村民乙　我一年吃酒要送出去几万块，不准摆酒，那不是亏大了！

众　人　亏了，亏大了……

成　英　（高声地）闹哪样？哪家摆酒我成英不是又帮忙又随礼？这哈我
　　　　家要摆酒了，就遇上新村规。亏了，我才亏大了！

村民甲　那你就不管嘛。

成　英　我是不想管！可是，看到田二牛一天不是跑销售，就是找技术，
　　　　不是陪客户，就是引项目。从早忙到晚，脚板都磨穿。心里一
　　　　发软……哦嗬，就当了恶人上贼船。

众　人　唉……

成　英　不过呢，当我看见大贵两口子又出去打工，我的气呀又变成了
　　　　一股劲。

村民甲　哪样劲？

成　英　荷包有了钱，酒席摆不完。本来是风俗，成了大麻烦。村里立
　　　　新规，要把陋习变。只要我们鼓起劲，不信扳不转！

村民甲　扳！不怕婆娘吼，就怕请吃酒。

村民已　隔天有人请，不去丢人情。一吃一两天，耽搁做事情。

众　人　（议论）遭不住了嘛，唉……

成　英　来来来，闲话少扯，签字画押。

村民甲　按说呢，治理滥办酒席是个好事。（蘸印泥，举手指，突然转身
　　　　对乙）王老大，你先来。

村民乙　（捂头）脑壳昏，打转转……

成　英　哎呀，又不是卖身契，你们在搞哪样哦。

　　　　（唱）挣钱犹如针挑土，

　　　　　　　酒席用钱水推沙。

　　　　　　　新规如同把钱挣，

　　　　　　　未必挣钱都害怕？

众　人　（唱）是这话，是实话，

　　　　　　　哪个带头去画押？

　　　　【众人排成队列，你推我让，如同老鹰抓小鸡游戏一般。

　　　　【伴唱：你说稀奇不稀奇，

　　　　　　　　排队画押禁酒席。

村民甲　那就签啰？（欲签字）

村民乙　等哈！禁止滥办酒席，要一视同仁哦？

成　英　村规民约，相互监督，人人照办！

村民丙　没得情面讲？

成　英　哪怕是天王老子，也不行！（对丙）签字！

村民丙　（作状）哎哟哟……不行咯，手抽筋了……（溜一旁）

村民甲　吼得凶，骇师兄。我来签！（按下指印）

　　　　【伴唱：陈规陋习终须破，

　　　　　　　　要立新风也费力。

　　　　【众人签字，按上指印。

　　　　【收光，众下。

　　　　【"幺鸡！给老子站到！"

　　　　【幺鸡气喘吁吁，跑上。

幺　鸡　（看看身后，揩汗）哎哟……

　　　　（唱）人霉运道落，

　　　　　　　走路踢到脚。

　　　　　　　喝酒打牌斗地主，

　　　　　　　盘盘输成方脑壳。

　　　　　　　家里存款早用尽，

　　　　　　　外面欠起一大坨。

　　　　　　　婆娘气得不管我，

　　　　　　　债主天天脚跟脚。

　　　　　　　这样的日子好难过……

　　　　【二青年，急上。

青年甲　幺鸡！

　　　　（唱）好久还钱拿话说！

幺　鸡　（翻兜）看嘛，包包比脸还干净，再过几天就还。

青年甲　你一天打牌喝酒不上班，连婆娘都跑了，你拿哪样还？

幺　鸡　哎呀，小看我幺鸡了。

　　　　（念）活人还遭尿憋死？

　　　　　　　有钱不过早与迟。

青年甲　（念）上山去攉画眉子。

青年乙　（念）你也要有篾笼子。

幺　鸡　（念）抠破脑壳想法子，

甲　乙　（念）少和我们扯幌子。

幺　鸡　（念）人生就像牌桌子，

　　　　　　　运气好撇看骰子；

　　　　　　　打了筒子摸万子；

　　　　　　　条子不来缺搭子；

　　　　　　　为跟熟张拆对子；

　　　　　　　放炮输得见底子；

　　　　　　　幸好还有酒桌子……

青年甲　酒桌子？你是想摆酒唉？

幺　鸡　（念）摆一台搬风酒我收票子。

青年乙　又不是打麻将，搬哪样风？

幺　鸡　这个你们就不晓得了。麻将搬风换手气，人霉转运办酒席。都是搬风这个理……

青年甲　你龟儿想得怪兮兮。

幺　鸡　哎呀，这哈办酒的名目多。哪样打围子，砍树子，修坝子，下崽子，就是打个喷嚏都要摆桌子。搬风酒，算是挺有文化底蕴了。

青年乙　咦，你幺鸡成精了。

青年甲　村里正在治理滥办酒席哟。

幺　鸡　这个你们也信？

二青年　为哪样不信？

幺　鸡　叔公九月满八十，她敢去掀酒桌子？

青年乙　那不敢。

幺　鸡　对啰。再说了，成英治酒吼得"昂"，她得先管邱三孃。

青年乙　为哪样？

幺　鸡　邱三孃男人死得早，娃儿就是她的宝。盘出大学生，那还不摆
　　　　一台？

青年甲　贵州地皮薄，看嘛！邱三孃来哦咯！

　　　　【收光。

第三场

　　　　【仲夏时节，艳阳高照。

　　　　【邱三孃着夏装，手拿录取通知书，出。

邱三孃　（唱）仲夏盛暑生热浪，

　　　　　　　　迎风送来稻花香。

　　　　　　　　丈夫体弱病故早，

　　　　　　　　留下母子两孤孀。

　　　　　　　　风来雨去把儿养，

　　　　　　　　天遂人愿终于盘出读书郎。

　　　　　　　　村口张了大红榜，

　　　　　　　　我与儿子把名扬。

　　　　　　　　喜得我梦里都在笑，

　　　　　　　　喜得我满脸放红光。

　　　　　　　　走路像踩海绵上，

　　　　　　　　说话像打机关枪。

　　　　　　　　好事就要传得广……

　　　　　【光启。

　　　　　【村口，茶驿。

　　　　　【孟老者和两三个村民正聊天；小二妹静静地听着，彭老者拿着
　　　　　他常年随身的瓦酒罐，自顾喝着。

邱三孃　（唱）哎呀呀……

　　　　　从此三孃我气昂昂。

孟老者　邱三孃，村口大红榜，魏来考上啦？

邱三孃　（眉开眼笑）考上了。正宗一本，重点大学。

小二妹　魏来哥哥好厉害。可惜，我没上学了……

村民甲　你上学也没法比。人家魏来，人聪明，学习好，将来肯定当领导。

邱三孃　哎呀，要是那样才好呢。

孟老者　这在古代，就算是金榜题名中状元。

彭老者　（呷口酒）中状元，流水席大摆三天。

孟老者　（忙示意）喝酒说酒话，不喝说空话。

彭老者　嗨！这酒是个宝，喝了身体好。春天喝了酒，狗都撵不到；夏天喝了酒，不怕蚊子咬；秋天喝了酒，要跳三尺高；冬天喝了酒，当穿新棉袄。（指邱）她家要摆酒……

【孟老者忙捂其嘴，彭挣扎。

小二妹　彭爷爷自己把自己喝醉了。

彭老者　我没醉，我是为她高兴。光宗耀祖啊……

孟老者　说不得了。走，我送你回去。（强拉彭，边走边说）你个老酒鬼，村里在治酒，你在说喝酒，真是不懂事的老狗。（扶着彭，下）

【二人不期与幺鸡撞了个满怀。

幺　鸡　哎呀，走路不带眼睛。

孟老者　嗨！我们老眼昏花，未必你是睁眼瞎？（拉着彭，下）

邱三孃　幺鸡，太阳没落坡，你就出来啦？

幺　鸡　不要讽刺我。我是来给你道喜嘞哦。

邱三孃　（笑盈盈地）我有哪样喜哟。

幺　鸡　哟哟哟，邱三孃吧……

　　　　（唱）魏来大学考一本，

　　　　　　　这算你家大事情。

　　　　　　　摆酒三天才喜庆……

邱三孃　（唱）违反村规不得行。

幺　鸡　哟哟哟，三孃吧，儿子考上重点大学，那是屯安村古往今来独一份！好风光，好有面子哦。简直就是祖坟山冒青烟嘛！这样的好事，你还不摆一台？

邱三孃　我想摆酒，但新立下的村规……

幺　鸡　你签字啦？

邱三孃　没有。

幺　鸡　那你是怕成英？

邱三孃　（脱口而出）怕她哪样？

幺　鸡　不怕就摆一台！不然，你永远比她矮一头！

邱三孃　凭哪样矮一头！我……

　　　　【"妈……"魏来上。

魏　来　妈。

邱三孃　儿子，你不是在家里看足球赛嘛？

魏　来　干妈在找你。

邱三孃　找我？哪样事？

魏　来　（指向内）你问她嘛。

　　　　【"哈哈哈……"

　　　　【幺鸡闻声，忙躲于茶驿一角。

　　　　【成英上。

成　英　（唱）新事新规新风起，

　　　　　　　　乡亲签名都给力。

　　　　　　　　三月辛苦虽费劲，

　　　　　　　　初见成效心欢喜。

　　　　（对众）都在。（对邱）邱三孃，我正要找你呢。

邱三孃　（高兴地）刚好，我也要找你。

成　英　我干儿子能干，考上重点大学啦。我这个当干妈的，要给他庆贺庆贺嘛。

邱三孃　该庆贺？

成　英　魏来名字上红榜，光鲜露脸把名扬！该庆贺！

邱三孃　好！这台光鲜酒，你当干妈的张罗。

成　英　唉？光鲜酒？

邱三孃　你都说了该庆贺嘛。

成　英　禁止滥办酒席，你还没得签字。

邱三孃　没问题，摆了这台酒，马上签。

成　英　这……

邱三孃　妹子，我好不容易把儿子盘成大学生。这台酒，就是我的脸！

成　英　啊……

　　　　（唱）说来又说去，

　　　　　　　非要办酒席。

　　　　　　　眼看村规要卡起，

　　　　　　　未必第一个处理好闺密？

　　　　　　　我知她倔强认死理，

　　　　　　　历来面子争第一。

　　　　　　　以硬碰硬过不去，

　　　　　　　暂且避实就其虚。

　　　　（对邱）三孃……

　　　　（唱）你说我俩啥关系？

邱三孃　（唱）无话不说好闺密。

成　英　（唱）情同姐妹连一体。

邱三孃　（唱）可以同穿一件衣。

成　英　（唱）从不分我你。

邱三孃　（唱）事情都商议。

成　英　（唱）我今遇困难。

邱三孃　（唱）就给姐姐提。

成　英　（唱）新村规签字就差你。

邱三孃　（唱）绕一圈，还是回到老话题。

成　英　三孃。帮我这个忙。有事好商量。

邱三孃　有商量？

成　英　有商量。

邱三孃　开后门？

成　英　嘘……

邱三孃　这台光鲜酒？

成　英　我亲自摆！

邱三孃　哎哟，我就晓得你要帮我的。

成　英　这件事情，只要能过得去，我就……（眨眼示意）

邱三孃　（会意）要得。拿来，我签！（拿过，欲按指印）

幺　鸡　按嘛，打出去的牌，收不回来哦。

成　英　幺鸡！村里帮你脱贫才好久？你也跟到闹？！你家婆娘又跑回娘
　　　　家了，你说我管，还是不管呢？

幺　鸡　（语塞）呃……

邱三孃　说好了的哟？

成　英　说好了，我为干儿子摆酒！

邱三孃　好！（按下指印）五十桌，请全村……

成　英　人多了。

邱三孃　人多才热闹。

成　英　三桌坐不下。

邱三孃　哪样？

成　英　村规上规定，家宴最多三桌。

幺　鸡　嘿嘿，欲擒故纵。

邱三孃　吧，成英，你给姐姐玩兵法啊？！

成　英　哪样兵法哦。三孃，说话算数，干儿上大学，干妈摆三桌。

邱三孃　（生气地）谢了！我再穷，也不差三桌酒钱！

成　英　哎呀，不要生气。我们哪，永远都是好闺密。哈哈哈……（下）

邱三孃　（气恼地）闺密闺密，尽搞偷袭。

魏　来　妈，既然村里有规矩，我们不办就是了。

邱三孃　你个娃儿家，懂哪样人情世故？这台酒要是不摆，这么多年送
　　　　出去的礼钱，打了水漂不说，更对不起列祖列宗啊。

幺　鸡　哦。牌从门前过，不如摸一个。

邱三孃　哪样意思？

幺　鸡　村里不准摆，你就……（对邱耳语）

邱三孃　（一边听，一边笑）好，要得……幺儿，走，陪妈取钱，进城定
　　　　酒席。

魏　来　这不是让干妈为难吗？

邱三孃　放心，你干妈心头有数。（拉着儿子，下）

幺　鸡　大家都有数！你要清一色，我做对对胡。(得意地下)

小二妹　为哪样都喜欢摆酒呢？(搔头不解) 哎呀，茶壶里的水要开了。

　　　　(隐去)

　　　　【伴唱：水要开了，

　　　　　　　　盖要揭了，

　　　　　　　　茶壶风暴，

　　　　　　　　就要来了……

　　　　【一群村妇叽叽喳喳，舞蹈上。

众村妇　(唱) 出事了，出事了，

　　　　　　　才立的村规要黄了。

村妇甲　(唱) 她们两家关系好。

　　　　　　　换个地方不翻跷。

村妇乙　(唱) 城里摆酒开了道。

村妇丙　(唱) 我们跟风不会遭。

众村妇　(唱) 对对对……

　　　　　　　前面有人开了道，

　　　　　　　跟风摆酒她管不了。

　　　　【收光。

第四场

　　　　【光启。

　　　　【盛夏，山青稻黄。晨曦中，万亩大棚中，成熟的韭黄，以及各
　　　　色菜蔬隐约可见。

　　　　【成英带着小二妹，以及一众村民，正收割着。

成　英　(唱) 治理酒席初有成，

　　　　　　　规矩渐渐入人心。

　　　　　　　就是有点心不忍，

　　　　　　　骗了好友来签名。

三孃她独自养儿苦得很，

一心盼儿跃龙门。

考上大学本该庆，

为村规，她把酒席摆进城。

也算是守规定，

也不算开后门。

只要村里没摆酒，

顺水人情也合理。

【二村女看看成英，小声聊天。成英见状，靠近听着。

村女甲　呃，涛妹，今天邱三孃家的光鲜酒，算不算违规呢？

村女乙　人家没在村里摆，应该不算。

【成英点头，以示赞同。

村女甲　那我们都可以把酒摆进城……呃，这样还不如原来嘛。

村女乙　哪样不如原来？

村女甲　城里消费高，成本往上飙。有事要找人，剩下狗在叫。

成　英　（似有所悟）有道理。我咋个就没想到这点呢？

小二妹　（突然地）我也要摆酒。

村女乙　（调笑地）你摆哪样酒？

小二妹　月亮酒。二天等我们村有火箭了，就请你们"呜"的一声，登
　　　　上月球看地球。

村女乙　又在发梦"冲"。

成　英　（止住）你们说哪样？五年前，小二妹的爸爸为了摆酒充面子，
　　　　不光欠了账，还把两间瓦房都抵押了。她家妈想不通，半夜点
　　　　了房子。等我们赶拢，就只救出来她一个。从此，落下这个病
　　　　根，这不，读完初中就没再上学了。

村女甲　唉……要不是田支书收养，她还要更造孽。

村女乙　摆酒摆酒，不晓得还要摆出哪样事。

成　英　（一震）啊？

　　　　（唱）听她们，把白"聊"，

　　　　　　　我心中，翻浪花。

　　　　　　　换个地方去摆酒，

还是那碗隔夜茶。

(电话铃响，接电话) 喂，我是成英。田支书啊。(喜) 哦，今天就从广州回来。又有大订单？好啊。哪样事？她家光鲜酒我晓得。呃，村规也没有不准城里摆酒嘛？哦。家家跟到学，烂成污泥河，旧病没医好，还要断手脚。问题更大了。(小声地) 呃呃呃，田支书，这件事我都答应了邱三孃，下不为例嘛。不行啊？此例不可开，一开就重来。马上阻止她？(恼) 哎呀，这样的话，我就真没法干！哪样？屯堡人家，说话算数？屯安村的未来就看我了。哎呀，我哪有那本事哟。喂，喂……(挂电话) 来嘛，来嘛……

　　(唱) 矮子骑大马，

　　　　　鸭子赶上架……

小二妹　孃孃，你前面唱过了。

成　英　唱过了，那就另唱个嘛……

　　(唱) 硬是听不得夸奖话，

　　　　　一听怨气飞爪哇。

　　　　　这事怪我犯了傻，

　　　　　为了芝麻丢西瓜。

　　　　　此例一开家家学样问题大，

　　　　　新风逐流泛沉渣。

　　　　　我劳神费力在干啥？

　　(对二) 小二妹，我们快走！

小二妹　去哪里？

成　英　去找你邱三孃。

　　(唱) 这事只有得罪她。

【收光。

【转至村口。

【景同前场。

【幺鸡、魏来以及一众村民，在邱三孃招呼下，蹑手蹑脚，舞蹈上。

【(念)：稀奇事，真稀奇，

　　　　　　　吃酒就像干秘密。

　　　　　　　你喊我，我看你，

　　　　　　　偷偷摸摸好着急。

邱三孃　人来齐没得？

幺　鸡　（四顾）就差几位老者。

邱三孃　那就等一等。

幺　鸡　不行不行，要是成英变卦，就走不脱了。

邱三孃　（一激灵）对对对，上车，快上车。

　　　　【"等一等……"

　　　　【在众人惊愕中，成英上。

成　英　三孃。

邱三孃　妹子也来了。（招呼）我们上车，上车。

成　英　不忙！季师傅，我们不用车了。

众　人　咹？

邱三孃　妹子，李子树冒红苞，你这是开的哪样花哟？

成　英　姐姐，春打六九头，该开哪样花就开哪样花。

幺　鸡　遭了，要变卦。

邱三孃　（拉成一旁）呃，你说的只要过得去嘛。

成　英　就是过不去呀。

季师傅　走不走哦？

成　英　不走了！季师傅，车子开起走！

季师傅　你是哪个？你喊开走就开走？！

成　英　你管我是哪个！你要不开走，我下你轮胎！

季师傅　你！硬是遇得到哦。邱大姐，大热天的，好玩唛？（离去）

成　英　呃呃呃，取消光鲜酒，个人往回走。

邱三孃　成英，你、你、你……

　　　　（唱）你做事情太过分，

　　　　　　　枉自还称姐妹情。

成　英　（唱）村规面前要平等，

　　　　　　　不能亲疏远近分。

邱三孃　（唱）正是为了新规定，

	我才摆酒到县城。
成　英	（唱）你这是换汤不换药，
	旧酒换个瓶。
	人人学样钻空子，
	挖肉补疮更害人。
邱三嬢	我就不明白，自家的韭黄，你还管我炒不炒肉?!
成　英	现在都有钱了，就海吃乱喝不干事了。那天天都在说的决胜小康，乡村振兴咋个办?
邱三嬢	少说这些!
	（唱）今天硬不准?
成　英	（唱）违规不得行!
邱三嬢	（唱）说得那么凶。
成　英	（唱）莫要当典型。
邱三嬢	你!
成　英	三嬢。
	（唱）休怪妹子来斗硬，
	莫说妹子不讲情。
	用手捧来小河水，
	指缝流完剩几分?
	你是好闺密，
	他是婆家亲，
	沾亲又带故，
	藤藤连根根。
	都讲情和面，
	新村规猴年马月也兴不成!
邱三嬢	你能干，你不得了。搅黄我的家酒，他们看热闹!
幺　鸡	热闹热闹，就是要闹，你要不闹……
成　英	你少鬼叫!
幺　鸡	我又没惹你。
成　英	三姐，不要让外人看到笑。
邱三嬢	外人?（冷笑）哼哼，从今天起，你我绝交!

成　英　（先怔而笑）哈哈哈……你我姐妹几十年的交情，那就像地里的莲花白，越裹越紧。绝哪样交哦？

邱三孃　你现在是胡萝卜雕娃娃——大红人，不敢高攀。

魏　来　妈。算了嘛。你看干妈都说了……

幺　鸡　嘿嘿，干妈干妈，白糖糍粑。亲妈一喊，牛屎屃屃。

邱三孃　（越发起怒）魏来，我是你妈还是她是你妈？！

成　英　你是亲妈，我是干妈。

魏　来　（为难）妈……

幺　鸡　儿不听话，外人当家。

邱三孃　成英！

成　英　三姐，村规签了字，盖了红巴巴，未必吐趴口水你收回去？！

邱三孃　你！你！你一天岔把，像个夜叉！无事生非，张飞他妈！

成　英　吔？要骂人？

邱三孃　骂了！鼻子插葱装大象，红皮萝卜黑心肝！咋个嘛？！

成　英　（气恼挽袖作势）要骂陪你骂！你，死要面子！不要里子。争强好胜，争名争利，蒸笼锅盖，你以为你是东方不败？！

邱三孃　哪样蒸笼锅盖？哪样叫东方不败？今天这台酒我摆定了！跟我走！

　　　　【众人跨前一步。

成　英　慢！她摆酒我不管，你们不准去！

　　　　【众人不禁后退一步。

幺　鸡　嗨哟，摆酒吃酒，想来就来，想走就走。

成　英　阴阳怪气，净放狗屁！

幺　鸡　你想要政绩，不要拿我撒气。邱三姐，你斗不过她，人家手里有权，掌握了规矩。

邱三孃　规矩？老娘今天就破她的规矩！

幺　鸡　对！（振臂高呼）扎起扎起！破她规矩！

　　　　【众人骚动……

成　英　（阻拦）不能去……

邱三孃　（推开）走开点……

　　　　【伴唱：吃酒吃酒，

闹闹吼吼，

一边要拦，

一边要走……

【伴唱中，成英阻拦，被幺鸡等拉住。

成　英　（求援）小二妹，你们咋个还没来哟？

【"来了！"

【小二妹领着叔公，以及孟、彭二老者，急上。

叔　公　搞哪样？羊子关在牛圈头，争哪样吵（草）？！

邱三孃　几位老者来得好，今天给我评评理！

叔　公　评哪样理？这个事是你不对！

邱三孃　叔公，再过两个月，你也要过八十大寿。未必你那一坛子酒不要人喝？

叔　公　先不要说我！我问你，魏来考上大学，村里张了大红喜报，还发了两万块的助学奖金，这个面子够大了？为哪样非要摆酒？

孟老者　对！摆酒有违村规。

邱三孃　你们老者一来就帮她讲话，不公平！

叔　公　不公平？既然定了规矩，出尔反尔，不守约定，这算什么？要说公平，村规面前，人人平等，这才是公平！（对众人）你们说对不对呀？

众　人　对的。

叔　公　大家马儿大家骑。起哄，闹事，看笑话，这是给屯堡人丢脸！

孟老者　好了，都散了。各回各家，各找各妈。

幺　鸡　哦嘛，清一色打成相公牌，干瞪眼。

邱三孃　（恼怒地）呸！你们都来欺负我啊……（跳起，坐于地，号啕）天哪天，人家办酒噻，喜喜欢欢呀，我家办酒噻，怄气伤肝哪……

成　英　（唱）邱三孃地上来撒泼，
　　　　　　哭声夭夭如唱歌。

邱三孃　姐姐妹妹噻，假情分啰，黑了良心噻，整熟人……

成　英　（唱）呼天抢地针对我……
　　　　　　哭闹成了一包药。

邱三孃　（号啕）没得男人噻，受欺负哦……孤儿寡母噻，没人怜啰……

成　英　三孃，你起来嘛。（见其背身，望向老者）

三老者　（无奈）唉……

成　英　（有些着急）这这这……（思索，决定）

　　　　（唱）口舌生疮须泻火，

　　　　　　　今天陪她哭成砣。

　　　　（坐地上，号啕）哎呀喂……枉自是闺密，尽给我出难题哟……

　　　　【老者们面面相觑，小二妹急得团团转。

小二妹　牛打架，角顶角，不顾脸也不顾脚……

邱三孃　吡，小二妹，连你也来欺负我啊?!

魏　来　妈！你这样丢不丢人啰?

邱三孃　（哭腔）幺儿嘞，我丢人为哪个? 你不但不帮忙，还说你家亲妈啊?

成　英　（哭腔）魏来吧，你妈是为了你哟。考上大学噻，规矩算哪样哦。

魏　来　两个妈，你们都起来。（欲扶成英）

成　英　（摆手，示意扶邱）……

魏　来　（点头，转而扶妈）妈，这么多人，快起来。

邱三孃　（起身）幺儿呐，妈这样都是为了你哟。

魏　来　你不是为了我，你是为了你自己！

邱三孃　你说哪样?

魏　来　妈，从小你教我，讲礼仪，守规矩。今天这台光鲜酒，你是为了自己的面子。

叔　公　这娃儿懂事。

魏　来　妈，这酒我们不摆了嘛。

邱三孃　不行！酒席定金都交了一万大万，不摆酒，你学费生活费都挣不回来！

魏　来　妈！顾了面子，坏了名声，那这个大学，我就不读了！

邱三孃　你！你这个吃里爬外的东西！（举手打向儿子）

成　英　住手！

　　　　【成英急忙挡在魏来的前面，邱三孃来不及收手，一耳光重重地

　　　　　　打在成英的脸上。

成　英　（痛呼）啊？！

　　　　【成英被打得原地转了一圈，一下子晕倒在地，双眼紧闭。

　　　　【现场顿时一片沉寂。

小二妹　呀，成英孃孃遭打昏了！

孟老者　你敢打成英！

彭老者　太下得去手啦！

叔　公　成英！成英！

　　　　【众村民哗然。

邱三孃　（也是一惊）我、我又不是故意的，是她自己贴上来的。（看成
　　　　英）唉，不要装死哈。喂！

　　　　【成英一动不动。

魏　来　（蹲下推成）干妈！干妈！

村民甲　是不是打死了！

村民乙　会不会断气咯！

　　　　【众村民顿时炸开了锅。

邱三孃　（慌了）喂，学碰瓷是不是？快起来！（欲拉其起身）

孟老者　（拦住）不要动！不能破坏现场！

彭老者　快看看有没有气？

　　　　【魏来去探成英的鼻息。

魏　来　有气有气！

邱三孃　（彻底慌了）掐人中！

魏　来　（掐成英的人中）掐不醒！

叔　公　邱三孃，这个事你要负责任！

邱三孃　菩萨！她平时身体像牛一样，咋个一打就昏！

孟老者　会不会是心梗！

彭老者　怕是脑梗哦！

叔　公　要是救不过来……

彭老者　（跳起来）抓你去坐牢！

　　　　【众村民议论纷纷，对邱三孃指指点点。

邱三孃　（委屈地伏地大哭）真是倒了八辈子的霉啦！我就不该听那个死

幺鸡的忽悠！（幺鸡一听，赶紧溜走）成英啊！我求求你醒来嘛！只要你醒来，大不了这个酒我、我、我不摆了！

魏　来　快做人工呼吸！

邱三孃　对头！（对着成英嘴，欲人工呼吸）

成　英　（突然起身）哎呀……

邱三孃　（吓一跳）妈耶?!

【众村民一惊。

成　英　（对邱）你说的哈，酒你不摆了。

邱三孃　你、你装的?

成　英　我不装，你的气消不到嘛。

邱三孃　你挖个坑坑给我跳！

成　英　我搭梯子你过桥。

魏　来　干妈，你骇死我咯！

【众村民笑。

邱三孃　（不禁心酸）哎哟喂……我那一万块钱的定金哪。

成　英　好了。那家饭店的老板是我表妹夫。冲我的面子，起码退你八千。

邱三孃　（感动）成英……我还损失两千啊！

成　英　你还要咋个？哪个喊你听幺鸡的话?

小二妹　哎呀！他说要摆酒。

邱三孃　我都没摆成，还有哪个敢嘛?

【成英、邱三孃你看看我，我看看你，禁不住笑起来。
【收光。

第五场

【光启。
【碎石砌墙，瓦房陈旧，几棚竹子阴凉了半个院子。与相邻的小楼比较，显得那么寒酸土气。院内，幺鸡正打电话。

幺　鸡　（打电话）喂，对！我要摆酒！就是今天。（挂电话）你有门坊，我有对子，你有白米，嘿嘿，我有甑子……

（唱）邱三孃摆酒被拿下，

我另辟蹊径有办法。

大张旗鼓搬风酒……

（对观众）哪样？成英要管？哼！

（接唱）敢管叫她莫抓拿！

【二青年，上。

青年甲　幺鸡，你欠账都没还，还有钱请客？

幺　鸡　不瞒你们说，菜钱欠起王胖子，烟酒赊起二毛子，就等摆酒收票子，好还你们这些账主子。

青年甲　我看你要挨板子！

幺　鸡　我哪样要挨板子？

青年甲　邱三孃那么凶，都被成英按下去了，你还大张旗鼓摆"搬风酒"？

青年乙　那不是背鼓上门——讨打。

幺　鸡　我不摆"搬风酒"，咋个收得到礼金？没得礼金，欠你几爷子的钱，是不是要扶我的贫？

青年甲　（摇头）不不不，你不是贫，你就是个无底洞。

幺　鸡（尴尬地）呃……

青年乙　你真不怕犯村规？

幺　鸡　村规？摆酒找的由头大，来他一个杠上花！（高声地）喂……各位乡亲：为求搬风，幺鸡摆酒。村规让道，自有讲究。谁若不来，霉运压头。（拿出红布）挂起！

【二青年展开红布，上写：搬风酒，转大运。

【伴唱：他把酒摆开，

不来也得来。

面上装笑喊恭喜，

心头骂他想歪财……

【邱三孃、小二妹以及部分村民议论纷纷，上。

幺　鸡　哟，三孃都来了。

邱三孃　来看哈稀奇。

村民甲　听听你的讲究。

村民乙　凑个热闹。

众村民　摆起摆起。

　　　　【胖村民，上。

胖村民　幺鸡，菜都摆好了。

青年甲　各位，红包票子，送了座席。（提篮收红包）

幺　鸡　小二妹，（不安地四处顾盼）你，一个人？

小二妹　你晓得我没爹没妈，跟到二牛伯伯过嘛。

幺　鸡　那成英？

邱三孃　（一笑）放心，她出去办事还没回来。

幺　鸡　（长舒一气）没来才好。

小二妹　但是，老者来了。

　　　　【孟、彭二老者，上。

彭老者　你崽崽摆酒，不请我喝一口？

幺　鸡　我怕老者不给面子嘛。

孟老者　你面子那么大，哪个敢不来？

幺　鸡　嘿嘿嘿……老者请。

彭老者　要得。（欲入座）

孟老者　（忙拉住）酒是一包药，吃了跑不脱！忘记干哪样来？

彭老者　（拍头）酒精蒙脑壳。（对孟）你说。

孟老者　幺鸡！

　　　　（唱）屯安村规可知道？

幺　鸡　明白。

孟老者　（唱）摆酒这是犯律条！

幺　鸡　摆了。

孟老者　（唱）明知故犯错不小。

幺　鸡　要咋个嘛？

彭老者　（唱）所有酒席全上交！

幺　鸡　（唱）你们真可笑，

　　　　　　　想把好事搅。

　　　　　　　成英都不管，

　　　　　　　莫倚老卖老！

彭老者　你敢骂我倚老卖老？

幺　鸡　不敢，你们退休了，各自安度晚年，闲事就少管。

孟老者　嘿嘿，村里成立老年协会，专门配合治理滥办酒席的事务。

彭老者　我们哪，管的不是闲事是正事。

青年甲　两位爷爷，那成英不是就下台啰？

孟老者　下哪样台哟？领头的还是成英。

　　　　【"哈哈哈……"爽朗的笑声依旧响起。

　　　　【成英上。

成　英　（唱）酒席治理初有成，

　　　　　　　田间再起山歌声。

　　　　　　　唯有幺鸡事未了，

　　　　　　　动员小香回家门。

　　　　（喊）幺鸡，幺鸡。

幺　鸡　哪个？（看见成英，下意识缩头）成……你……

成　英　幺鸡，你家王小香同意回来了。

幺　鸡　啊？人呢？（四顾）

成　英　过两天就回来。呃，我可是把口水都说干了，你要是再这样，
　　　　我真的就不管了哦。

小二妹　成英嬢嬢。

成　英　呃，你们咋个都在这里？

邱三嬢　（拉成英，指标语）看嘛。

成　英　（看标语）搬风酒，转大运。（看幺鸡，步步紧逼，发笑）哼哼
　　　　哼……

幺　鸡　（后退，发虚地）你、你有话说话，笑起害怕。

成　英　（狡黠地）怕哪样呢？摆酒都不请我，不落教嘛。

幺　鸡　（大感意外）你这是？

成　英　你想搬风转运，离了姐姐还不得行。

幺　鸡　（紧张地）哪样意思哦？

成　英　（唱）你想转运把风搬，

　　　　　　　　　　　　　　　　　村里那些事　　259

姐姐今天帮你扳。

幺　鸡　咋个帮呢?

成　英　(唱)成英也算有见识,

今天来个大场面。

幺　鸡　大场面?

成　英　(唱)热热闹闹你长脸,

风风光光扳得全。

幺　鸡　真的呀?

成　英　真的。

(唱)桌上菜全部送往敬老院,

幺鸡你孝敬老人美名传。

幺　鸡　(大惊)啊?你就这样帮我搬风转运?

成　英　是啊。你搬风,以烂得烂赌酒懒,我帮你,扳正思想,正本清

源。(对青年乙)把红包全部退给大家。两位爷爷,动手嘞。

孟、彭　动手!

【二老者领着邱三孃、小二妹及几个村民,收菜。

【幺鸡急忙阻拦,被青年甲拉住。

众村民　(唱)好笑真好笑,

想钱脸不要。

一场空欢喜,

狗咬猪尿泡……

幺　鸡　吧!

(唱)你们串通好,

拿我当草包。

明面来帮忙,

暗里出阴招。

成　英　(唱)村规百家事,

事小理不小。

帮你扳风走正道……

幺　鸡　(唱)少来这一套!

家徒四壁婆娘跑,

　　　　　　麻将人生单张吊。

　　　　　　反正是烂牌没得叫……

　　　　　　老子今天就发飙！（扎衣挽袖，作势）

孟老者　你要干哪样？

小二妹　他要发飙。

彭老者　发飙？喝麻了才发飙。

　　　　【幺鸡作势……

邱三孃　幺鸡，你男人家也要撒泼打滚？

孟老者　（对彭）老酒鬼，我们两个老的，拿出当年的威风，陪他滚
　　　　一滚。

彭老者　对嘛。

幺　鸡　撒泼打滚？太低级了。今天老子们要放大招！（高声地）田二牛
　　　　呢？田二牛！

成　英　吼哪样？田支书去省里参加脱贫致富表彰会了。

幺　鸡　屯安村有人没脱贫！哪样表彰会？

成　英　胡说！前年人均收入三万八。去年四万二，今年哪……

幺　鸡　今年就有人返贫！

众村民　哪个？

幺　鸡　（撕烂衣服，挽起一只裤腿，弄乱头发）我！幺鸡！

小二妹　（见其如乞丐状，发笑）嘻嘻……明里是摆酒，其实要讨口。

众　人　（不禁大笑）哈哈哈……

成　英　哎呀，幺鸡，你不当演员简直可惜啰。

幺　鸡　笑？我返了贫，屯安村致富示范村的招牌就只有摘下来！

成　英　你这算威胁？

幺　鸡　啊！

邱三孃　（愤怒地）我呸哟！你这个幺鸡，太歹毒了嘛。

幺　鸡　那就让我摆酒！

成　英　不可能！

幺　鸡　（急）那我就返贫！

成　英　（笑）哈哈哈……幺鸡，你说返贫就返贫？你家土地早已流转。
　　　　你既是股东，也是社员。集体经营，都有钱赚，年年分红，有

数可算。

众村民　就是！

成　英　成心作怪，威胁返贫，你是茅厕丢炸弹——激起公愤（粪）！让
　　　　大家从心里更加鄙视你！

幺　鸡　鄙视就鄙视！反正冬瓜皮做帽子，霉到头了！

成　英　幺鸡啊……

　　　　（唱）摆酒如能把运转，

　　　　　　　都来摆酒不上班。

　　　　　　　家事家常哪个管？

　　　　　　　草长地头荒了田。

　　　　　　　从早吃得天色晚，

　　　　　　　吃喝空了一座山。

　　　　　　　日复一日人心懒，

　　　　　　　自哀自怨怪老天。

幺　鸡　我本就是村里最穷的嘛。

成　英　你不穷！是你自己不算账！

幺　鸡　哪样账？

成　英　（对众人）来来来，我们帮他算下账……

　　　　（唱）你家土地来流转。

众　人　（唱）十亩韭黄五万三。

成　英　（唱）又有树木二百棵。

众　人　（唱）一年分利也上千。

成　英　（唱）上班天天按时算。

众　人　（唱）莫偷懒，月月工资三千元。

成　英　（唱）接回媳妇王小香，

　　　　　　　两口子挣钱翻一番。

邱三嬢　（唱）庭院养鸡又养鸭，

　　　　　　　鸡鸭下蛋，下蛋孵崽，

　　　　　　　又是一笔额外钱。

成　英　（唱）随便一算十多万，

　　　　　　　你说你返贫冤不冤？

众　人　（唱）人莫懒，有钱赚，
　　　　　　　摆酒受罚硬是冤。
幺　鸡　下叫跟熟张，跟得心头慌哦。
成　英　你呀！
　　　　（唱）好事不沾边，
　　　　　　　二话起串串；
　　　　　　　威胁把贫返；
　　　　　　　摆酒来挑战；
　　　　　　　妻子把你怨；
　　　　　　　乡亲把你嫌；
　　　　　　　如见瘟神避得远，
　　　　　　　这样的日子还想过到哪一天？
幺　鸡　（软了）我……
成　英　为了你，田支书专门开了会。他说你家是最后一户脱贫的，需要再帮扶一把。村里改造部分老旧房屋，你家排第一个。他还安排把农科院的推广项目也放在你家。你这样，对得起田支书吗？
青年甲　这么好的事情，他不干，我家干。
邱三孃　我家干。
众　人　我干……
成　英　既然幺鸡这样子，这个项目怕是要换人干咯。
幺　鸡　干哪样？这是田支书给我家的，该我干！
邱三孃　该你干？你威胁返贫。
青年甲　你鼓捣摆酒！
青年乙　你不守村规！
众　人　不合适！
幺　鸡　吡，村民自治硬是扳不弯。成英姐，我这又欠起酒席钱，咋个办嘛？
成　英　自家挣钱还。王胖子，这酒席钱你该出一半。
王胖子　呃呃呃，关我哪样事？
成　英　他摆酒，你帮忙，违反村规没商量！

王胖子	吔，幺鸡。我才是趴红苕揩屁股——倒巴一坨哟。
幺　鸡	（看着横幅）唉，搬风搬风，搬个颠东！
成　英	（对幺鸡）兄弟呀，现在日子这么好，哪个不是铆足了劲地干。要是被时代抛弃噻，它是不会和你说再见的哟。
邱三孃	成英，这话说得好有哲理哟。
成　英	嘿嘿，是田支书教我的。

【众人笑。

幺　鸡	（不甘）滥办酒席，我认栽！但是，你要是半夜吃桃子——专捡趴的捏噻，我是要掀桌子的哟！
成　英	哪样意思？
幺　鸡	走着看！
小二妹	哎呀，下个月，是叔公爷爷的八十大寿了。
邱三孃	成英，叔公八十寿，可是硬骨头啊。
成　英	（苦笑）哪里是硬骨头，明明就是花岗石……

【收光。

【板鼓响起。

【着屯堡装女敲击板鼓，出。

【唱：你道鸡毛蒜皮，

　　　　我看兴衰缘起。

　　　　小事不小在理。

　　　　世事如戏，

　　　　乡村酒事继续……

【光启。

【茶驿。

【孟、彭等几位老者，手摇蒲扇，乘凉"聊"（nia下同）白。

孟老者	初秋天气热，茶驿把凉歇。歇凉扯把子，老彭来"聊"白。
彭老者	"聊"白就说酒，喉咙伸出手。要想喝好酒，等到九月九。
众老者	喝酒自家有，哪样九月九？
彭老者	九月菊花黄，九九是重阳。叔公八十寿，好酒开了缸。窖藏三十载，马上来压场。三杯刘伶醉，风吹十里香。……

【田二牛，边说着，上。

田二牛	引来八洞仙，一喝忘时光。都说屯安好，懒得往回跑。山清水又秀，神仙安居了。(抱拳) 各位老者，安好、安好。
彭老者	二牛"聊"得好。
田二牛	是国家政策好，屯安村变了样嘛。
孟老者	你们村支两委，敢于打破滥办酒席的风气，让屯安村的那个……(想) 哦，物质文明和精神文明两手都硬，不简单呐。
彭老者	你要成英领头治理酒席，那是选对了的。党员哪，就是不一样。
田二牛	农村工作，看似鸡毛蒜皮，却关乎一方风气。有基层党建作引领，有村民自治作基础，自然事半功倍。
彭老者	呃，你刚才"聊"得顺，我们没过瘾。
孟老者	对对对，再来一段。
田二牛	好！"聊"白不把老话"聊"，我把村里新事夸。精品菜蔬作主打，地里长出金娃娃。供不应求销量大，还有那建筑运输一枝花。产业兴旺无闲人，按时上班新农民。绿水青山好生态，宜居宜游宜恋爱。治酒治赌又治懒，乡风文明开一派。如今屯安变了样，荷包有钱人也帅，人也帅！
众老者	好！
彭老者	要得！
孟老者	还有一事不明白。
田二牛	还有哪样没"聊"得到吗？
孟老者	不是的，叔公的八十大寿就要到了。
彭老者	那坛子老酒该开缸。
田二牛	哦，这事应该问你们。
孟老者	成英说：村规面前，人人平等。
田二牛	这是对的嘛。
彭老者	对哪样？他可是叔公。
众老者	呃，屯安村的大恩人。
田二牛	你们的意思是？
彭老者	哪样酒都可以不摆，叔公的寿酒不能不摆！
田二牛	那不是就不平等啰？
孟老者	泥鳅黄鳝能扯成一样长？不要忘了，六十年前大饥荒，家家户

户断了粮，野菜树皮都吃尽，饿得人眼睛冒绿光。就在这要命的关头，当屯安粮库管理员的叔公，冒着被开除甚至坐牢的危险，私自打开仓库，偷偷把粮食借给大家。要不然，屯安村不晓得要饿死好多人！

彭老者　没得叔公，就没得我们。没有我们，哪儿来你们呢？

田二牛　对！叔公恩情不能忘。

众老者　忘？

田二牛　忘了就该挨耳光。

众老者　光？

田二牛　光明正大来敬老。

众老者　老？

田二牛　老者寿酒摆重阳！

众老者　哦。

孟老者　呃，成英又去做叔公的工作了，是不是通知她……

田二牛　不用。她是热心人，又是犟拐拐。后备村干部，要过这一关。

【收光。

第六场

【光启。

【深秋。秋高气爽，五彩斑斓。

【成英内放腔：高风骀荡好个秋……

【成英着秋装，上。

成　英　（唱）月华如水浸心头。

　　　　　　　都说人间九月好，

　　　　　　　我为九月发了愁。

　　　　　　　自从治酒接了手，

　　　　　　　波来浪去不怨尤。

　　　　　　　多亏乡亲把约守，

才有这风清气正日子登高上层楼。

眼下又是大关口，

叔公要过八十秋。

他曾冒险把全村救，

大恩德怎敢来抛丢。

按理应该摆寿酒，

可这幺鸡之流心存侥幸、冷眼旁观，

看我如何把场收？

【伴唱　一步一步朝前走，

　　　　越走心里越发愁。

【成英步履沉沉，转弯道拐……

成　英　（唱）来到叔公家门口……（欲敲门，觉不妥）

　　　　　　欲敲门心里发了愁。

　　　　　　恩人寿酒当放手……（转身欲走，停下思之）

　　　　　　这一放，功亏一篑付水流。

　　　　　　心有不甘欲将门儿再轻叩……（再欲敲门，犹豫）

　　　　　　实难面对老白头。

　　　　　　他要摆酒就摆酒，

　　　　　　担责任有他田二牛。（再次欲走，停下）

　　　　（自忖）不行啊……

　　　　（接唱）今夜我若往回走，

　　　　　　　大好局面一旦休。

　　　　　　　辛苦治酒成笑话，

　　　　　　　风气回头变本加厉乱成粥。

　　　　　　　舍不得新风成气候，

　　　　　　　舍不得乡村振兴好兆头。（思索，决定）

　　　　　　　为治酒，硬着头皮把门叩……（敲门）

　　　　（喊）叔公，叔公，在家吗？

【"在家哟……"

【叔公拄杖开门，出。

叔　公　（唱）又找叔公说因由。

成　英　您老人家都晓得哪？

叔　公　还不是光头上的虱子——明摆起的。

成　英　那我一哈要是言语不周到，您老人家不要生气哈。

叔　公　年轻气很盛，老了气就顺。随便说，不生气。

成　英　那我就说啰？（试探）叔公，你看，马上就是您八十大寿……

叔　公　嗨！（摆手）哪样大寿不大寿哦。

成　英　（一喜）哎呀，叔公，您老真是屯安村的一尊神哪，晓得我们的
　　　　苦衷，寿酒都主动不摆了。

叔　公　不摆？哪个说哟？

成　英　呃，你才说了：（学）嗨！哪样大寿不大寿哦。

叔　公　那是我的客气话嘛。

成　英　（大惊）唉？（着急地）叔公呃，您是屯安村的大恩人，按理说
　　　　八十大寿，该给您老闹闹热热地摆上一台。但是，村里制止滥
　　　　办酒席，已经到了紧要关头……

叔　公　紧要关头不认叔公啦？我给你说，这台酒啊你们看着办！（拂袖
　　　　而去）

　　　　【收光。

成　英　（惊）啊……

　　　　【伴唱：果然是不出料想，

　　　　　　　　又将有一场风浪。

　　　　　　　　摆寿酒村民咋个想？

　　　　　　　　村规黄，如何收场……

孟老者　（高声地）呃……各位：九九重阳，酒香菊香。

彭老者　叔公大寿，欢喜一堂。

　　　　【光大亮。

　　　　【村口，景同三场。

　　　　【二青年抬着扎有红绸花的酒坛，将其放在舞台正中。

　　　　【孟老者、彭老者、邱三孃、幺鸡、小二妹、王小香等村
　　　　民，上。

孟老者　成英，咋个愁眉苦脸的？

彭老者　叔公八十大寿，该你张罗添喜气哟！

成　英　叔公大寿该喜庆，村规面前急坏人。

孟老者　急哪样呢？

幺　鸡　急哪样？治理滥办酒席，不能欺软怕硬！

王小香　（拉）幺鸡，不要找事哈。

邱三孃　他可是老叔公。

村民甲　大恩人。

众　人　哦。

幺　鸡　大恩人不是人啊？

众老者　住口！叔公过大寿，你敢有哪样不服？

成　英　既然立规矩，不该分亲疏。不要说幺鸡，就是我啊……也不服。

幺　鸡　对对对！

　　　　（唱）不服不服就不服，

　　　　　　　凭哪样他笑我哭？

　　　　　　　半斤八两一样重，

　　　　　　　为何苦瓜变苞谷？

邱三孃　对头。村规面前，是该人人平等。

孟老者　对哪样头？叔公的八十大寿，那是经过田二牛田支书同意了的。

老者们　哦。

幺　鸡　哦哪样？我有言在先：有人违规摆酒，我就要掀桌子！

成　英　你吼哪样？

　　　　（唱）你少眼睛鼓，

　　　　　　　一笔两张图。

　　　　　　　村规面前该平等……

幺　鸡　（唱）还是分了亲与疏！

成　英　（唱）六百年前共屯堡，

　　　　　　　世代同根肉连骨。

　　　　　　　何曾分过高与低，

　　　　　　　哪来贵贱与亲疏。

　　　　　　　成英治酒秉公义，

　　　　　　　不想遇上这一出。

　　　　　　　这台酒嘴上不服心里苦，

哪个听我诉委屈?

邱三孃　成英,田支书都同意,你就下不为例嘛。

幺　鸡　嘿嘿,大相公包牌不给钱,赖嘛。

王小香　(指戳其额) 闭嘴!

成　英　(唱) 酒席一摆白辛苦,

　　　　　　　新风变成旧风俗。

　　　　　　　屯安不走回头路,

　　　　　　　禁酒席甘把叔公尊严触。

邱三孃　妹子,今天就放一马。

幺　鸡　酒坛子摆了,田二牛认了,你也没得办法。

成　英　村民面前村规大,酒坛子,我要砸!(上前)

　　　　【孟老者等拦住。

众老者　你敢!

成　英　天王老子也不怕,为了新风屯堡家!(上前)

　　　　【邱三孃等将成英拉住。

小二妹　大家看,老叔公来了。

　　　　【田二牛扶着拐杖系着红绸花的叔公,上。

　　　　【小二妹亲昵地扎入田二牛怀中。

众　人　叔公。

叔　公　(满面笑容) 好,好,好啊。

成　英　田二牛,成英有一事不明。

田二牛　讲!

成　英　屯安村治理滥办酒席,是你要我承头的嘛?

田二牛　是啊。作为党员,这个工作,做得很有成效嘛。

成　英　先不要夸!这村规之下,该不该人人平等?

田二牛　该!

成　英　今天这事,你当支书的拿说法!

田二牛　当然有说法。大家听到,今天重阳节,叔公八十寿。咱们一不收礼,二不摆席,借这坛酒,集体敬一敬大恩人老叔公,还有一众老辈子,以表感恩之心。

孟老者　我们也没做哪样,担不起哟。

田二牛　村前这条河，没整治以前，几乎年年洪灾。哪一回不是你们奋不顾身，救村民于危难。你们和叔公一样，都是对屯安村有恩的人啊！

众　人　（鼓掌）好啊……

成　英　（欣喜）嗨！搞半天，我才是被蒙在鼓里！还以为……

田二牛　下面，请叔公讲话！

叔　公　好！今天二牛弄这么个场面，说明村支两委既会做事，也会做人。这两年，我们告别了穷日子，过上了好日子。但是，滥办酒席的风气，就像风湿寒邪，堵塞了我们的身体。现在好了，新村规让我们舒了筋，活了血，神清气爽通泰了。对不住成英，给你卖了个关子，让你堵了几天。你们说要感恩我们这帮老者，可真是酒未入口心先暖。但其实啊，大家最应该感恩的，是这个共同致富的制度，是这个开放奋进的时代！没有这个制度，没有这个时代，一切都免谈。

田二牛　好啊！

　　　　（唱）一席话语重心长，
　　　　　　　屯安村万千气象。
　　　　　　　鞭快马致富路上，
　　　　　　　莫负了美好时光。

成　英　对头！

　　　　（唱）致富号角已吹响，
　　　　　　　莫负时代好时光，
　　　　　　　屯安人，心气广，
　　　　　　　破旧立新迎朝阳。
　　　　　　　今日且借叔公酒，
　　　　　　　乡风盟誓在重阳！

叔　公　（开坛，对田）二牛，分酒！
　　　　【田二牛用碗舀出，恭敬捧给叔公。招呼成英等，分递众人。

田二牛　叔公，酒分完了，酒缸空了。

叔　公　上菜！

田二牛　拿上来！

【一村委捧上两根系有红绸的三尺木棒。

青年甲　幺鸡，今天你要遭捶哟。

幺　鸡　（胆怯）我好久都没摸牌了嘛。

【叔公将木棒分发给成英、田二牛。

叔　公　成英，请嘛。

成　英　叔公，你这是哪样意思哦？

叔　公　呃，你不是要砸我的酒坛子吗？

成　英　哎呀，我那是急昏了头。

叔　公　你说得好。村里村规大，违规就该砸！

田二牛　砸了旧酒缸，惊天动地响，见证新气象，幸福路上闯！

【三人举棒，砸下。"哗啦……"空酒缸破碎。

成　英　今天重阳，既是叔公大寿，也是天下老人的节日。我们先为叔
　　　　公祝寿，再为老人添粮。

田二牛　（端酒）乡亲们：为我们屯安村的明天，干！

众　人　干！

【男声：一碗酒，新风洋洋，

　　　　　　　一碗酒，天高地广；

　　　　　　　一碗酒，福寿绵长；

　　　　　　　一碗酒，开怀小康。

小二妹　我要摆酒！

众　人　（惊讶）啊？

小二妹　等你们都老了，小二妹也在重阳节，给你们摆酒添粮。

田二牛　重阳敬老，子孙添粮啰……

众　人　要得嘛。

【众人围着众老者，添粮舞蹈。

众　人　（唱）重阳敬老来添粮，

　　　　　　　屯安一派喜气洋。

　　　　　　　新规新风新气象，

　　　　　　　幸福日子万年长……

【众造型。

【板鼓响起。

【着屯堡装女敲击板鼓，出。

【唱：你道鸡毛蒜皮，

　　　我看兴衰缘起。

　　　小事不小在理。

　　　灯开锣响，

　　　一台山村真趣。

【剧终。

2020 年 7 月 29 日
七改于南充高坪守直居

新编大型神话民俗音乐剧

凌云花开

编剧　雨林

时　间　古代

地　点　凌云、江陵江畔

人　物

红梅仙子　仙界花仙，因恋人间美景，私自下凡，邂逅书生王锷，与之
　　　　相恋。后因王锷被巴蛇掳去，哀求无果，与之大战，将巴蛇
　　　　除去。（以下简称"红梅"）

王　锷　凌云书生，痴爱梅花。春日于嘉陵江畔葬梅，与红梅仙子相遇
　　　　并相恋。

巴　蛇　巴山修炼之巨蛇，危害一方，具有颇高法力。因觊觎红梅美色，
　　　　欲强抢无果，便绑架王锷，以此相胁，被红梅斩杀。

青　鸟　九天玄鸟，红梅仙子姐妹。

文魁星　仙界神仙。

白　狼　巴蛇之帮手。

红　狐　巴蛇之帮手。

野　猪　巴蛇之帮手。

毒　蝎　巴蛇之帮手。

　　　　众乡民、众花仙、众精灵、众小妖等。

序　幕

【一束光照射纱幕，那株含苞欲放的红梅，在光影下尤为神秘、
动人。

【隐隐古琴之声，如月色清光，渐渐弥漫开来……

【古琴声中，男声吟唱：

　　　　雪花飞兮，纷纷扬扬，

红梅开兮，馥丽芬芳。

旷古之恋，心驰神往，

凌云花开兮，

看那千年的绽放……

第一幕　灵秀天地

【光启。

【凌云山雄峙峻拔，云蒸霞蔚。九天之上，彩云堆锦。

【一声清啼中，红梅仙子与青鸟，衣袂飘飘，于云端俯瞰人间。

红　梅　（唱）御清风兮起祥云，

　　　　　　青鸟舞兮复长鸣。

　　　　　　阆苑仙境留不住，

　　　　　　探看人间兮爱梅人。

青　鸟　（指向人间）姐姐，你看。

　　　　（唱）山青青，水清清，

　　　　　　渔夫樵子歌未停。

红　梅　（唱）山一程，水一程，

　　　　　　驻云听，人间情。

　　　　　　人间美景如仙境，

青　鸟　（唱）陪你寻找那个爱梅人。

红　梅　私下凡间，触犯天规呀。

青　鸟　姐姐，我们悄悄地去，悄悄回，一了千年挂牵心。

　　　　【红梅、青鸟二仙子水袖挥舞，乘着彩云而去。

　　　　【合唱：云为衣兮风为马，

　　　　　　　云之君兮飘然下。

　　　　　　　不做阆苑落寞客，

　　　　　　　愿为人间报春花。

　　　　【光启。

【山间，林中。

【花卉、树木、鸟等山水精灵，舞蹈上。

众精灵　（唱）我们是自然的精灵，

　　　　　　　天地赋予了灵性。

　　　　　　　我们一起和谐地生长，

　　　　　　　世界因我们而生动丰盈。

鸟　儿　你们看……

众精灵　（顺指向看去）啊……

　　　　（唱）那是绚丽的身影，

　　　　　　　那是灿烂的彩云，

　　　　　　　那是九天的彩虹，

　　　　　　　那是仙子翩翩降临。

【红梅、青鸟上。

红　梅　（唱）告别了太虚，

　　　　　　　踏上人间土地。

　　　　　　　重岩叠出的青翠，

　　　　　　　与轻柔的风共同呼吸。

青　鸟　（唱）林间充满了欢乐，

　　　　　　　万物一片生机。

　　　　　　　哪像九天阆苑，

　　　　　　　清冷得令人窒息。

红　梅　（唱）这是什么地方？

　　　　　　　怎么如此美丽？

　　　　　　　青山葱茏华岩秀，

　　　　　　　绿水荡漾飞鸟啼。

众精灵　（唱）你是何方仙子？

　　　　　　　为何降临此地？

　　　　　　　这里是凌云青山，

　　　　　　　是我们繁衍生息之地。

红　梅　（唱）我们是上界花仙，

　　　　　　　冰雪中花开馥郁。

众精灵　哦，原来是梅花仙子到了。

红　梅　（唱）听说有痴梅之人，

　　　　　　　　特来探真假实虚。

精灵甲　（唱）没听说痴梅之人。

　　　　　（问同伴）你们知道吗？

精灵乙　（唱）只见到有一片梅林。

精灵丙　（唱）梅林中有一个书生。

精灵丁　（唱）经常在梅林中吟诗弹琴。

红　梅　书生？什么样的书生？

　　　　【清越的古琴声响起……

　　　　【另一表演区光启。

　　　　【王锷儒冠白衫，正鼓琴而歌。

王　锷　（唱）一望萧萧兮千林霜，

　　　　　　　　岸有梅林兮馥郁光。

　　　　　　　　枝头绽出春消息，

　　　　　　　　梅兮梅兮嘉陵江。

　　　　【随着琴声，众书生捧书本，似读书，似吟唱、舞蹈。

红　梅　（唱）琴声，在空谷间回荡，

　　　　　　　　流水，唱和那醉人的悠扬。

　　　　　　　　循声望，江畔汀上，

　　　　　　　　白衫如雪，翩翩少年郎。

王　锷　（唱）群芳谱兮觉寻常，

　　　　　　　　独爱梅兮一段香。

　　　　　　　　愿得结庐长伴君，

　　　　　　　　书香梅香人也香。

红　梅　（唱）风流倜傥，

　　　　　　　　好一个凌云读书郎。

王　锷　（唱）神清气爽，

　　　　　　　　正好读《天问》《九章》。

红　梅　（唱）书声琅琅，

　　　　　　　　划破我心中的寂寥……

凌云花开　　　279

王　锷　（唱）清气荡漾，

　　　　　　　忘却了往昔的惆怅。

梅、王　（唱）天蓝了，风拂过了面庞，

　　　　　　　那一丝暖意，

　　　　　　　就是明日的春光。

　　　　　　　流水淙淙，低吟浅唱，

　　　　　　　把谁的故事留给了时光……

　　　　【收光。

第二幕　巴蛇之舞

　　　　【巴蛇洞。

　　　　【光启。

　　　　【悬崖深涧，瘴气弥漫……

　　　　【巴山洞内。石桌、石椅，骷髅堆砌，洞壁怪异。

　　　　【红狐、毒蝎、野猪，率领一众毒虫野兽，舞蹈上。

狐蝎猪　（唱）光明是我们的梦魇，

　　　　　　　暗黑让我们狂欢。

　　　　　　　蛰伏在幽深的巢穴，

　　　　　　　放弃了善恶之念。

众小妖　（唱）如果沐浴阳光，

　　　　　　　也能感到温暖，

　　　　　　　如果迎接春风，

　　　　　　　也有一场春天。

众　齐　（唱）人类早将我们诅咒，

　　　　　　　让我们卑微万年。

　　　　　　　放弃了善恶之念，

　　　　　　　我们在黑暗中狂欢。

　　　　【小妖内喊：大王到！

【众兽口呼：大王！个个匍匐迎接。

【面目狰狞、通体鳞甲的巴蛇，上。

巴　蛇　（唱）越千年，洞府修炼，

　　　　　　　　吞云雾，蔽日遮天。

　　　　　　　　渴饮人血食童肉，

　　　　　　　　但等飞天，

　　　　　　　　抢了凌霄宝殿！

　　　　　　（对众妖）小的们，起来吧。

众　妖　谢大王！（起身）

毒　蝎　（唱）大王气魄如山！

红　狐　不！

　　　　　（唱）修道该称大仙！

野　猪　不对！

　　　　　（唱）神仙讲究心善，

　　　　　　　　和大王沾不到边。

巴蛇等　为什么？

野　猪　人们常说，毒如蛇蝎、凶似豺狼嘛。

巴　蛇　（恼怒）大胆！如此说话，小心我吃了你！

野　猪　（忙跪下）不不不，大王。你可不能吃我呀。

巴　蛇　为什么不能吃你？

野　猪　（唱）我充满了毒素，

　　　　　　　　游荡在暗黑之处。

　　　　　　　　拱的是污染的淤泥，

　　　　　　　　啃的是发霉的人骨。

　　　　　　　　我的血已经发臭，

　　　　　　　　肉里充满变味的水珠；

　　　　　　　　浑身都是恶心的病毒；

　　　　　　　　我是一只可怜的病猪。

巴　蛇　（大笑）哈哈哈……

　　　　　（唱）我可不想吃你，

　　　　　　　　你的肉已经有毒。

只有充满欲望的人类，

才敢不管不顾。

野　猪　谢谢大王不吃的恩典。

【白狼内呼：大王……急上。

白　狼　（单膝跪地）参见大王。

巴　蛇　你这只披着羊皮的狼，为什么急急慌慌？

白　狼　（唱）我披上羊皮，

在林间混迹。

本想趁它们不防备，

为大王抓回活物充饥。

巴　蛇　抓住啦？

白　狼　（唱）突然天降彩虹，

来了两个美丽的仙姬。

巴　蛇　仙姬？什么来路？

白　狼　（唱）自称阆苑仙境，

千年梅花仙子。

巴　蛇　（惊喜）呀……

（唱）喜从天降，

梅花仙子来到近旁。

早就想一窥芳容，

莫奈何我在地上，她在天上。

不期今日要把夙愿偿，

做一个蛇缠梅树醉芬芳。

众　妖　（唱）大王变了心肠，

褪去了凶恶之光。

巴　蛇　你们懂什么？

（唱）她是上界之花，

仙根正宗绵长。

借她千年道行，

助我法力无疆。

众　妖　（唱）道行高一尺，

魔力涨一丈。

巴　蛇　（唱）将来抢了凌霄殿，

　　　　　　　　也该有个花魁当娘娘。

野　猪　大王，既然如此，小的们就去给您抢回来得了。

红　狐　就你？

野　猪　（作势）我！

白　狼　你个笨猪要去，肯定是寿星老儿上吊？

野　猪　什么意思？

白　狼　嫌你自己命长吗？！

众　妖　（讥笑）哈哈哈……

毒　蝎　去人类的地方，得变化成他们的模样。

巴　蛇　所以，还得本大王亲自出马！

众　妖　（惊叹）大王法力高强，必定手到擒来。

白　狼　小的们，上酒！

　　　　【小妖为巴蛇及狼豺猪蝎呈上用骷髅头做成的酒具。

白　狼　恭祝大王，夙愿得偿！

巴　蛇　（得意大笑）哈哈哈……

　　　　【众妖手舞足蹈，欢乐起来。

众　妖　（唱）光明是我们的梦魇，

　　　　　　　　暗黑让我们狂欢。

　　　　　　　　跟随强大的大王，

　　　　　　　　释放出内心的贪婪……

　　　　【在众妖舞蹈中，光渐收。

第三幕　游河赠梅

　　　　【"瓜子花生豆腐干"，"凉粉，热凉粉，川北凉粉夹锅盔……"
　　　　各种叫卖声、吆喝声及贩卖麻糖的铁器敲击声，此起彼伏。
　　　　【光启。

【波光粼粼，水汽弥漫。一条蜿蜒的青石铺成的石阶，在硕大而葱茏的黄葛树掩映下，尤显静谧而悠长。

【人流熙攘，各行其是，一片忙碌。

【贩夫走卒，商贾老板，舞蹈上。

【合唱：《千年古镇》

　　　　有一个美丽的地方，

　　　　古镇凌云之阳。

　　　　一条条青石小巷，

　　　　古宅悠梦一场。

　　　　江水如歌，

　　　　千年流淌，

　　　　总把那动人的往事传唱……

【晨雾中，红梅仙子飘飘而来，身后跟着青鸟。

红　梅　（唱）晨光，轻轻地洒在江上，

　　　　　　　流水，升腾起五彩的光芒。

　　　　　　　世界从沉睡中醒来，

　　　　　　　鸟飞鱼翔，

　　　　　　　市井熙攘，

　　　　　　　生机勃然人间天堂。

　　　　　　　炊烟升起了欢乐，

　　　　　　　水车转动着希望。

　　　　　　　农人播种下生活，

　　　　　　　童子咿呀叫着爹娘。

　　　　　　　世人都说神仙好，

　　　　　　　神仙哪有这惬意真实的时光？

青　鸟　姐姐你看，好热闹啊……

　　　　（唱）集市喧嚣，

　　　　　　　人来人往。

　　　　　　　贩卖的吆喝如歌唱……

　　　　（用本地话，学贩卖声）瓜子花生豆腐干，旋子凉粉……

　　　　（唱）哎呀呀，听着都是那么香。

红　梅　（唱）美景中徜徉，

　　　　　　　忘了时光。

　　　　　　　这恬淡的景象

　　　　　　　牵起我一怀忧伤。

　　　　　　　那梦中的少年，

　　　　　　　琴声悠扬，

　　　　　　　身在何方？

　　　　　　【内吟唱：桃之夭夭兮，

　　　　　　　　灼灼其华。

　　　　　　　　四时芳菲兮，

　　　　　　　　独爱梅花……

　　　　　　【王锷一袭白衫，乘小舟，上。

王　锷　（吟唱）春来冬去兮，

　　　　　　　君入春泥。

　　　　　　　悠悠我思兮，

　　　　　　　独付舟楫。（下）

青　鸟　姐姐，那不是我们要寻找的白衣少年吗？

红　梅　是他，是他。

青　鸟　我们快追上去吧。

红　梅　他乘舟而去，我们怎么追呀？

青　鸟　姐姐你糊涂啦？我们可是仙子……

红　梅　（忙一手指口）嘘……

青　鸟　（扮个鬼脸，轻声地）会飞的。

红　梅　青妹，我们私自下凡，已然犯了天规，再御风而行，岂不是惊
　　　　扰这一方百姓哪。

青　鸟　可我们也没有船啦。

红　梅　是啊，这可怎么办啦？

　　　　（唱）眼见他渐行渐远，

　　　　　　　我心里着急不安……（思索）

　　　　（白）有了。

　　　　（接唱）此时刻四周无人，

采一片莲叶化作船。

【红梅仙子采下莲叶，以嘴吹气……

【一众水族精灵，簇拥一叶轻舟上。

青　鸟　哇，好漂亮的小船哪。

红　梅　（唱）袖舞清风催小舟，

　　　　　　　流水如歌追少年。

【红梅仙子姐妹，在众水族舞蹈中，下。

【收光。

【突然，一阵乱风吹起……

【定点光启。

【巴蛇带领披着羊皮的白狼出。

巴　蛇　（唱）追寻红梅仙，

　　　　　　　她采莲为船。

　　　　　　　随我去追赶……

白　狼　（骇）不不不……

　　　　（唱）我是兽身，不敢现身大白天。（忙隐去）

巴　蛇　（无奈叹息）唉……身旁全是见不得光的东西！

　　　　（唱）为了红梅仙，

　　　　　　　我第一次把本性收敛，

　　　　　　　变成一个可怜的凡人，

　　　　　　　去到你的面前。（变脸，成为书生状）

【定点光收。

【光启。

【嘉陵江上。

【天光水色，岸柳酥润。河畔，有梅花成林，梅树绿叶，梅瓣散落……

【王锷乘舟，舞蹈上。

王　锷　（唱）春来兮，桃杏碧绿，

　　　　　　　岸柳如丝随风起，

　　　　　　　波光粼粼，

　　　　　　　是谁家春愁涟漪？

【红梅、青鸟乘舟，上。

红　花　（唱）那一袭白衣，

　　　　　　　似临风的玉树，

　　　　　　　远远望去，

　　　　　　　比仙家更为洒脱飘逸。

王　锷　（唱）昨夜风雨，

　　　　　　　梅落满地。

　　　　　　　心牵梅花匆匆来，

　　　　　　　独自伤情一叹息。

【王锷登岸，俯身拾起梅瓣，一一装入花囊。

红　花　（唱）相近也，心如鹿撞，

　　　　　　　欲攀谈，怎把话提？

　　　　　　　他那里俯身拾花，

　　　　　　　我这里暗暗着急。

　　　　　　　（对青示意）妹妹……

【二人交流，让青问答表演……

青　鸟　我呀？（跺脚）呃……梅林中的公子……

王　锷　（闻言转身）你是在叫小生吗？

青　鸟　此处没有旁人，不是叫你还有谁？

王　锷　请问有何贵干？

青　鸟　我们姐妹游河踏青，也想去这片梅林，行吗？

王　锷　此处不好靠岸，两位小姐还是别冒险了。

青　鸟　呃，你能登岸我们怎么不行。（踏足就走）

王　锷　（惊恐地）呃……小心。

【红梅所乘之船，一阵摇晃。姐妹佯作害怕，王锷倒是真的惊吓，大呼小叫……

王　锷　谁家闺秀，乘船怎能如此孟浪？

红　梅　多谢公子关心。（对青）妹妹，问他尊姓大名，来此何干？

青　鸟　公子，你看我们萍水相逢，颇有缘分。不知尊姓大名？一会儿说话也好称呼。

王　锷　小生王锷。

凌云花开　　287

青　鸟　王公子一人游河，是为踏青吗？

王　锷　名为踏青，是为葬花。

红　梅　初春之时，百卉含苞，公子葬的什么花呀？

王　锷　（拿出花囊）梅花。

红　梅　花开花落，乃时节之令。王公子何须如此啊？

王　锷　小姐啊……

　　　　（唱）一夜东风雪自消，

　　　　　　　芳信年年到。

　　　　　　　百卉枝头把春闹，

　　　　　　　独负梅君，

　　　　　　　花落尽寂寥。

　　　　　　　怎忍清魂入泥淖，

　　　　　　　登兰舟，梅如波涛，

　　　　　　　心随流水吊。

　　　　【王锷登舟，从花囊中捧出花瓣，轻轻地撒入江中……

红　梅　（感叹地）啊……

　　　　（唱）这般爱梅，

　　　　　　　世间稀少。

　　　　　　　果然是雅致之士，

　　　　　　　行为高标。（伸出拇指，赞赏）

王　锷　谬赞了。敢问小姐芳名？

青　鸟　她是梅花……

红　梅　（忙止住）我姓梅，单名一个华字。

青　鸟　对对对，我姐姐梅华，我啊，名字叫小青。

王　锷　冰雪之中，独绽芳华，好名字啊。如此说来，小姐也是爱梅
　　　　之人？

青　鸟　不单爱梅，我们家全都是梅花。

王　锷　（惊喜地）啊，你们家在何地？可否……

红　梅　（忙道）王公子，百花争春，何必独重清寒？

王　锷　梅傲冰雪，乃有君子风骨！

红　梅　（唱）梅花本孤傲。

王　锷　（唱）书生自清高。

红　梅　（唱）相得益彰通心窍。

王　锷　（唱）不为世俗献媚娇。

红　梅　（唱）惜乎春来梅花老。

王　锷　（唱）我就再等雪花飘。

红　梅　（唱）见他痴梅如斯，

　　　　　　　我不禁面热心跳。

　　　　　　　阆苑孤芳三千年，

　　　　　　　忘记了人间味道。

　　　　　　　赠他一枝阆苑的红梅，

　　　　　　　结下一份君子之交。

　　　　　　　似这般爱梅之人，

　　　　　　　当有绽放的回报。

　　　　　　　我也好寄居花蕾，

　　　　　　　是真是假暗中细瞧。

　　　　（凭空变出一枝绽放的梅花）

　　　　【众水族将船推近王锷，使之相连。

王　锷　（见梅花，既喜且异）梅花？

梅　花　公子如此爱梅，今将祖传奇梅一枝赠予君子，聊表心意。

王　锷　春暖花开，小姐梅花何来？

青　鸟　公子快收下。这枝梅花，神奇得很呢。

王　锷　（忙躬身作谢）深谢梅小姐……

　　　　【红梅仙子手执梅枝，与王锷四目相视，竟然呆住了……

　　　　【青鸟好奇地看着二人，与他们打着招呼，见没有反应，便嫣然
　　　　一笑，一手指为线，结于二人发间扯拉。二人如偶般随之而
　　　　动……（技巧"扯线子"）

青　鸟　（顿脚）嗨……

　　　　【梅、王二人从凝视中惊醒。

　　　　【与此同时，狂风忽起，船身颠簸，身形摇晃。红梅见状，急忙
　　　　暗中施法，稳住船身。

红　梅　（对青）妹妹你……

青　鸟　（忙摆手）不是我。

红　梅　啊？（对王锷）王公子，没事吧？

王　锷　多谢小姐惦念，不碍事。

红　梅　与君相遇，也算缘分。（赠梅）王公子，再见。

王　锷　（接过）多谢小姐赠梅。

　　　　【两船渐渐分离。

王　锷　（吟唱）桃之夭夭兮灼灼其华；

　　　　　　　　四时芳菲兮独爱梅花……

　　　　【王锷于吟唱中，下。

　　　　【后区光收。

　　　　【红梅仙子姐妹见王锷走远，便下船登岸。红梅仙子口吹清气，
　　　　众水族推船隐去。

青　鸟　姐姐，刚才这一阵风，可真厉害呀。

红　梅　真不是你？

青　鸟　不是。

红　梅　（掐指一算）哎呀不好！

青　鸟　姐姐，怎么啦？

红　梅　晴日狂风，必有异物作怪。

　　　　【巴蛇内大笑：哈哈哈……

　　　　【一股黑烟飘来，巴蛇扮着书生，上。

巴　蛇　（唱）为仙姬，穿人衣，

　　　　　　　　变了书生面皮。

　　　　　　　　一眼望去，

　　　　　　　　迎面一个娇娇女，

　　　　　　　　梅华隐隐，娇艳欲滴。

　　　　　　　　禁不住心儿喜……

　　　　　　　【对走近的梅花姐妹，拦住去路……

青　鸟　你这人，不好好走路，干什么！

巴　蛇　（唱）要小心露出端倪。

　　　　　　　　坑蒙拐骗靠言语……

　　　　　　　　（对梅）哎呀，小姐姐。

小生有话说几句。

青　鸟　你有空说话，我们还没闲听！

巴　蛇　姑娘话语带怒，难道有气？

青　鸟　看见你就来气！

巴　蛇　你！

梅　花　你想说什么？

巴　蛇　还是这个小姐姐和气。

　　　　（唱）你我偶遇，

　　　　　　　看来命中有期。

红　梅　（唱）你是谁家子弟？

　　　　　　　怎能够如此无礼！

巴　蛇　（唱）我书生正好配美女，

　　　　　　　莫辜负这春风习习。（靠近，欲拉）

红　梅　（闪身避开）呸！

　　　　（唱）轻薄之人言语行为好粗鄙，

　　　　　　　你真是枉披人皮！

巴　蛇　啊？被她看穿啦？（看看自己）小姐姐……

　　　　（唱）人生一世短。

　　　　　　　行乐当及时。

红　梅　（唱）苟且贪欲，

　　　　　　　鲜廉寡耻！

巴　蛇　哼哼哼……你与那白衣少年，难道不是苟且……

红　梅　住口！

　　　　（唱）我们乃君子之谊，

　　　　　　　清白如泉水见底。

巴　蛇　（眼光闪动）别装了，你本来就不属于人间。

红　梅　（冷冷地看着巴蛇）我看你也是衣冠禽兽！

巴　蛇　既然都不是人类，那就跟我走吧。

青　鸟　（作势）你想干什么？

巴　蛇　想请红梅仙子去我洞府做客。

红　梅　阳光之下，你敢露出你那丑恶的嘴脸？

巴　蛇　（作势，有些胆怯）你！

红　梅　（唱）不管你是何物，

　　　　　　　劝你潜心修炼，

　　　　　　　别来世上作恶，

　　　　　　　否则必遭天谴！

　　　　（对青）妹妹，我们走！（转身下）

青　鸟　（怒哼一声）哼！（跟下）

巴　蛇　（大吼一声）气杀我也！

　　　　（唱）乔装无功，

　　　　　　　反被奚落一番。

　　　　　　　她对那白衣书生动了念，

　　　　　　　老巴美梦成笑谈。

　　　　　　　看起来神仙真是不好骗，

　　　　　　　回洞府重新计议谋一番。

　　　　（冷笑）哼哼哼……

　　　【收光。

第四幕　情定红梅阁

　　【一束光，照定梅瓶上那株含苞欲放的梅枝。

　　【王锷手执书本，琅琅而颂。

王　锷　（唱）昔我往矣，

　　　　　　　为送君兮，

　　　　　　　今我来思，

　　　　　　　其馥郁郁……

　　【王锷吟唱中，光启。

　　【红梅阁。

　　【夜月如钩，清辉满阁。

　　【阁内，雕花轩窗，案几烛明。一阁书画，皆为梅花。案几旁，有古琴横直，白瓷梅瓶插着那株绽放的梅枝，馨香弥漫。

王　锷　（唱）虽是春日，

　　　　　　　有梅灿兮，

　　　　　　　伴我夜读，

　　　　　　　琅琅明兮。

（摇头晃脑地诵读）关关雎鸠，在河之洲。窈窕淑女，君子好逑。（有所思）窈窕淑女，君子好逑……（放下手中书本）唉……

　　　　（唱）夜月如钩，

　　　　　　　梅花香满楼。

　　　　　　　正是课读好时候，

　　　　　　　却怎的，思绪悠悠。

　　　　　　　昨日嘉陵江上舟，

　　　　　　　吊梅却与梅邂逅。

　　　　　　　身姿袅娜凌波来，

　　　　　　　呖呖莺声，

　　　　　　　耳畔长留。

　　　　　　　春日怎得梅如旧？

　　　　　　　欲问无人，

　　　　　　　倩影难觅，

　　　　　　　空把相思瘦。

　　　　　　　萦怀久，

　　　　　　　红梅阁内，

　　　　　　　且把歌讴。

【来到古琴前，坐下，抚琴……

王　锷　（唱）硕人其欣，宛若仙姊。

　　　　　　　巧笑倩兮，美目盼兮。

　　　　　　　赠我红梅，其香满室。

　　　　　　　静夜思之，如醉如痴……

【王锷吟唱着，不禁置于迷离状态之中……

【白瓷瓶那株梅花毫光闪动，花蕾在毫光中竞相开放……

凌云花开　　293

【女声唱：本是阆苑之葩，

　　　　　傲骨却无仰面花。

　　　　　此生不为媚春放，

　　　　　思无邪，凌云山下，

　　　　　雪花梅花，

　　　　　焕然君子家。

【歌声中，青烟氤氲，红梅仙子从梅瓶中冉冉而出。

红　梅　（唱）那瑶琴古韵，

　　　　　　　把我从枝头唤醒。

　　　　　　　这一阁书画，

　　　　　　　却都是梅花之形。

王　锷　（唱）忽然间紫气氤氲，

　　　　　　　迷离中似看见思念之人。

红　梅　（唱）他少年倜傥人儿俊，

　　　　　　　痴爱梅花真性情。

王　锷　（唱）她面若梅花多高冷，

　　　　　　　衣袂飘飘不染尘。

红　梅　（唱）担心他叶公不是真好龙。

王　锷　（唱）但愿得一场梦境也成真。

红　梅　（唱）莫非这就是缘分？

王　锷　（唱）难道是仙子降临？

红、王　（唱）看着他（她）这颗心儿难平静，

　　　　　　　一怀满满重逢情。

王　锷　清风明月，小姐大驾，失敬失敬。

红　梅　瑶琴悠悠，不请自来，叨扰叨扰。

王　锷　前日游河，蒙小姐赠梅，不胜之幸。

红　梅　公子爱梅，我不过投其所好。

王　锷　小姐风姿绰约，敢问仙乡何处？

红　梅　相见是缘，何必在意来处？

王　锷　是啊。

　　　　（唱）缘起兰舟，

嘉陵江上泛春愁。

红　梅　（唱）君立船头，

　　　　　　　一时间尽显风流。

王　锷　（唱）梦回日前相邂逅，

　　　　　　　江渚汀前一叶舟……

　　　【光变幻。

　　　【嘉陵江上，两只小舟由远及近。

　　　【歌声起：嘉陵江上舟，

　　　　　　　　　碧水出云岫。

　　　　　　　　　渔歌山歌两不休，

　　　　　　　　　水也悠悠，

　　　　　　　　　情也悠悠……

　　　【岸上游人络绎不绝。一众水族舞蹈出。

　　　【梅花仙子、王锷情不自禁地加入舞蹈……

王　锷　（唱）春日晴和，

　　　　　　　心如阳光般灿烂。

红　梅　（唱）碧水蓝天，

　　　　　　　好风吹送着莲船。

红、王　（唱）缘分，让我们不期而遇，

　　　　　　　相遇，让我们心动怦然。

众水族　（唱）一个是凡人，

　　　　　　　一个是神仙。

　　　　　　　在传说中期盼，

　　　　　　　期盼那个注定的缘。

红、王　（唱）不问，不顾，不管，

　　　　　　　是人，是仙，是缘。

　　　　　　　两颗心是如此接近，

　　　　　　　两只手就要慢慢相牵……

　　　【红梅、王锷伸出手臂，渐渐靠拢，指尖触及之际……

　　　【一声清亮的鸡啼声，划破这美轮美奂的梦境。

　　　【光复原，景复原，众人、水族隐去。

【红梅仙子大吃一惊，忙离开王锷，欲化如梅枝，王锷拉住梅之衣袂。

红　梅　鸡啼破晓，王公子，请快撒手。

王　锷　我若撒手，再难见卿。

红　梅　（唱）缘起相见，
　　　　　　　　缘尽而散。

王　锷　（唱）缘在手中，
　　　　　　　　岂能无缘。

红　梅　我不是……

王　锷　（唱）不论你是人是梅，
　　　　　　　　是梅是仙，
　　　　　　　　纵然是一场梦幻，
　　　　　　　　也愿与你朝夕相伴。

红　梅　当真？

王　锷　当真！

红　梅　（唱）我是阆苑一花仙，
　　　　　　　　平生尤喜斗酷寒。
　　　　　　　　冰雪之中独竟放，
　　　　　　　　清气留在天地间。

王　锷　好啊……
　　　　　　（唱）卿是梅，雅致高格，
　　　　　　　　卿如梅，华丽灿烂。
　　　　　　　　我爱梅平生之愿，
　　　　　　　　与卿逢前世之缘。

红　梅　（唱）毕竟是天人相隔。

王　锷　（唱）隔不断真心爱恋。

红　梅　（唱）毕竟那天规无情。

王　锷　（唱）是真爱上天也该相垂怜！

红　梅　（唱）自古磨难神仙眷，

王　锷　（唱）山无棱，江水竭，
　　　　　　　　与卿无绝衰！

红　梅　（感动地）得君此言，我愿足矣！

　　　　【二人张开双臂，慢慢走向对方。

　　　　【男女唱：轻轻地伸出手，

　　　　　　　　　　爱就在眼前。

　　　　　　　　　　炽热的目光交织，

　　　　　　　　　　心已不再孤单。

　　　　　　　　　　紧紧地相拥，

　　　　　　　　　　给你所有的温暖，

　　　　　　　　　　你是我的梅花，

　　　　　　　　　　是我灵魂的花瓣。

　　　　　　　　　　紧紧相拥，

　　　　　　　　　　这是一生的答案，

　　　　　　　　　　拥有了你，

　　　　　　　　　　就拥住了惊天的缘……

　　　　【收光。

　　　　【定点光启。

　　　　【巴蛇出，身旁跟着狼、狐、野猪、毒蝎四兽。

白　狼　（念）书生和梅花。

红　狐　（念）两人成一家。

毒　蝎　（念）气得巴大王……

野　猪　（念）抓瞎！

巴　蛇　（瞪野猪）嗯?!

野　猪　（忙更正）哦，我是说……

　　　　（念）大王把书生抓！

巴　蛇　都说你是猪脑子，反应很快嘛。

野　猪　不快要挨得嘛。

巴　蛇　抓书生，怎么抓呀?

　　　　（唱）心有不甘，

　　　　　　　如何才能得到梅花仙?

　　　　　　　她阆苑修道三千年，

　　　　　　　法力自然不浅。

红　狐　大王不必烦恼，只要想办法将那书生拿住，其他就好办呢。

巴　蛇　对呀！

　　　　（唱）我已掐指一算，

　　　　　　　只须再等几天。

　　　　　　　只要天狗吞没了太阳，

　　　　　　　邪恶之力就会漫天。

　　　　　　　我再去将书生骗，

　　　　　　　就说是梅林突显墨梅绽。

　　　　　　　那时候……

白　狼　（唱）我们几个，

　　　　　　　突然出现。

红　狐　（唱）拿下书生，

　　　　　　　再唤梅仙。

毒　蝎　（唱）到时大王，

　　　　　　　开出条件。

野　猪　不对呀！

　　　　（唱）这怎么成了绑票案？

巴　蛇　（击打猪头）真是个猪脑子！

　　　　（唱）这叫智取梅花仙。

众　妖　大王好计谋啊！（大笑）哈哈哈……

　　　　【收光。

　　　　【光启。

　　　　【义阳古镇。

　　　　【青石街，联排楼，义阳河蜿蜒绕过。古镇上，人来人往，各种

　　　　吆喝之声交织……

　　　　【合唱：《千年古镇》

　　　　　　　有一个美丽的地方，

　　　　　　　古镇在凌云之阳。

　　　　　　　一条条青石小巷，

　　　　　　　就是那幽梦一场。

　　　　　　　岁月如歌，

江水流淌，

把迷人的故事传唱……

【歌声中，众人各行舞蹈……

【红梅仙子与腰系装有雄黄香囊的王锷携手同行，身后，青鸟跟
随。于镇中，与众人相融……

红　梅　（唱）人流熙攘，

商贾林立，

叫卖吆喝，

相映成趣。

王　锷　（唱）农人荷锄，

夕露沾衣，

学子课读，

传袭礼仪。

红　梅　（唱）千年古镇，

青云之居。

王　锷　（唱）怀文而武，

邃古之习。

红、王　（合）青山不老，

杨柳依依。

人间烟火，

此名不虚……

青　鸟　（调笑地）还有呢……

（唱）梅之书生，

形影不离。

天作之合，

这才是两情依依。

红　梅　青妹顽皮。

青　鸟　呃，姐姐。好多丝绸哦。

红　梅　（对王锷）对。

（唱）转眼新夏至，

正好为相公添新衣。

凌云花开　　299

王　锷　娘子请。

　　　　【红梅仙子携青鸟下。

王　锷　（唱）王锷独爱梅，

　　　　　　　良缘共于飞。

　　　　　　　得此仙侣已无憾，

　　　　　　　懒把功名追。

　　　　【巴蛇扮书生，暗上。

巴　蛇　（拍拍王肩）公子。

王　锷　（回头，见巴）这位兄台，可有事乎？

巴　蛇　公子可是王锷？

王　锷　正是。兄台高姓？有何见教？

巴　蛇　（唱）在下小姓巴，

　　　　　　　平生爱梅花。

　　　　　　　听闻你也爱梅，

　　　　　　　欲请公子赏奇葩。

王　锷　（唱）何来奇葩？

　　　　　　　春日竟放时令花。

巴　蛇　呃……

　　　　（唱）寻得奇梅结盘虬，

　　　　　　　古枝绽放玄色花。

王　锷　（惊喜地）啊？难道真有墨梅？巴兄快拿来我看。

巴　蛇　（唱）墨梅乃珍品，

　　　　　　　岂能贴在身。

王　锷　对对对！高古雅致之物，不能染了俗气。那墨梅现在何处？

巴　蛇　（唱）此去路途三五里，

　　　　　　　嘉陵江畔老梅林。

王　锷　（唱）情不自禁，

　　　　　　　有墨梅就在梅林。

　　　　　　　此时刻满心都是梅花影，

　　　　　　　急煞我这爱梅人。（转身就走，下）

巴　蛇　呃呃呃，王公子……（见王走远）嘿嘿，你们看看，他比我还着急呀。哈哈哈……

【收光。

第五幕　血溅梅林

【光启。

【嘉陵江畔梅林。

【乌烟瘴气弥漫，林中梅树，叶片低垂，毫无生气。

【四兽带领一众小妖，舞蹈上。

众　妖　（唱）天狗即将出现，

　　　　　　大地就要黑暗。

　　　　　　太阳失去了光辉，

　　　　　　我们就是梦魇。

　　　　　　梅林就是陷阱，

　　　　　　书生没有了生天。

　　　　　　再拿下了梅花仙子，

　　　　　　我们开始狂欢……

白　狼　（以指掩口）嘘……隐蔽，书生来了。

　　　　【王锷兴致勃勃，上。身后紧跟巴蛇。

王　锷　（唱）脚下生风，

　　　　　　为探古梅慰情衷。

　　　　　　一路急行梅林前，

　　　　　　忽然间天上日头了无踪？

巴　蛇　王公子，来到梅林，怎么停下了？

王　锷　（唱）平日里梅林葱茏，

　　　　　　今为何暗雾隐风？

巴　蛇　哦……

　　　　（唱）今天是天狗吞日，

　　　　　　黑压压万物皆空。

王　锷　（突然激灵）啊？

　　　　（唱）却怎的，心悸动，

　　　　　　　难料得天兆吉凶？

巴　蛇　（唱）不必惊恐，

　　　　　　　那珍奇古梅就在这林中。

　　　　（阴笑）嘿嘿嘿……你给我进去吧！（将其推进梅林）

　　　　【王锷猛然受巴蛇力推，一个踉跄，跌坐于梅林之中。

　　　　【狼妖等四兽一声发喊，围住王锷。

王　锷　（惊恐不已）此是何地？尔等何、何、何物？

众　妖　（围着王）哈哈哈……

王　锷　巴兄啊，未见古梅，倒有古怪也。娘子啊，快来救我……

　　　　【定点光启。

　　　　【红梅仙子、青鸟出。

红　梅　青妹，我怎么听见公子在呼喊啦？

青　鸟　（听）没听见啊？

红　梅　天狗吞日，必有不祥之事。

巴　蛇　梅花仙子！书生王锷已被我擒。想他活命，快来梅林！

红　梅　哎呀青妹！王公子被困梅林，危在旦夕！如何是好？

青　鸟　这有什么？姐妹即刻飞身前去，救出公子就是。

红　梅　他既然敢如此明目张胆，必有一场恶斗！

青　鸟　依姐姐之意？

红　梅　我先赶去梅林，你召集一众精灵，随后赶来！

青　鸟　好。（下）

红　梅　（唱）天狗吞噬了太阳，

　　　　　　　人间带来了不祥。

　　　　　　　梅林困住了心爱的人儿，

　　　　　　　不由得心生惊惶。

　　　　　　　不管他重重危险，

　　　　　　　顾不得露了行藏。

　　　　　　　施法力御风而往，

　　　　　　　要救出我的王郎。

【红梅仙子口中念念有词，水袖御风，须臾便现身梅林。

【光复原，梅林中。

王　锷　（一眼望见梅，大呼）娘子，快快救我。

红　梅　相公别急，梅华这就救你回家。

巴　蛇　嘿嘿，回家？你还得问问我老巴。

红　梅　老巴？你不就是那轻薄无耻的拦路书生吗？

巴　蛇　（作状）正是小生啦。

红　梅　哼！我知你不是人类，你到底是什么东西化作人形？

巴　蛇　想知道吗？今天就让你看看我的真面目！（变脸，出蛇样）

王　锷　（大惊失色）啊？好大一条蛇啊？

红　梅　原来是千年巴蛇。你不在洞府修炼，为何作乱人间？

巴　蛇　嘿嘿……

　　　　（唱）修炼千年，

　　　　　　　功德不满。

　　　　　　　历经雷劈遭闪电，

　　　　　　　还是成不了神仙。

红　梅　（唱）修行修心，

　　　　　　　常持善念。

　　　　　　　尔食人饮血多残暴，

　　　　　　　早堕入恶灵之渊！

巴　蛇　不然。

　　　　（唱）只要有你在，

　　　　　　　我就能瞒天过海，

　　　　　　　立地成仙。

红　梅　怎么讲？

巴　蛇　（唱）你本是私下凡间，

　　　　　　　坏规矩要受天谴。

　　　　　　　不如与我合一体，

　　　　　　　助我修炼；

　　　　　　　成就上仙；

　　　　　　　法力无边；

地不敢收；

天不敢管；

抢了九天凌霄殿；

为所欲为，

我们做快活神仙。

红　梅　呸！

　　　　（唱）正与邪势同水火，

　　　　　　　魔与仙岂能同源！

巴　蛇　这么说，你是不愿意？

红　梅　绝无可能！

巴　蛇　（指王锷）你不怕我杀了他？

红　梅　这……

王　锷　娘子，君子怎能与畜生为伍！

巴　蛇　哼哼哼……嘴硬！（对四兽）这书生皮白肉嫩，本大王赏给你
　　　　们啦。

四　兽　（狰狞地笑着）嘿嘿嘿……

王　锷　（大恐）畜生，别过来，别过来……

红　梅　慢着！

巴　蛇　为了你的爱人，还是答应了吧。

王　锷　娘子，不能啦。（受四兽威逼）你、你是梅花仙子啊！

红　梅　相公，你的衣衫乱了。（示意腰间香囊）

王　锷　（会意）泰山崩于前，君子整衣冠。（手执住香囊）

巴　蛇　好了，别犹豫了，我的红梅仙子。（涎着脸，拉梅）

红　梅　（闪身）孽障！

　　　　（唱）收起你丑恶的嘴脸，

　　　　　　　要知道我是梅仙！

　　　　　　　快放了我的爱人，

　　　　　　　离开人间梅园。

　　　　　　　回到你那充满腐臭的洞穴，

　　　　　　　好好地改恶从善。

　　　　　　　日夜自省求天鉴，

或许也有那一天。

巴　蛇　（唱）口出狂言！

气得我七窍冒烟！

趁着天狗吞日黑白不辨，

我先杀王锷再强占你这梅华仙！

（对四兽）滚开，本大王要亲自动手！（逼近王锷）

王　锷　娘子，我、我、我好害怕啊……（下意识扬起香囊）

巴　蛇　（骤然遭此药气，后退）啊？雄黄?!（恼怒）小的们！

众　妖　有！

巴　蛇　杀了他！

【众妖发喊，作势上前。

红　梅　（关切地）相公，小心哪！（飞身挡在王锷身前）

【红梅仙子与众妖打斗……

【巴蛇亮出兵器，加入围攻梅花战团。

【王锷趁乱，逃下。

【红梅仙子恐王锷有失，边战边退下。

【巴蛇等追下。

【一声清啼，青鸟率一众水族、精灵舞蹈上。

青　鸟　众位小友，梅花姐姐和王公子遭遇危险，我等快去助阵！

众精灵　好！

【正说话间，一众小妖出现，与精灵们打斗起来。众妖不敌，逃下。青鸟率众，追下。

【合唱起：凌云峰前嘉陵江，

梅林泛血光。

纵使妖氛一千丈，

清风朗，

人间正气斗魔王。

【合唱中，红梅仙子扶着王锷，踉跄上。

王　锷　（唱）战战兢兢，

难迈脚步。

【巴蛇率狼妖、毒蝎、野猪、狐妖四兽，追上。

巴　蛇　哪里走！（扑向王锷）

王　锷　（闪过）哎呀……

　　　　（唱）狼咬蝎追，

　　　　　　　　一个更比一个毒。

　　　　【狼、蝎追扑，王锷闪避，险象环生。

　　　　【梅花仙子护着王锷，与巴蛇等打斗。

巴　蛇　梅花仙子，你赢不了，认输吧！

红　梅　（头上取下梅叶，吹口清气）变！

　　　　【刹那间，幻出无数个红梅，个个手执梅枝，怒目而视。

巴　蛇　杀了她们！

　　　　【一时间，梅花迎兵刃，美女对野兽，一台充满喜剧色彩的打
　　　　斗，别有意趣……

　　　　【搏斗中，巴蛇时而以人形时而以蛇形（变脸），大展法术……

　　　　【红梅仙子衣袂飘飘，水袖流云，与之旗鼓相当……

巴　蛇　既然我巴蛇得不到，我就毁了你们！

　　　　【巴蛇口吐烈火，芬芳梅林竟成一片火海。

　　　　【为保护王锷，众梅女结成花墙，葬身于烈火之中……

　　　　【红梅仙子受伤不敌，摇摇欲坠。

王　锷　（痛呼）娘子……

红　梅　相公啊……

　　　　（唱）烈火吞噬了姐妹，

　　　　　　　　毒炎灼伤了红梅。

　　　　　　　　我已没有了力气，

　　　　　　　　恐怕再难救出我的爱人。

　　　　（对王）相公……

　　　　（唱）趁我尚有一息，

　　　　　　　　你各自赶紧逃命。

王　锷　不！娘子，我王锷就是拼了性命，也要保护你！

巴　蛇　（不屑大笑）哈哈哈……就你？凭什么？

王　锷　凭书生正气，凭我的爱！

红　梅　有爱如斯，红梅何求。

巴　蛇　那我就成全你们的爱吧！

【巴蛇阵阵狞笑，走近红梅。

王　锷　（挡在红梅身前，对巴）你站住！

巴　蛇　敢叫我站住?! 你真的不怕死？

王　锷　（唱）匹夫一怒，

　　　　　　　　不过是血溅五步。

　　　　　　　　甘与我爱共生死，

　　　　　　　　不愧堂堂丈夫！

【王锷奋不顾身，扑向巴蛇。巴蛇惊愕之余，重拳击中王锷胸部。倒地的王锷，双手却紧紧抱住巴蛇双腿……

红　梅　（惊呼）相公……

【趁巴蛇纠缠王锷之际，红梅化梅为剑，鼓起最后力气，将巴蛇斩杀。

【青鸟率众赶到，命众精灵追剿纷纷溃逃的众妖……

青　鸟　（扶住梅）姐姐，你怎么样？

红　梅　（摇头，指王）快去看看王公子。

【青鸟走近王锷，以手探鼻息。

青　鸟　王公子他、他……（哽咽不已）

红　梅　（一声悲呼）王公子……

【挣扎着奔向王锷，一把将其紧紧抱在怀中。

【后区光收。

青　鸟　（悲痛地）姐姐……

红　梅　（呼喊着）王公子，我的相公啊……

　　　　（唱）你不能这样离去，

　　　　　　　　还有很多没说完的话语。

　　　　　　　　你不能这样离去，

　　　　　　　　我还在等你题写的诗句。

　　　　　　　　三生三世，凄风苦雨，

　　　　　　　　一心一意，与你相依。

　　　　　　　　命运让我们相遇，

　　　　　　　　却又让我们别离。

从此后巴山夜雨，

漫天都是孤独的泪滴。

我的公子，

我的夫婿，

我是神仙，却不能救你，

只有哀哀叹息，无能为力。

如果能够选择，

我愿意做一个村女，

哪怕是远远地望着你，

也有爱把心慰藉。

【一声清啼，光影变幻。

第六幕　花开凌云

【光启。

【阴霾消散，风日晴和，天际出现一片祥云。

【钟磬响起，祥云中，身着玉带官服、手执如意的文魁星君，冉冉而下。

青　鸟　（来到梅前）姐姐，你看，谁来了。

文　魁　红梅仙子。

红　梅　（跪地）见过文魁星君。星君是来对小仙处以天条的吗？

文　魁　你私下凡间，本该受罚！念你斩杀巴蛇，为人间除去魔障，也算有功。（挥挥手，解救红梅）你该有此一劫。如今功德圆满，随本星君回归天庭吧。

红　梅　（躬身行礼）多谢星君解救。红梅恳请大德，将他也救回来吧。（见其犹豫）星君不肯开恩，红梅就不随您走！

文　魁　你心怀人间情愫，可知什么结果？

红　梅　雷霆万钧，我成齑粉！

文　魁　仙子啊，为了一个凡人，值得吗？

红　梅　星君啊……

　　　　　（唱）久居阆苑，

　　　　　　　　只知道天规冷森森。

　　　　　　　　来到人间，

　　　　　　　　才体味欢乐和真诚。

　　　　　　　　我与他心灵早相映，

　　　　　　　　我与他结下了生死情。

　　　　　　　　愿为他此生不再放枝头，

　　　　　　　　愿为他遭受着雷霆万钧刑！

　　　　　　　　纵然是形神俱灭，

　　　　　　　　也留下一缕相思伴孤坟。

文　魁　（叹气）唉……若要救他，须得依我一件。

红　梅　星君施救，您就是当场灭了红梅，我也甘愿哪。

文　魁　救活书生，仙子与我返回天庭，永世不得他见面！

红　梅　这个……

文　魁　怎么？

红　梅　（毅然地）好！只要星君能救公子，红梅愿意，（悲伤地）永世
　　　　不再见……

文　魁　那王锷也是凌云的读书种子，将来必有作为。（拿出仙丹）此乃
　　　　还魂仙丹，喂他服下吧。（递出）

　　　　【青鸟上前，接过丹药，交予红梅仙子。

青　鸟　（交药）姐姐，快给王公子服下吧。

红　梅　（跪地施礼）深谢星君了。（接过，喂王服下）

　　　　【王锷悠悠醒转，深深地呼出一气。

王　锷　一朝鬼门走，怎的又回头？（见梅）娘子，我还没有死吗？

青　鸟　王公子，是姐姐恳请文魁星君把你救活啦。

王　锷　文魁星君？（见文，忙作揖）学生见过星君，多谢星君活命
　　　　之恩。

文　魁　嗯，孺子可教也。（对梅）仙子，我们走吧。

王　锷　（不解）走？你们这是要去什么地方？

红　梅　（欲言又止）……

青　鸟　公子，姐姐答应星君，救你一命，从此永不相见！

王　锷　（大惊）永不相见？娘子，这……（见梅点头，急切）不！不！
　　　　这不是真的，娘子，你说，这不是真的！

红　梅　（凄切地）是真的。这是救活你的条件，也是我的承诺。相公，
　　　　我们再难相见哪……

王　锷　啊……

　　　　（唱）霹雳炸响，
　　　　　　　生离更比死别伤。
　　　　　　　问卿何如此？
　　　　　　　难道柔情爱意两相忘？

红　梅　（唱）你不能质疑爱情，
　　　　　　　那样会把我的心伤。
　　　　　　　从相遇的那一刻起，
　　　　　　　我的心就只为你跳荡。

王　锷　（唱）情深一往，
　　　　　　　这一刻痛如断肠。

红　梅　（唱）情深一往，
　　　　　　　终拗不过天道无常。

文　魁　仙子，我们该走了。

　　　　【红梅仙子恋恋不舍，频频回首。

王　锷　（悲伤地）娘子啊……

　　　　（唱）留下来吧，我的梅花，
　　　　　　　我一生的向往。

红　梅　（唱）再见了，我的爱人，
　　　　　　　这份爱永远不会相忘。

红、王　（唱）爱不会相忘，
　　　　　　　情永在心上。
　　　　　　　轻轻地挥手，
　　　　　　　心里早已成血泪汪洋。

王　锷　（唱）你就要回到天上，
　　　　　　　人间再无梅香。

红　梅　（唱）我就要回到天上，

心却在你的身旁。

我把爱留下，

最后为你灿烂怒放。

【红梅仙子泪光潸然，吐出清气，台上幻出一株盛开的梅树。她挥一挥衣袖，刹那间，天空瑞雪纷纷，满台梅花竞相开放……

【主题歌《凌云花开》起：

雪花飞兮，纷纷扬扬，

红梅开兮，馥丽芬芳。

旷古之恋，心驰神往，

凌云花开兮，

看那千年的绽放……

【歌声中，梅花竟开于整座剧场……

【红梅仙子呼喊着王锷的名字，冉冉而升。漫天梅花纷纷扬扬，如一场绚丽的彩雪……

【剧终。

2018 年 9 月 12 日晨
于巴中东华宾馆成稿
2022 年 10 月 30 日
修改于高坪守直居

新编大型历史歌舞剧

家国长歌

编剧　雨林

出品　西充县文化广播电视和旅游局

时　间　汉朝、当下
地　点　西充及华夏他地

人　物
（以出场顺序）

先　生　乡篱书院山长，代指中华文化之老师。
纪　信　西充人，刘邦麾下大将，荥阳之战，替主赴难。
刘　邦　汉中王，西汉开国皇帝。
项　羽　西楚霸王，垓下之战被刘邦击败，自刎于乌江。
张　良　汉初三杰之一，刘邦麾下重要谋臣。
樊　哙　刘邦麾下猛将，成名于鸿门宴。
周　勃　刘邦麾下大将之一。
陈　平　刘邦麾下重要谋臣。
马廷用　明尚书，通博经学，家风严谨，为官时有"先赈后奏"之典故。
马　金　廷用长子，官至浙江布政使，有天下第一清廉美誉。
张　谦　马金长随。
王将军　川军将领。
长　水　西充抗日之八百壮士之一。
花　儿　长水妻子（川军抗日家属代表）。
李老幺　西充八百壮士仅存者。
张　澜　字表方，四川保路运动领袖，民盟创建人之一。曾兴办教育，
　　　　建小学、中学、女校等。因拒绝与国民党当局合作，被软禁，
　　　　经中共地下党解救脱险。曾出席开国大典，后任中华人民共和
　　　　国副主席。
沈处长　国民党军统处长。
杨司令　国军城防司令，中共地下党员。
　　　　老者、老妪、学子（代现代学生）、楚将、甲士、农人、军官、
　　　　壮士、工人、军警、解放军等若干。

序　幕

【时间：远古。

【地点：古充国。

【幕启。

【山峦起伏，云雾缭绕。

【一束光照定在那只雕斗状，刻有"充"大篆字样的鼎上。

【鼎下，众雕塑戴面具簇拥，形成一方祭坛。

【清纯的童声：

　巍巍凤山，云霞蔚兮。

　渝水泱泱，千古流兮。

　沧海桑田，渔兮耕兮。

　伏羲伏羲，有充国兮。

【鼓声响起。

【众雕塑着面具，围着充国鼎跳起傩舞……

【一长者身着布衣率领男女先民，渔猎耕作，舞蹈上。

众　人　（唱）生于斯，

　　　　　　充水汤汤留福祉，

　　　　　　长于斯，

　　　　　　我们是炎黄子嗣。

　　　　　　沿着先民印迹，

　　　　　　追寻那远古身姿。

　　　　　　悠悠我思，

　　　　　　根植于此，

　　　　　　悠悠我思

　　　　　　歌之咏之……

【众舞蹈，造型。

【收光。

【定点光启。

【乡篱书院。

【众学子捧书默习。

【着长衫装先生，手执卷籍，出。

先　生　（吟）华夏西南，巴蜀之北，安汉故里，古国西充。傍巴山而临
　　　　阆水，地灵秀而民勤朴。怀文而武，尚义重节，贤人君子，自
　　　　汉以降，英豪辈出。武有纪信开汉，侯真定梁，罗伦护路，瓒
　　　　绪抗倭；文有谯周陈寿，何涉文章，紫岩马氏，黄辉诗书，大
　　　　义表方。

众学子　（吟诵）学校匪礼仪不耻，农夫匪力本不贵，世族多敦厚之风，
　　　　细民无争讼之习。质直尚义，急人好施，邃古之习，忠义之邦。

先　生　好！尔等可知何来忠义之邦之称谓？

众学子　安汉将军纪信。

先　生　对。此地是忠义故里，代涌英豪担大义；终不愧文墨之乡，世
　　　　崇耕读塑菁英。

【收光。

第一幕　纪信开汉

【时间：汉二年。

【地点：荥阳城内外。

【字幕出：公元前204年，夏四月。

【荥阳城。

【残阳流霞，烽烟嫣红。城头旌旗在如血的夕阳中，鲜艳得有些
刺目。

【城内兵士，散于城郭，士气低落。

【合唱：狼烟蔽日兮荥水岸，

　　　　　楚汉相争兮锋镝寒。

　　　　　连年烽火兮征骑倦，

何日得见兮我家园。

【光启。

【汉王行辕，甲士执戈肃列。左右谋臣、武将，一脸焦急。

【刘邦一筹莫展，喟然而叹……

刘　邦　（唱）滔滔荥水洇血光，

炎炎暑气笼夕阳。

连年战马嘶苍穹，

苍穹连年颂国殇。

沧海横流多丧乱，

我借时势定八荒。

甲兵数十万，

如云列猛将，

国事托萧何，

谋臣有张良。

屡战屡败存志向，

屡败屡战度陈仓。

连横合纵伐西楚，

一路破竹克荥阳。

只说是大势已定，

却不料久困孤城士气低迷断军粮。

众军士　（唱）戈矛折兮血流尽，

国兮家兮两茫茫。

【众人沉吟不语……

陈　平　主公，项羽势大，困我等于荥阳。军士力战月余，加之军粮已
竭，臣等也……

刘　邦　子房啊，公等以巨金使楚，然何未见功效？

张　良　巨金使楚乃为离间其将帅之心，使之相互猜忌，延缓攻城。至
于我军脱困，一时难有奇效。

刘　邦　（长叹一声）唉……想我刘邦英雄一世，竟然命丧于此。

樊　哙　（激越地）主公，我等黉夜突围。有我樊哙开路，定当保您
平安！

陈　平　楚军兵锋正盛，冒险突围，乃是下策中之下策！

樊　哙　怕什么！大不了我樊哙与那项籍小儿拼他个鱼死网破！

张　良　樊将军勇冠三军，鸿门宴上，仗剑护主，天下皆闻。只是眼下
　　　　情势，非称匹夫之勇之时。

樊　哙　张良、陈平！尔等平日号称妙计百出，如今紧要关头，就拿不
　　　　出让主公脱困的办法了？

陈　平　你……

刘　邦　爱卿别再争执了。想我刘邦，自沛县起兵，蒙各位不弃，携手
　　　　勠力。积百战之威，号汉中而王之。今起貔貅之师，欲扫八荒
　　　　之乱，以安天下苍生。岂料功败垂成，壮志难酬。也罢！死我
　　　　刘季一人，免累诸君之危啊。

【众人急躬身施礼。

众　人　主公。

陈　平　主公，尚未到万不得已之时啊。

樊　哙　唉！战不能战，走不能走，可真是急煞我也！

【一阵画角鼙鼓，在沉闷的孤城犹如一声霹雳。

军士甲　纪信将军来了！

【纪信着盔甲，上。

纪　信　（唱）半世疆场久驰骋，

　　　　　　　　太息百战身。

　　　　　　　　将军报国有万死，

　　　　　　　　何计生前身后名！

　　　　（躬身）纪信拜见主公。

刘　邦　（忙一把扶起）哎呀，纪将军哪。你可是我汉军帐前有名的大
　　　　将，眼下之危局，将军有何良策？

樊　哙　嘿嘿，他跟我老樊一样，只知阵前杀敌，哪有什么良策哟。

刘　邦　唉……

纪　信　主公啊……

　　　　（唱）义起芒砀，

　　　　　　　旌旗飘扬。

　　　　　　　天下英雄归宝帐，

<blockquote>
鞭梢指处英名彰。

主公军霸上，

不战破咸阳。

鸿门拔剑论功时，

他称霸王封汉王。
</blockquote>

樊　哙　（唱）本是我军破秦！

周　勃　（唱）项籍拥兵逞强！

陈　平　（唱）挟天子而封诸侯！

张　良　（唱）绝壮志将主公封为汉王。

纪　信　（唱）巴蜀僻远群山广，

栈道摩云六军惶。

他以为客心异乡自消长，

却不知异乡久时是故乡。

众兵士　（和）故乡，故乡，赳赳儿郎，

故乡，故乡，山高水长……

刘　邦　说得好啊！

（唱）异乡即故乡，

麾下将士巴蜀郎。

纪　信　（唱）王师入蜀得民望，

安民心约法有三章。

物阜民丰兵马壮，

百姓额手谢汉王。

众兵士　（和）汉王，汉王，让我们有了念想，

汉王，汉王，是我们心中的荣光……

刘　邦　（唱）我季入巴蜀，

巴蜀养刘邦。

重英才兮开贤路，

安民生兮兴农桑。

方有这一旅雄兵，

虎狼儿郎，

豪情万丈。

可眼下受困无生望，

宏图大业，

终究清梦一场。

樊　哙　以我之见，三军披甲，与那项羽小儿，决一死战！

张　良　不可！决一死战，正好遂了项羽之愿！

陈　平　子房说得是。不能力敌，当以计谋运筹之。

刘　邦　何计？

樊、周　急调韩信之兵！

张　良　远水难解近渴啊！

众　人　怎么讲？

张　良　（唱）项羽骁勇，

范增多谋。

如今围我而不攻，

就是磨我锐气，伤我将士，

耗我粮草，让我自乱祸无穷。

不出旬日一场战，

城破汉军血泊中。

【众人一时默然。

刘　邦　苍天，你就如此待我吗？！

纪　信　我有一计，可保主公无虞！

刘　邦　（惊喜）纪将军有何妙计？快讲！

纪　信　请降！

众　人　（惊疑）请降？

【张良、陈平略一沉吟，随即会心点头。

张　良　为今之计，或能渡此难关。

樊　哙　（愤怒地）大胆纪信！我等随主公自芒砀举事以来，战无不克！

请降，那是鼠辈苟且之为！

周　勃　说得好！大丈夫上马杀敌，下马饮酒。

纪　信　不要你等请降，纪信我去……

樊　哙　你若敢降，我现在就杀了你！（拔剑）

刘　邦　（忙挡住）纪将军历来忠义，请降一说，必有其因。

纪　信　主公啊。

　　　　　（唱）贼势滔天，

　　　　　　　　我军疲战。

　　　　　　　　一座孤城变血城，

　　　　　　　　将士们十有九伤苦难言。

　　　　　　　　纵使臣披坚执锐，

　　　　　　　　不过是热血一腔头颅轻抛在阵前。

　　　　　　　　危情仍未解，

　　　　　　　　生死一瞬间。

　　　　　　　　使出诈降计，

　　　　　　　　绝处觅生天。

刘　邦　诈降？

张　良　好计！

陈　平　我修降书！

纪　信　（唱）东门佯降把他骗，

　　　　　　　　西门蛟龙飞上天！

刘　邦　非孤亲自出面，那项羽如何肯信？

纪　信　臣身形相貌颇似主公，那项羽心高气傲，一箭之遥，必然不加
　　　　细辨。待行至近前，认出纪信，主公你早已从西门间出了。

刘　邦　可是纪将军你……

张　良　项羽生性乖张，你此番诳楚，只怕……

纪　信　大丈夫尽忠殉国，取义舍身，生又何欢，死又何惧！

刘　邦　（感动地）纪将军真国士也！

　　　　　（唱）秦人失鹿金瓯缺，

　　　　　　　　乱世风烈烈。

　　　　　　　　将军大义挽宇宙，

　　　　　　　　甘把身舍，

　　　　　　　　天下忠义在充国！

　　　　　　　　酒来！

【军士们奉上酒碗，刘邦、纪信及樊哙、周勃、张良、陈平等端
在手中。

刘　邦　（激动地跪地）将军!

　　　　【众人随跪下。

纪　信　（大惊，忙跪下）主公不可啊!

刘　邦　（紧握纪手）将军舍身诳楚，救季于水火。他日大业功成，必不忘纪公之义!

纪　信　主公言重了。纪信今日诳楚，非为主公一人而取义，乃为泱泱华夏，早除乱局，为天下苍生早去涂炭之灾也!

纪　信　（唱）七尺躯为江山折，

　　　　　　　不枉我男儿手提三尺铁。

　　　　　　　引吭高歌某去也，

　　　　　　　愿公等为黎庶早鼎千秋业。

刘　邦　公等随我等为纪将军送行了。（举酒碗）

众　人　（齐举酒碗）将军!

　　　　【收光。

　　　　【离歌起：昔我往矣，

　　　　　　　　　杨柳依依，

　　　　　　　　　今我来兮，

　　　　　　　　　唯魄归里。

　　　　　　　　　忠兮义兮，

　　　　　　　　　人心同具，

　　　　　　　　　扶龙山兮。

　　　　　　　　　苏世独立……

　　　　【内高喊：汉王来降啦……

　　　　【众楚军内欢呼：万岁……

　　　　【定点光启。

　　　　【项羽着甲佩剑，出。

项　羽　（唱）秦人天下霸王弓，

　　　　　　　乌骓逐鹿卷飞蓬。

　　　　　　　力拔山兮气盖世，

　　　　　　　天下英雄止重瞳。

楚　将　禀霸王，刘邦来降!

项　羽　什么？

楚　将　汉王刘邦来降！

项　羽　（大笑）哈哈哈……

　　　　（唱）两军交锋，

　　　　　　　汉衰楚雄。

　　　　　　　堪笑他欲图王霸，

　　　　　　　不过是阶下囚徒。

　　　　（白）那刘邦现在何处？

楚　将　（指向城门）霸王你看！

　　　　【光启。

　　　　【荥阳东城门。

　　　　【甲士、妇女迤逦而出。

　　　　【纪信内唱：天将晓兮清风扬……

　　　　【銮舆仪仗，簇拥着头戴王冠的纪信上。

　　　　【楚军兵士一阵欢腾……

纪　信　（唱）黄幄明兮金阙光。

众楚兵　看哪，汉王，是汉王。

纪　信　（唱）鲜甲绣锦诳项羽，

　　　　　　　衔枚急驰走汉王。

众楚兵　汉王来降了，汉王来降啦！

纪　信　（唱）分明是横刀立马一骁将，

　　　　　　　尔不识李树代桃僵。

　　　　　　　惜乎时光飞旋去，

　　　　　　　生死之际气昂昂！

项　羽　刘邦，尔若早日归降，众将士也不枉送性命！

纪　信　归降？（仰天大笑）哈哈哈……

项　羽　（细辨，惊）啊？你是何人？

纪　信　大汉将军纪信！

项　羽　西充纪信乎？

纪　信　正是！

项　羽　刘邦何在？

纪　信　霸王城东得意，汉王早出城西！

项　羽　（唱）可恨！可气！

　　　　　　　又让他趁机逃逸。

纪　信　（唱）可慰，可喜，

　　　　　　　终解除天大危机。

项　羽　（唱）敢骗霸王无好死！

纪　信　（唱）生又何欢死何惧！

项　羽　（唱）何必为屡败之徒效死命？

纪　信　（唱）汉王他胸怀天下万民依。

项　羽　（唱）天下本应归项羽，

　　　　　　　兵锋所向皆披靡。

　　　　　　　上马乌骓卷狂飙，

　　　　　　　阵前血祭破城戟。

　　　　　　　睥睨四海谁敌手？

纪　信　（唱）汉王帐前猛士如云—安天下自可期。

项　羽　胡说！

纪　信　（唱）尔乃武夫逞暴戾，

　　　　　　　骄横凌世多刚愎。

　　　　　　　坑降卒，弑义帝，

　　　　　　　烧城郭，大劫掠，

　　　　　　　沐猴而冠封诸侯，

　　　　　　　可知这天下人心不可欺。

项　羽　死到临头，还敢逞口舌之快！

纪　信　（唱）蝼蚁生兮苟尘埃，

　　　　　　　壮志烈兮存天地。

　　　　　　　我今诳楚唯一死，

　　　　　　　碧血甘洒大汉旗。

　　　　　　　笑尔雄霸图一时，

　　　　　　　来日必然军破途穷，

　　　　　　　贻笑后世、众叛亲离。

项　羽　（暴怒）气杀我也！来人！

楚　　将　霸王！

项　　羽　将这替主求死的纪信，连同黄幄仪仗一并给我烧了他！

　　　　　【楚将率领一众兵士，举火炬走向纪信。

纪　　信　（诗）荥阳城外气森森，

　　　　　　　　黄幄飞旌自请缨。

　　　　　　　　笑听楚营呼万岁，

　　　　　　　　丹心碧血汉乾坤！

　　　　　（扬天长笑）哈哈哈……

项　　羽　烧死他！

　　　　　【楚将率兵士点火。

　　　　　【烈火熊熊……

　　　　　【合唱起：大风起兮云飞扬，

　　　　　　　　　　威加海内兮归故乡。

　　　　　　　　　　安得猛士兮守四方……

　　　　　【火焰中，一面绣有"汉"字的大旗升起，昭示着数年后，刘邦
　　　　　　击败项羽，建立大汉王朝。

　　　　　【倒下的汉军将士，缓缓起身，走向那面硕大的汉旗……

　　　　　【字幕出：公元前202年，项羽败于垓下，在四面楚歌声中，自
　　　　　　刎于乌江，大汉王朝正式建立。汉高祖刘邦感念纪信开汉之功，
　　　　　　册封纪信之子纪通为襄平侯，其故乡西充为安汉县。后世感怀，
　　　　　　奉纪公故里为忠义之乡。

　　　　　【收光。

　　　　　【定点光启。

　　　　　【乡篱书院。

　　　　　【书声琅琅……

　　　　　【先生出。

先　　生　纪信舍身开汉，西充存忠义之名。百世之下，无不追慕。譬如
　　　　　硕儒谯周，以仇国之论，全华夏于一统；唐僧宗密，研佛法而
　　　　　化人心；宋总兵王云，挺身以殉国难。凡此种种，不胜枚举。

　　　　　【众学子手捧典籍，跟着先生，摇头晃脑朗读着……

众学子　古之欲明明德于天下者，先治其国。欲治其国者，先齐其家。
　　　　欲齐其家者，先修其身。欲修其身者，先正其心。欲正其心者，
　　　　先诚其意。欲诚其意者，先致其知。

先　生　忠义之精神，于乱世敢投身取义，于太平则守礼重节。诗云：
　　　　恺悌君子，万民赖之。

众学子　曾子曰：士不可以不弘毅，任重而道远。仁以为己任，不亦重
　　　　乎？死而后已，不亦远乎？

先　生　嗯。正所谓兴于诗，立于礼，成于乐也。

学子甲　先生，今日之讲，又是我们哪一位先贤？

先　生　一门四进士，祖孙五举人。清廉十二代，耕读古风存。

众学子　哦，我们知道了。紫岩文光，马氏家风。

　　　　【收光。

第二幕　紫岩家风

【马氏宗祠。川北风格院落，宗祠有楹联：耕云读雨修身齐家，
明心格物知行合一。

【合唱起：天苍苍兮焕文光，
　　　　　地莽莽兮育忠良。
　　　　　紫岩秀兮存古风，
　　　　　耕读兴兮君子乡。

【合唱声中，紫岩农人、学子，耕读舞蹈。

【须发皓然的马廷用，出。

马廷用　（唱）青山青，绿水长，
　　　　　　　水绿山青伴稻粱。
　　　　　　　白发临风夕照里，
　　　　　　　放眼望——
　　　　　　　牧歌渔歌，
　　　　　　　紫岩鹤翔……

众　人　（唱）惊蛰春分好春光，
　　　　　　　清明谷雨四月荒。
　　　　　　　五月立夏和小满，
　　　　　　　芒种夏至六月长。

马廷用　（唱）农家四季无闲日，
　　　　　　　鸡犬桑麻乐黄粱。
　　　　　　　更喜闻沟壑林泉，
　　　　　　　桑间濮上，琅琅书声响……

众　人　（唱）富足也把六畜养，
　　　　　　　贫时手中有书香。

马廷用　（唱）乡贤民善，
　　　　　　　里仁为坊，
　　　　　　　自古西充多才俊，
　　　　　　　文能定国武安邦。

众　人　（唱）这就是忠义之邦，
　　　　　　　千百年繁衍生息的地方。
　　　　　　　沐浴着祖先的光辉，
　　　　　　　守护着我们的家乡……

马廷用　好、好、好啊！
　　　　（唱）祖先遗贤德，
　　　　　　　子孙怀志向，
　　　　　　　不愧纪信故里，
　　　　　　　谯周文渊，
　　　　　　　古风洋洋。

老　者　你马氏父子进士，兄弟翰林。致仕兴学，也是我等之荣光。

众　人　是也，是也。无善无恶者心之体，有善有恶者心之用，知善知恶者是良知，为善去恶者是格物。

马廷用　君子修身，知行合一。想不到我西充田家，紫岩农人，个个都能吟典颂文，你们可是不简单哪。

老　者　啥子不简单啰，还不是得益于你开的义学。

乡民甲　娃儿们天天诵读，我等天天听都听会了。

众　人　哦，就是。哈哈哈……

马廷用　众位高邻，农事未了，却怎么来与老夫闲话起来？

老　者　我们听说马金马大人今日还乡，特来相贺。

马廷用　小儿不过致仕返乡，庆贺嘛，不敢当啊。

老　者　呃，马大人官居浙江布政使，清名远播，当为相庆。

学　子　看，马金马大人回来了。

　　　　【马金内唱：高风骀荡吹归心……

　　　　【老仆张谦兴冲冲上。

张　谦　老爷，你走快点哪。

　　　　【马金着便服，上。

马　金　（唱）马蹄嘚嘚，

　　　　　　　　一路风尘。

　　　　　　　　曾经少年多意气，

　　　　　　　　可乘长风揽彩云。

　　　　　　　　宦海沉浮，

　　　　　　　　波卷浪滚，

　　　　　　　　怎改我君子性情。

　　　　　　　　近黄昏，

　　　　　　　　告老归隐，

　　　　　　　　也无风雨也无晴。

张　谦　老爷你看，我们就要拢了哦。

马　金　张谦，这就到家啦？

张　谦　老爷你看，那里不是我们紫岩的大黄葛树吗。

马　金　（唱）乡近也，

　　　　　　　　却怎的生出怯情。

　　　　　　　　一望风物皆旧识，

　　　　　　　　满耳乡音充盈。

众　人　（唱）故园家山青，

　　　　　　　　晴和迎归人。

　　　　　　　　去时少年郎，

　　　　　　　　归来已霜鬓。

马廷用　马金。

马　金　父亲。（忙跪下）父亲大人在上，请受儿子一拜。（磕头）

马廷用　（扶起）起来吧。你在浙江任上，怎么回家来了？

马　金　父亲，朝廷已经恩准儿子告老还乡了。

马廷用　（看儿子）嗯，白发间里，是有点老了。

　　　　（唱）霜发临风，

　　　　　　　今昔已不同。

　　　　　　　白驹过隙匆匆过，

　　　　　　　眼前两个白头翁

众　人　（唱）白头翁，白头翁，

　　　　　　　立言著述是黄钟。

　　　　　　　父为尚书子翰林，

　　　　　　　老来蕉花红彤彤。

　　　　（笑）哈哈哈……

马廷用　儿啦，这一路之上，可安顺否？

马　金　倒还平安。

张　谦　平安啥哟，路过鄱阳之时，我们都差点戳脱。

马廷用　哦？怎么回事？

张　谦　车马一路走，遇见李金钩。鄱阳大水贼，人称鬼见愁！

众　人　（惊异）啊……

马廷用　遇上强盗了，可有什么闪失没有啊？

张　谦　水贼绑人，谋财害命。多亏老爷名气大……

众　人　怎么样？

马　金　张谦，唏嘘小事，不必多论。

马廷用　张谦，快说与我听！

张　谦　强盗反送五百金！

众　人　（奇异地）强盗送钱，闻所未闻。

　　　　【马廷用一脸惊疑。

马廷用　既是强盗，为何不报官缉拿？

马　金　他虽为盗，良心未泯。经儿相劝，愿重做良民。

马廷用　（疑惑）你告老还乡，为何独骑一人？

马　金　家眷及行李随后，这不，已到家门。

【家眷及随从推着众多行李上。

马廷用　（见之更疑）马托车载，收获充盈嘛。

马　金　皆是我一生所好，花了不少心血。（招呼随从）快把行李都搬进
　　　　家门。

马廷用　且慢！

马　金　父亲？

马廷用　马金，还记得马氏家训？

马　金　知行合一格物明心，修身齐家读雨耕云。

马廷用　为官者？

马　金　清廉守节。

马廷用　为民者？

马　金　修身齐家。

马廷用　说得好。民脂民膏，锱铢如血。不知马大人愧心乎？

马　金　（不解）父亲，这是何意？

马廷用　马金！

　　　　（唱）君子修身，

　　　　　　　当官为民。

　　　　　　　一厘一毫皆民血，

　　　　　　　岂可暗室亏心？

马　金　（唱）君子安身立命，

　　　　　　　知行常在我心。

　　　　　　　几十年县州府省，

　　　　　　　也算是聊有薄名。

马廷用　（唱）博利者滋贪欲，

　　　　　　　博名者生骄矜。

　　　　　　　只怕是布衣粗食皆表象，

　　　　　　　骨子里马肥裘轻！

马　金　啊？父亲此话，必有起因。

马廷用　我且问你，当年我马氏为何移民于此？

马　金　（唱）马氏移民，

　　　　　　　西充安身，
　　　　　　　追慕纪信忠义名。
　　　　　　　书生报国无戈矛，
　　　　　　　唯经论五车，
　　　　　　　修齐治平。

马廷用　好道！
　　　　　（唱）当年我掌尚书印，
　　　　　　　位高不敢忘忧民。
　　　　　　　花甲隐退归故里，
　　　　　　　挥手不带一片云。

众　人　（唱）老尚书，老精神，
　　　　　　　紫岩耕读育后人。

马廷用　（唱）汝今返乡是何景？
　　　　　　　人挑马拉车辚辚。
　　　　　　　马氏历代崇先贤，
　　　　　　　月明山岗风清清。
　　　　　　　要知道贪腐绝非个人事，
　　　　　　　连累一乡忠义名。
　　　　　　　不肖之子我不认，
　　　　　　　不清不白、不端不正休想进我马氏门！

【众人惊异且担忧地看看马金，继而相互交流。

众　人　（唱）非礼之念是非分，
　　　　　　　紫岩乡戒警世人。

马　金　明白了。
　　　　　（唱）谆谆老父言，
　　　　　　　句句是警音。
　　　　　　　他见我箱笼行李二十担，
　　　　　　　难免心中起疑云。
　　　　　　　父亲啊……
　　　　　　　自幼随你读孔圣，
　　　　　　　立志为国而修身。

一朝春风得意时，

不敢看花，

心系布衣黎民。

躬身勤政，

还百姓一个公平。

时常自省，

让衙门气正风清。

我视名节如性命，

怎敢图私，

自污一颗君子心。

马廷用　（唱）说得好听，

欲掩其行。

马　金　（唱）待要如何？

父亲才能相信？

马廷用　（唱）当众开箱，

以验究竟！

马　金　开箱……

马廷用　不敢？！

马　金　父亲息怒。儿子这就开箱。

马廷用　慢！

（唱）开箱有子弟，

不劳马大人。

（对众人）大家听了：我儿马金，携物还乡。老夫生疑，当众开
箱。若是金银，必嫌贪赃。有辱家风，逐出祠堂！（举手）
开箱！

【马氏子弟开箱。

学子甲　一箱书籍。

马廷用　再开！

学子乙　书籍一箱。

马廷用　全部打开！

众学子　箱箱书籍，满院书香！

马廷用　（惊喜）啊……那五百巨金？

马　金　早让那李金钩散财乡学，接济穷人。

马廷用　好啊！

　　　　（唱）轻富贵，重书香，

　　　　　　　不辱没忠义之邦。

　　　　（赞）好儿郎！

　　　　【两学子抬一红绸包裹的长形匾状物。

学子甲　还有一物，红绸掩藏。

马廷用　（指匾额）将此红绸揭开吧。

马　金　父亲，此乃朝廷褒奖，不得不随我回乡。

马廷用　既是如此，就让老夫和子弟们一起分享吧。（一把拉下红绸）

　　　　【一方金匾，上书：御赐，天下清廉第一。

众　人　（欢呼）好啊……

　　　　【合唱起：天苍苍兮焕文光，

　　　　　　　　　地莽莽兮育忠良。

　　　　　　　　　紫岩秀兮存古风，

　　　　　　　　　耕读兴兮君子乡。

　　　　【收光。

　　　　【歌曲《嘉陵江上》隐隐飘来……

　　　　【男女声：那一天，敌人打到我们的家乡，

　　　　　　　　　我便失去了我们的田舍、家人和牛羊。

　　　　　　　　　如今我徘徊在嘉陵江上，

　　　　　　　　　我仿佛闻到故乡泥土的芳香。

　　　　　　　　　一样的流水，

　　　　　　　　　一样的月亮，

　　　　　　　　　我已失去了一切欢笑和梦想……

　　　　【定点光启。

　　　　【乡篱书院。

　　　　【先生着长衫，背身仰望，出。

　　　　【童声诵：国破山河在，

城春草木生。

感时花溅泪，

恨别鸟惊心。

烽火连三月，

家书抵万金。

白头搔更短，

浑欲不胜簪。

先　生　唉……我泱泱华夏，自有清以来，国弱民穷，屡受列强倾轧。如今，小日本妄兴兵祸，占我半壁江山，意图将我亡国灭种！危难之际，中国共产党川北西区支部，在于震江先生带领下，八方宣讲，很快就在川北掀起参军抗日，救亡图存之热潮！

【长水着民国学生装，与几名同学，挎包袱上。

长　水　老师。

先　生　长水，听说你今天大婚，怎么来书院啦？

长　水　我和同学们来与老师告别。

先　生　告别？（悟）看来你们都听了于震江先生的演讲了。

众学生　对！守土抗战，匹夫有责！

先　生　这么说，长水也不成亲立家啦？

长　水　国家将亡，小家何用？

先　生　你们也不读书啦？

众学生　驱走日寇时，再把书本拿！

先　生　说得好！曾子有云：可以托六尺之孤，可以寄百里之命，临大节而不可夺也！在此国难之际，老师跟你们一起去，参军抗日打鬼子！

众学生　老师，你行吗？

先　生　（唱）岂曰无衣，

　　　　　　　与子同袍。

众学生　（唱）御辱兴师，

　　　　　　　修我戈矛。

师、生　（唱）与子同仇！

第三幕　八百壮士

【时间：1937 年，秋。

【地点：西充县广场。

【光启。

【西充县广场。

【人流熙攘，抗日标语林立，写有：国家兴亡匹夫有责！欢送西充八百壮士出川抗日等。

【合唱：华夏泱泱，

　　　　有多少忠义儿郎。

　　　　山河同殇，

　　　　痛惜我多难之邦。

　　　　家已破，

　　　　国将亡，

　　　　有壮士八百，

　　　　筑起血肉长墙。

【合唱中，王将军着军装，披黑氅，众多身着军装的青年男子，纷纷与自己的亲人道别。

【长水、先生，以及众学生融入其中。

【花儿内高喊：长水，长水……

【花儿着大红嫁衣，急上。

【长水见花儿出现，欲躲藏，却被同学拉住。

学子甲　长水，你新媳妇花儿来了。（一把向着花儿推去）

【长水、花儿在众人面前相见，竟有些不好意思起来。

长　水　你……怎么来了？

花　儿　我怕见不着你。

长　水　现在见着了，你……走吧。

花　儿　不，我不走！我要嫁给你！

长　水　（激动、犹豫）我……

花　儿　你看不上我？

长　水　不！你在我心里，就像你的名字一样。

花　儿　什么样？

长　水　（有些不好意思）是、是……

众学生　花儿。哈哈哈……

花　儿　那你为什么不娶我？

长　水　我就要上战场打鬼子了，我怕……

花　儿　怕什么？

长　水　（唱）我就要走上战场，

　　　　　　　去驱逐那日本豺狼。

　　　　　　　如果我流尽最后一滴鲜血，

　　　　　　　将拖累我心爱的姑娘。

花　儿　（唱）花儿喜欢灿烂的阳光，

　　　　　　　女儿最爱忠义的儿郎。

　　　　　　　有了家，你心里就有念想，

　　　　　　　难道你，没有把花儿放在心房。

长　水　（唱）天作证，

　　　　　　　无时无刻都把你想。

花　儿　（唱）地为凭，

　　　　　　　爱你经得起地老天荒。

众　人　（唱）以爱的名义，

　　　　　　　心上人就在心上，

　　　　　　　以爱的名义，

　　　　　　　等着你回到嘉陵江。

花　儿　（一把拉住）长水哥，我们成亲吧。

　　　　【长水犹豫不决，众学生将其强按下，与花儿并跪！

王将军　好啊！本将军今日为你们主婚。天地为盟，乡亲作证。一拜
　　　　天地。

众　人　（唱）保佑儿郎打鬼子！

王将军　二拜高堂！

众　人　（唱）跪别亲人离故乡。

王将军　夫妻对拜！

众　人　（唱）毁家纾难为家国，

　　　　　　　父母送儿妻送郎。

　　　【长水、花儿缓缓起身，双手相互紧扣……

花　儿　（唱）风儿轻轻地吹拂，

　　　　　　　茅花雪一般飞扬。

　　　　　　　手儿细细抚摸你的面颊，

　　　　　　　要将你刻在我的心上。

长　水　（唱）风轻轻地吹拂，

　　　　　　　最后一次把你紧紧拥在胸膛。

　　　　　　　在一山斑斓的秋光里，

　　　　　　　带着家乡的体温，

　　　　　　　走上浴血的战场。

众　男　（唱）别了，我的亲人，

　　　　　　　别了，我的故乡。

众　女　（唱）别了，我的夫君，

　　　　　　　别了，我的儿郎。

众男女　（唱）在壮丽的色彩中道别，

　　　　　　　悲伤是如此悲壮。

　　　　　　　但愿在壮丽的时节，

　　　　　　　我们团聚在故乡。

王将军　（唱）亲人难忘，

　　　　　　　我们牢记在心上。

　　　　　　　故土难别，

　　　　　　　我们终将回到生养我们的地方。

　　　　　　　收起悲伤，

　　　　　　　释放出豪情万丈，

　　　　　　　为国家流血，

　　　　　　　是我们的荣光。

　　　【歌声中，男人们默默地离开自己的亲人，集结成行。

老　妪　哎呀，我咋个一下就看不见我的儿子了呢？

中年妇　是啊，一样的衣服，一样的身板，分不清谁是谁了。

老　妪　呃，花儿，你还看得见你的男人吗？

花　儿　（张望寻找）找不着了……

　　　　（唱）我找不着熟悉的身影，

　　　　　　　眼前是一样的军装。

　　　　　　　八百副铁打的身躯，

　　　　　　　夕阳下透出青铜般的光芒。

　　　　　　　已经辨不出你的容貌，

　　　　　　　八百张一样坚硬的面庞。

　　　　　　　我知道你就在那里，

　　　　　　　和你的兄弟们，

　　　　　　　化作了八百杆笔直的标枪，

　　　　　　　即将刺入强盗的心脏。

　　　　　　　我的爱人，我的情郎，

　　　　　　　从此刻起，

　　　　　　　我把自己凝固成你心中的花蕾，

　　　　　　　待你回来的时候，

　　　　　　　再为你灿烂地怒放。

军　官　报告军长，部队集结完毕！

王将军　准备出……

　　　　【内高喊：等一等……

　　　　【一耄耋老者，手捧卷起的一面旗帜，急上。

王将军　老人家，有什么事吗？

老　者　国难当头，我西充八百壮士，胸怀保家卫国之志，甘洒热血，毅然出征。老夫我已经没有什么值钱的东西相送了，就送一面旗帜，以勉励儿郎！（展开旗帜）

　　　　【一面带边框条的白底红字旗帜，上面书写"忠义"二字。

众　人　忠义！

老　者　（激情地）国难当头，日寇猖狂。

　　　　　　　　匹夫之责，国家兴亡。

我欲请缨，鹤发苍苍。

乡梓有子，八百儿郎。

赐旗一面，常随身旁。

死覆其身，喋血裹伤。

奋勇杀敌，忠义皇皇。

王将军　好！忠义之邦忠义旗，八百健儿赴戎机！接旗！

【一军士从老者手中接过旗帜，高高举起。

王将军　出发！

军　官　（高声地）敬礼！

【众军人齐齐向送行的亲人敬军礼。

【众军人光收。

【送行的人们遥望着渐行渐远的队伍，挥动的手臂久久不愿放下。

【合唱起：你已走向远方，

去那浴血的战场。

脚步在空谷回响，

抖落如血残阳。

凝望那个远方，

远方有我们的儿郎。

夜阑人静的时候，

一天星光，

是故乡亲人的目光……

【收光。

【枪炮声剧烈响起……

【画面交替出现川军在抗战中浴血搏杀的几个场景……

【光启。

【断壁残垣，硝烟弥漫。城墙上或伏或立着已经阵亡的川军将士。

【二十余名或伤或残的军人，守卫着这道城墙。

连　长　（唱）硝烟弥漫，

杀声震天。

大战间歇举目望，

尸垒长墙，

断壁残垣。

【一阵寒冷的北风呼啸……

众军人　（唱）风呼啸，透骨寒，

血未冷，腰未弯。

连　长　（唱）八百壮士今何在？

热血遍洒好河山。

这一刻是如此寂静，

这一刻陡生出强烈的思念。

遥望家乡情满满，

思绪悠悠想当年……

众军人　（唱）茅花飞，嘉陵岸，

爹娘望，妻儿盼……

连　长　兄弟们，还记得当初我们离开家乡时的情景吗？

士兵甲　（唱）难忘记，不得忘，

梦里头都是娃儿他娘。

士兵乙　（唱）娃儿娘，辫子长，

闻一闻，硬是香。

士兵丙　（唱）我是孤儿人一个，

不像老幺有老娘。

李老幺　（唱）有老娘，也不想……

众　人　为啥子？

李老幺　（唱）老娘她牯到我要接婆娘。

众　人　去哟……

李老幺　倒是长水哥，他那个新娘子还等到他哟。

众　人　长水，你想不想你那个新娘子呢？

长　水　想！咋个不想哦……

（唱）要是命大回去了啊……

众　人　你要咋个呢？

长　水　（唱）老子三天三夜不下床！

众　人　（开怀大笑）哈哈哈……

长　水　我还要花儿给我生一串儿娃子！

士兵甲　呃，为啥只生儿娃子呢？

长　水　长大了参军，免得二天又有啥子鬼来欺负我们！

连　长　是啊。八百人出来，就剩我们几个了。李老幺，当年你娃十六
　　　　岁都不到，瞒着屋头跑出来参军，想家吗？

李老幺　我想我们西充的红苕凉粉。

士兵乙　哎呀，你娃一说啊，那个红油辣子葱姜蒜，黄豆花生大头菜，
　　　　又香又辣，好安逸哟。

李老幺　等打完鬼子，我回去一定要娶一个做得来红苕凉粉的婆娘。

连　长　兄弟们，这是我们坚守的最后一个夜晚。天一亮，小鬼子就要
　　　　完蛋！

长　水　我们弹药快用完了！还剩两包炸药。

连　长　李老幺，你把炸药给老子守好！（对其他人）这是我们最后的撒
　　　　手锏！

众　人　（点头）好。

长　水　小鬼子上来了！

连　长　兄弟们，最后的时刻到了！开火！

　　　　【枪声、爆炸声大起……

　　　　【众士兵在连长带领下，射击舞蹈……

长　水　连长，弹药全都打光了！咋个办？

连　长　（抽出斜插背后大刀）锤子哦，拼了！

　　　　【众人扔下枪，抽出斜插于后背的大刀。

　　　　【合唱起：风，呼呼响，

　　　　　　　　　刀，闪闪亮；

　　　　　　　　　杀，声声震；

　　　　　　　　　血，滚滚烫！

　　　　　　　　　前方是猖狂的倭贼，

　　　　　　　　　身后有祖宗的祠堂。

　　　　　　　　　脚下是我们的土地，

　　　　　　　　　一寸也不能退让！

刀，闪闪亮，

血，滚滚烫……

【合唱中，连长等众人大刀搏杀舞蹈……

【众人或中枪，或中刀，或走，或爬地聚在炸药前。

连　长　老幺，一会儿我拉燃引信，你娃娃就给我跑啊！

李老幺　不！我要和兄弟们在一起！

连　长　格老子，死都要跟到一路？！

长　水　老幺，听连长的话。你娃娃年纪小，活着回去好娶婆娘。

李老幺　不！要走一起走，要死一起死！

连　长　这是命令！（见其不愿走，一把抓过，扔出）

李老幺　（哭腔）连长……

连　长　（对众人）我要给忠义之乡留下一颗种子。

长　水　李老幺，活着回去娶婆娘，生儿子！

连　长　兄弟们，后悔吗？

众　人　后悔就不当兵！

连　长　怕吗？

众　人　怕个锤子！

连　长　好！不愧是忠义之邦的儿郎！（拉燃引信）

李老幺　（伏地哭喊）连长，兄弟们别啦……

【"轰……"一声巨响。

【切光。

【画面出现抗战胜利的欢庆镜头……

【定点光启。

【李老幺从废墟中，慢慢站起身来。

李老幺　（声音颤抖地）胜利了，我们胜利了，中国胜利了！（从怀中掏
　　　　出"忠义旗"展开，声嘶力竭地大喊）四川的哥哥们哪，跟我
　　　　老幺回家吧！

　　　　【合唱起：慷慨辞家兮壮士八百，

　　　　　　　　　举国奏凯兮归以魂魄。

　　　　　　　　天地低昂兮功昭四野，

　　　　　　　　长歌忠义兮久响不绝……

【合唱中，阵亡的川军将士仿佛已经涅槃重生，他们缓缓从废墟中站起，慢慢向那面浴血的忠义旗靠拢……

【字幕出：抗日战争期间，四川承担了全国财政支出五分之一，抗战兵员近三百万，共计死伤六十四万余人。西充县八百壮士从军抗日，仅存一人生还。

【收光。

【定点光启。

【乡篱书院，众学生隐其中。

【先生出。

先　生　抗战胜利，举国欢腾。和谈建国，人心思定。当局卑劣，断送和平。物价飞涨，民不聊生。前路茫茫，忧心似焚。

众学生　（朗诵）人不可以不自爱，不可以不自修，不可以不自尊，不可以不自强，而断不可以自欺。

先　生　同学们，你们知道这篇四勉一戒的文章，出于何处啊？

众学生　请老师指教。

先　生　这是我们川北圣人张澜之名句啊。

学生甲　老师，您就给我们讲一讲川北圣人吧。

先　生　好。张澜，字表方，西充莲池乡人。早年东瀛留学，立志推翻清朝。发起保路运动，功延辛亥革命。创建民主同盟，宣扬团结抗战，赞赏延安精神。

　　　　【定点光启。

　　　　【着布衣长衫、须发皓然的张澜出。

张　澜　我哪里是什么圣人啰，不过一介布衣耳。

先　生　先生何必过谦？抗战胜利之后，当局撕毁和平协定，重燃战火，致使民众朝不保夕。您以古稀之龄，怀民生之情，冒生死之险，与有识之士，响应由共产党发起的反内战反饥饿的群众运动。
　　　　后人有诗赞曰：
　　　　嘉陵江上一巨人，
　　　　才高八斗气纵横，
　　　　海内盟员皆后辈，

蜀中学子半门生。

张　澜　后世诸君谬赞了。老夫不过是……

（唱）我就是一缕清风，

欲破那浑浊重重。

在荒芜的土地上，

催生自由的花蕾，

盛开民主之梦。

我愿是一缕清风，

常伴天边彩虹，

洒向人间心田，

天下光明与共。

先　生　这就是川北圣人、革命先驱张澜。

众学生　老师，我们也要投身到反饥饿反内战的洪流之中去！

先　生　好！从今天起，我们乡篱书院与革命者同流！

【收光。

第四幕　大义张澜

【时间：1946 年—1949 年

【地点：上海、北京等

【光启。

【城市街景。

【学生、工人等举着"反内战、反饥饿""要民生、要民权"
"停止内战、和平建国"等标语，游行舞蹈……

【合唱：手挽着手，

工农学商是朋友。

手挽着手，

我们投入反抗的洪流。

反内战，要和平，

　　　　　　　反饥饿，要自由。

　　　　　　　我们手挽着手，

　　　　　　　就是不可阻挡的洪流……

学生甲　（高喊）大家看，川北圣人张澜先生来了！

　　　　【定点光下，布衣长袍、银须飘飘的张澜出现在高台上。

张　澜　（唱）民情激愤，

　　　　　　　滚滚红尘。

　　　　　　　大江浪卷三千里，

　　　　　　　怒向刀丛要民生。

众　人　（唱）抗争，为了我们的生存，

　　　　　　　抗争，为了民族的前程。

张　澜　（唱）刚经历浴血的抗战，

　　　　　　　大中华百废待兴。

　　　　　　　人人翘首盼和平，

　　　　　　　转眼间，老蒋毁约，

　　　　　　　黩武穷兵。

众　人　（唱）战火，吞噬了希望，

　　　　　　　谎言，骗不了人心。

张　澜　（唱）物价飞涨民财尽，

　　　　　　　满纸戡乱荒唐文。

　　　　　　　达官显贵酒肉臭，

　　　　　　　谁怜饿殍暗悲声。

　　　　　　　铁幕之下锁言论，

　　　　　　　怎锁住民情如潮，

　　　　　　　拍礁犹有巨澜生。

众　人　（唱）抗争，为了我们的生存，

　　　　　　　抗争，为了民族的前程……

　　　　【“嘟嘟嘟……”一阵警笛鸣响……

　　　　【一队军警荷枪实弹上。

　　　　【众人在军警的驱赶下，手挽手，共进退舞蹈。

众　人　（唱）手挽手，为了我们的生存，

手挽手，为了民族的前程。

哪怕是铁窗阴冷，

哪怕是血洒街心，

为了心中最后的希望，

抗争，我们抗争……

【众人与军警的抗争中，光收。

【几个便衣在军统沈处长带领下，将张澜围住。

【光变换，此表演区即成软禁地。

张　澜　荷枪实弹，是老蒋命你们来抓我吧？

沈处长　在下奉命与张老先生谈谈。

张　澜　谈谈？谈什么？

沈处长　您老是民盟主席，德高望重，发一个声明，请大家理解目前党国的难处。

张　澜　好！1947年你们宣布民盟为非法组织时，我曾有个人声明。今天，老夫就再次重申：我个人对国家之和平民主统一团结之信念，及为此而努力之决心，绝不变更。我希望以往之全体盟员，站在忠诚国民之立场，谨守法律范围，继续为国家之和平民主统一团结而努力，以达到目的。

沈处长　这个……（谄笑）嘿嘿嘿……先生何必旧事重提呢。

张　澜　旧事即为历史。前事若忘，后事焉继？

沈处长　您当年不计生死，发起保路运动，不就是您老早有家国之理想嘛。

张　澜　是啊，我张澜，无时无刻不想着中华民族早日昂首于世界之林哪！

（唱）少年仗剑出川北，

留学东瀛为救国。

四川保路卫主权，

引燃辛亥火烈烈。

封建王朝一夜倒，

万众额手庆民国。

只说是物阜民安自此始，

谁料得权者利者倾轧撕咬皆民血！

沈处长　呃呃呃……

　　　　（唱）这都是共党造孽，

　　　　　　　与政府对抗国中国。

　　　　　　　倘若他们尊号令，

　　　　　　　也不必今日与你费唇舌。

张　澜　（唱）于国有利国运昌，

　　　　　　　于民有利民心悦。

　　　　　　　他老蒋一门心思称王者，

　　　　　　　排除异己过河就把桥来拆。

　　　　　　　恣意妄行兴杀伐，

　　　　　　　坑蒙拐骗耍卑劣。

　　　　　　　几十年民国何曾为人们？

　　　　　　　几十年政体仕风一片黑。

　　　　　　　几十年多少志士忧国忧民把身舍，

　　　　　　　几十年耗我青丝尽飞雪。

　　　　　　　好河山满目疮痍悲四野，

　　　　　　　只剩下长空清冷一轮月。

沈处长　如此言论，与党国意志相悖呀。

张　澜　老夫说的，正是你们党国应该遵循的三大政策！

沈处长　什么三大政策？

张　澜　早在1924年，中山先生就提出之"联俄、联共、扶助农工"的三大政策嘛。这个你们都记不到，难怪一个个脑满肠肥啊。

沈处长　（尴尬地）呃……你是党国的朋友，非常时期，总不能无动于衷嘛。

张　澜　好！就请你们的委员长立即停止内战，遵守民主建国的协定！

沈处长　看来你是铁了心啦？！

张　澜　道不同不相为谋！

沈处长　那好！我们就谈第二件。

张　澜　讲！

沈处长　委员长有令：共党势大，凡学界精英、文化名流，皆转移至台湾！

张　澜　　哦，脚板上搽清油——开溜。

沈处长　　开溜？这叫什么话呀？

张　澜　　不好听？那我换一个说法。正月十六烧社火……

沈处长　　什么意思？

张　澜　　（川话）呃，打起锣鼓送瘟神噻。哈哈哈……

　　　　　【一身着国军少将军装的杨司令，带四名全副武装的军人上。

便衣甲　　站住！

官　员　　哦，是杨司令。

杨司令　　沈处长，杨某奉命送张老先生上路！

沈处长　　别急，让我再劝劝老先生吧。

张　澜　　不用啦，堂堂大丈夫，绝不做孤臣孽子！

沈处长　　这可是委员长体恤，也是国家的命令！

张　澜　　国家是人们的国家，岂是他蒋某人个人之玩物！

沈处长　　（恼）张澜！

　　　　　（唱）面对着党国恩典，

　　　　　　　　你不要没了没完。

张　澜　　（唱）说什么党国恩典，

　　　　　　　　不过是欺世之言。

沈处长　　（唱）敬你是群伦领袖，

　　　　　　　　才请你转移台湾。

张　澜　　（唱）我生性光明耿介，

　　　　　　　　岂肯与蛇鼠同眠。

沈处长　　（唱）你说此话很危险！

张　澜　　（唱）话儿虽丑理却端！

沈处长　　（唱）别忘了身旁早有前车鉴。

张　澜　　（唱）为民主舍生取义也欣然。

沈处长　　（唱）做人何必太固执。

张　澜　　（唱）人生原则大如天！

沈处长　　（唱）高官厚禄随你选。

张　澜　　（唱）就怕遗臭一万年！

沈处长　（唱）你不怕古稀之年生灾变？

张　澜　（唱）老夫我宁为玉碎不瓦全！

沈处长　冥顽不化，你还真是共党的盟友！

张　澜　谁真心为了中华民族，我就是谁的朋友！

沈处长　哼哼哼……只可惜你再也见不着你的那些朋友了。（对杨）交给
　　　　你了。（挥手，下）走！

　　　　【便衣们跟下。

杨司令　老先生，走吧。

　　　　【四军人前后拥着张澜，向外走。

张　澜　（边走边说）想我张澜，自幼研习经典，怀振兴中华之愿。故而
　　　　投身革命，反清朝，立民国，经抗战，奔走八方，为的是国家
　　　　昌盛，黎民安然。欣哉，曙光终于出现，人心向往延安。慰哉，
　　　　民主建国的理想就快要实现，我虽一死，不枉是忠义之邦之
　　　　儿男！

杨司令　（举手）停下。

张　澜　怎么？就在这里动手吗？

杨司令　张老先生，周公向你问好。

张　澜　周公？（恍然大悟）哦，你是……

杨司令　（握住张澜手）周公说民主建国，不能少川北张澜。

张　澜　这么说，天就要亮啦？

杨司令　大军发起渡江战役，天就要亮啦。

　　　　【雄浑的音乐起……

　　　　【画幕出现解放军发起渡江战役场景。

　　　　【合唱：钟山风雨起苍黄，

　　　　　　　　百万雄师过大江。

　　　　　　　　虎踞龙盘今胜昔，

　　　　　　　　天翻地覆慨而慷。

　　　　　　　　宜将剩勇追穷寇，

　　　　　　　　不可沽名学霸王。

　　　　　　　　天若有情天亦老，

　　　　　　　　人间正道是沧桑。

【合唱中，解放军渡江战斗舞蹈……

【群众高举写有"解放了""天亮了"等标语牌，欢快的舞蹈上。

【很快，便与解放军融在一起，成为欢迎大军的欢庆场面。

【张澜站在平台上，神情矍铄……

张　澜　（喜悦地）民主建国的这一天终于盼到了，中华人民共和国成立了！

【雄壮的国歌嘹亮而起……

【一面巨大的五星红旗冉冉升起……

【众人齐唱国歌，致以军礼、注目礼。

【收光。

尾声　大美充国

【时间：当下

【地点：西充

【光启。

【视频出：青山绿水，沃野平畴。桃李争艳。桐子河清波粼粼，田地间菜花金黄……

【村舍整洁，劳作者满面喜悦，学堂童子，书声琅琅盈耳，好一幅春明景和的新农村画面。

【悠扬笛音，带出轻快的音乐起……

【众农人、学子等舞蹈出。

【歌声中，本剧之历史人物纪信、马金、马廷用、长水、花儿、王将军、李老幺、张澜等，依秩而出。

【合唱：春风吹红了花蕾，

　　　　喜悦绽放在心扉。

　　　　采下一缕霓虹，

　　　　把家乡编织得好美。

千年城郭，
留住了汉时滋味；
悠悠紫岩，
焕起文墨光辉；
袅袅英豪，
召唤如流后辈；
追慕那忠义的光辉。
大美充国，
充国大美。
看一方江山妩媚，
弹一曲小桥流水。
唱一阕家国长歌，
把乡愁紧紧依偎。
鼓楼的桃花开了，
是谁，在春风里深深沉醉。
大美充国，
充国大美……

【众人以秩谢幕。

【剧终。

2018 年 1 月 18 日
定稿于南充高坪美丽山

该剧获四川微电影金奖

新编现代小灯戏

李扯火脱贫

编剧　雨林

时　间　当下
地　点　巴山某乡村

人　物

李扯火　三十余岁，贫困户。
翠　花　三十余岁，李扯火妻子。
张科长　三十余岁，县某局科长。
大　奎　四十余岁，村支书。

【幕启。
【整洁的农家小院，桃花盛开，充满生机。
【合唱：又是春日艳阳暖，
　　　　桃红李白大巴山。
　　　　农家最重春三月，
　　　　有人辛劳有人闲。
【合唱中，李扯火颇有醉意地上。
李扯火　（唱）李扯火我运气好，
　　　　　　　头上有顶贫困帽。
　　　　　　　有人送钱送鸡鸭，
　　　　　　　打牌喝酒笑眯了。
　　　　（白）到家了。（在板凳上坐下）翠花，翠花快来。（困意）
【翠花内应：喊啥子，喊啥子……
【翠花上。
翠　花　（唱）人家男人大丈夫，
　　　　　　　我家男人像懒猪。
　　　　　　　四季不想做活路，
　　　　　　　就等干部来帮扶。

（见李扯火打鼾）看嘛，要得霉运脱，坐到都睡着。（轻轻走进，突然大喊）李扯火！

【李扯火被吓得从凳子上摔下。

李扯火　哎哟……你有毛病哪?!

翠　花　你才有毛病。我问你，赶场回来，卖鸡卖鸭的钱呢?

李扯火　进门就说钱，我们是两口子，我揣起一样的。

翠　花　你揣起又好打牌喝酒? 拿来!

李扯火　（掏出钱，递上）拿去嘛。

翠　花　（接过，数钱）你把人家王同志送来的鸡鸭猪羊卖个精光，看你二天见了人家咋个说?

李扯火　放心。赶场碰到村支书大奎，他说王同志调动工作了，换了一个姓张的科长负责联系我们，一会儿就要来。呃，那个张科长可是我初中时候的同学哦。

翠　花　那又咋个嘛?

李扯火　咋个? 老同学来扶贫，他还不得……（比画钱）

翠　花　人家同学见面，递烟敬茶，喜喜欢欢。你倒好，就等人家送钱。

李扯火　未必你不喜欢钱?

翠　花　（语塞）呃……

李扯火　我给你说，赶紧把屋里头搞得乱一点，身上穿得烂一点，你说话的声音可怜点。

翠　花　为啥子是我说呢?

李扯火　女人家哭穷容易把人心哭软，他心一软，才好给钱。

翠　花　这样要钱，有点丢脸。

李扯火　嗨! 这年头，只要他送钱，我就（以手抹脸）抹下——脸。

【内喊：李扯火在家吗?

李扯火　来了。赶紧的，动手。

【合唱：急忙忙乱了庭院，

慌张张撕破衣裳，

急切切就等张科长……

【二人一番忙碌，整洁院落变得乱七八糟。两人对视，相互撕破衣裳……

【村支书大奎背着背篼，陪着张科长上。

张科长　（唱）要脱贫先把他的思想帮。

大　奎　李扯火，翠花，你们在干啥子？

翠　花　哦，是大奎书记来了？我们正在打扮……

李扯火　啥子打扮啰，打整，打整。

大　奎　哦。我介绍哈，这位是……

李扯火　老张，张科长。

张科长　李扯火。

张、李　哈哈哈……（拥抱）

大　奎　你们认识啊？

张科长　大奎支书，我和扯火是老同学了。（示意）

大　奎　李扯火，既然是老同学，这回就莫乱扯网网了哈。（下）

　　　　　【三人互视……

李扯火　嘿嘿嘿……老同学一路辛劳，翠花，赶紧去给整碗荷包蛋，多
　　　　　放开水不放蛋哈。

翠　花　白开水嘛。

李扯火　说谎了，多放鸡蛋不放水。

翠　花　（轻声对李）鸡鸭都莫得，放啥子蛋？

张科长　老同学，别客套了。既然来扶贫，那就听你说哈子都有哪些困
　　　　　难吧。

　　　　　【拉开包，拿东西。

李扯火　（兴奋地看着）困难……嗯，那是肯定有……（努嘴示意翠花）

翠　花　嗯……我们家呀，那硬是困难得很。

张科长　（拿出笔记本）说具体的。

翠　花　具体的呀……（对丈夫）呃，要说具体的哟？

李扯火　（有些失望）对的，说话实说。

翠　花　那我，我就说啰。

李扯火　（着急地一巴掌拍在妻子背上）你倒是快点说嘛！

翠　花　（一声唤）哎哟喂……

（唱）这几年，有光景，

　　　　　日子过得还顺心。

李扯火　（拉翠花）呃，你说些啥哟？

翠　花　你说的实话实说得嘛。

李扯火　哎哟，你硬是捻其红苕蘸佐料——"笨"得来有盐有味的。

翠　花　说"拐"啦？那我重新说过。

李扯火　（拉住）算了，还是我来说。老同学呃……

　　　　（唱）这几年，不好整，

　　　　　　　日子过得不顺心。

张科长　吔，刚才翠花说日子顺心，咋个到你这儿就变了啰？

李扯火　她婆娘家，有碗稀饭都要笑三天。

　　　　（唱）我们一家穷得很，

　　　　　　　盖的网网穿襟襟。

张科长　哟，饥寒交迫唻。

李扯火　（唱）别人楼房盖几层，

　　　　　　　我家燕子不上门。

张科长　农家小院，桃花翠竹，很不错嘛。

李扯火　啥子哦……

　　　　（唱）吃了上顿莫下顿。（打酒嗝）

　　　　　　　老天不管造孽人。

翠　花　李扯火！哪个是造孽人？哪个是造孽人？我嫁给你一天好日子

　　　　没过，还成了造孽人，我才是倒了八辈子霉哟。

李扯火　（小声地）你吼啥子？我们不造孽？他咋个送钱呢？

翠　花　鬼想钱要挨令牌！

张科长　（唱）同在大山岭，

　　　　　　　都是农家人。

　　　　　　　人人都凭一双手，

　　　　　　　你又为啥难脱贫？

翠　花　扯火，为啥呢？

李扯火　呃……

（唱）婆娘体弱我有病，
气力活路干不成。

张科长　有病？

李扯火　有病。

张科长　啥病？

翠　花　（背白）好吃懒做神经病！

李扯火　硬是恼火得很。
（念）天晴冒虚汗，
下雨脚转筋，
吹风要咳嗽，
阴天脑壳昏。

翠　花　三百六十五天，没得一天是抻展的，要“打丧火”啰。

李扯火　你才要“打丧火”！

翠　花　你才要“打丧火”！

【夫妻争吵起来……

张科长　好了，好了，别吵了。扯火，不能做体力活，可以搞养殖。扶贫的同志不是送来鸡鸭猪羊吗？鸡呢？

李扯火　死了。

张科长　鸭呢？

李扯火　“丢”（se）了。

张科长　猪呢？

李扯火　瘟了。

张科长　那羊儿呢？

翠　花　后面坡上吃草……

李扯火　（忙抢过话）吃草脚打滑，溜下岩跸死了。

张科长　吔，麻索索往细处断，遇齐了。

李扯火　就是嘛。要不听说你哥子来呀，我简直失去了生活的勇气哟。

张科长　别别别，有什么困难，我们一起商量嘛。（再拉包）

【李扯火喜形于色，眼巴巴看着张科长拉包。

李扯火　（假惺惺地）张科长，一见面就要你的钱……

张科长　（拿出钱）扯火，我也是靠工资吃饭。这二百元钱，你先收下。

李扯火　（假意推辞）不不不，这咋个好意思哦。

张科长　扯火，不瞒你说，这点钱是我悄悄省下的烟钱。拿到，拿到。

李扯火　嘿嘿嘿……（伸手欲接）

翠　花　（拉住）扯火，这么做是不是有点那个哦。

李扯火　哪个？老同学送温暖，不要寒了他的心。（接过）

张科长　（故意叹息）唉……

李扯火　老同学，莫叹气，你要是舍不得，我退给你。（欲退钱）

张科长　不是。我扶贫时遇上了难题，不知该如何解决啊。

李、翠　难题？

张科长　有一户人家，也是夫妻两人。我们根据他家具体情况，制订了脱贫方案。

翠　花　啥子方案呢？

张科长　（唱）山上栽果树，

　　　　　　　地里种沙参。

　　　　　　　养起猪和羊，

　　　　　　　鸡鸭一大群。

翠　花　（羡慕地）这样的方案，人家肯定早就脱贫了。

张科长　哎呀，就是不见起色呀。

李扯火　咋个的呢？

张科长　他们说身体不好，做不得体力活路。

李扯火　呃，那搞养殖噻。

翠　花　就是。他的鸡呢？

张科长　死了。

翠　花　鸭呢？

张科长　丢（se）了。

翠　花　猪呢？

张科长　瘟了。

李扯火　那羊子呢？

张科长　坡上吃草，溜下岩踩死了。

【翠花有所悟……

李扯火　嗨！老同学，这个你就不懂了嘛，啥子死了丢（se）了瘟了踔下去了，都是哄你们的！（翠花忙拉，甩开）莫打岔。（对张）那些鸡鸭猪羊，肯定是他杀来吃了，拿去卖了！

张科长　哦？他不想脱贫吗？

李扯火　嗨！等你们又送噻。

翠　花　扯火，莫说了。

李扯火　咋个不说嘛？我李扯火就是要揭露这种人的丑陋行为！（见翠花瞪自己）呃，你绿眉绿眼把我看到做啥？

翠　花　扯火，你觉不觉得这个故事好熟悉哦？

李扯火　（略思）呃，咋个有点像我呢？

张科长　（笑）哈哈哈……扯火，你家的情况其实我早就弄清楚了。你们不是没办法脱贫，而是心里不愿意脱贫。你怕一旦脱贫，就吃不到耙和。是不是嘛？

李扯火　（尴尬）呃……

张科长　现在的日子多好啊。国家对农村又是低保医保，又是精准扶贫，好多贫困户都已经顺利走上小康路。你不趁着这大好时机，勤劳致富，你愿意顶着这顶穷帽子过一辈子啊？！

李扯火　（脱口而出）哪个舅子才愿意！可是我们穷得嘛。

张科长　穷不可怕，我们可以用双手改变它。如果说安于贫穷，自暴自弃，你让帮扶的同志怎么想？乡亲们又咋个看？难道连做人的尊严都不要啦？

翠　花　嘛人活脸树活皮，电灯泡子活玻璃。扯火，我们再也丢不起这张脸了！

李扯火　其实，我也不想错过脱贫致富的机会。

翠　花　那我们就撸起袖子加油干！

李科长　对！缺乏条件我们创，没有物质我们管。大奎书记。

【大奎背背篼上。

大　奎　（放下背篼）扯火、翠花，这是张科长送的礼物。

【李扯火、翠花嫂凑上前看。

翠　花　吔？扯火，这不是你去赶场卖掉的鸡鸭吗？

李扯火　就是，咋个……

大　奎　你李扯火前脚卖，张科长他后脚买，原封原样给你送回来！还好意思说人家（学扯火语气）我李扯火就是要揭露他这种人的丑陋行为！（讥）脸上发不发烧哦！

李扯火　我……

翠　花　你啥子？睁起眼睛看一下，比我们"恼火"的都脱贫了！扯火啊，以前穷没人管，现在有人送温暖。是时候凭着一双手，活出我们自己的精、气、神了！

李扯火　（一拍脑门）对头！我李扯火血气方刚大男人，他们做得到，我也该得做到！

　　　　（唱）人人都有一双手，
　　　　　　　勤劳致富有搞头。

翠　花　（唱）既养鸡鸭又栽藕，
　　　　　　　十月收获是金秋。

李扯火　（唱）你数钱，我喝酒，
　　　　　　　日子过得直冒油。

　　　　（对翠花）拿钱来。

翠　花　干啥子？

李扯火　（唱）致富靠自己，
　　　　　　　这钱不能收。（退钱）

张科长　（唱）钱少表心意，
　　　　　　　鼓劲加点油。

　　　　（白）老同学，这点钱你必须收下。

　　　　（唱）老张我致富路上陪着走，
　　　　　　帮你早把这贫困帽子丢！

李扯火　张科长，老同学，你今天硬是从我心里把这个穷根根拔出来了！

李、翠　（鞠躬）我们谢谢您哪！

张科长　（一把扶住）扯火，翠花，我们扶贫工作的目的，就是要让所有的农民兄弟衣食无忧，日子顺心啦。（把钱塞李手）

李扯火　那好！这二百元钱算我李扯火借的，二天脱贫致富以后，挣得第一笔钱就还你。

大　奎　对了，张科长，你刚才说的那个人，叫啥子名字哦？

张科长　哦，他叫李驾云。

大　奎　李驾云？李扯火？（指李扯火）哦，驾云去扯火，两个是一个。

李扯火　（捂脸）哎呀，羞死人啰。

众　人　（大笑）哈哈哈……

　　　　【剧终。

2017 年 5 月 31 日成稿

2017 年 6 月 18 日再改

该剧获四川乡村好声音金曲奖

微型现代音乐剧

晒　秋

编剧　雨林

时　间　当下
地　点　川北村庄

人　物

营幺妹　二十余岁，泼辣妹子。
山娃子　二十余岁，幺妹未婚夫。
　　　　唢呐匠、众青年男女等。

【幕启。
【光启。
【金凤山村委。
【远山如黛，河水蜿蜒。阳光下，田野一片金黄。
【村口，各类瓜果、蔬菜，堆砌着如一座座小山。
【大喇叭：明天立秋，收拾晒楼。各家各户，都来村口，晒出辛
劳，晒出丰收。
【合唱：一夜风来起秋光，
　　　　立秋时节晒丰粮。
　　　　苞谷绑在杆杆上，
　　　　辣椒铺成红海洋。
　　　　茄子短，豇豆长，
　　　　上架子，排成墙。
　　　　冬瓜南瓜黄瓜丝瓜五颜六色不一样，
　　　　红苕心心像蛋黄。
　　　　还有那田野稻谷千层浪，
　　　　和着山歌滋味长……
【合唱声中，营幺妹、山娃子等众男女或担或抬着瓜果蔬菜，舞
蹈上。
众　女　（唱）滋味长，好时光，

　　　　　　　　春来栽下几苗秧。

　　　　　　　　攥着麦子一起长，

　　　　　　　　熬成红油淋上凉面噻……

　　　　　　　　那才香。

众　男　（唱）你说香，硬是香，

　　　　　　　　莫得妹妹手儿香。

　　　　　　　　妹妹蒸出桐叶粑，

　　　　　　　　一口咬在指拇儿上……

　　　　　　　　哎哟……就像吃冰糖。

　　　　【众女将幺妹推上前。

营幺妹　（佯恼，叉腰，跺脚）哼！

　　　　（唱）要唱山歌站山头，

　　　　　　　　晒秋要想把妹求。

　　　　　　　　看你秋获有几多？

　　　　　　　　看你堆起几层楼？

　　　　【众男推山娃子上前对歌。

山娃子　（唱）太蓬山下槐树沟，

　　　　　　　　地里庄稼绿油油。

　　　　　　　　四月槐花开满山，

　　　　　　　　我和幺妹共白头。

众　男　（大笑）哈哈哈……

　　　　【众女羞涩着相互打闹，将幺妹推向山娃子。

营幺妹　（唱）你收秋来我晒秋，

　　　　　　　　芝麻菜籽榨成油。

　　　　　　　　一瓢淋到脑壳上，

　　　　　　　　看你还敢耍滑头。

山娃子　（唱）妹妹榨油我烤酒。

众　男　啥子酒？喜酒！

营娃子　（唱）月亮爬上东山头。

众　男　东山头，好拉手！

男　甲　（唱）两个正好啵儿一口。

众男女　（调笑地）啵一口，啵一口……

　　　　　　【众男女各推着幺妹、山娃，二人半推半就之际……

帮　腔　（唱）稻谷弯腰把人羞。

　　　　　　【二人急忙分开。

男　甲　嗨！对歌出帮腔。

男　乙　才好追姑娘。

男　丙　再来一曲唢呐子呀……

众　女　咋（zua）子嘛？

男　甲　他们两个"嘚呐当"。

众　笑　哈哈哈……

　　　　　　【一阵唢呐响起……

　　　　　　【唢呐匠领着一队唢呐子，吹奏舞蹈上。

众　人　（唱）人逢喜事精神爽，

　　　　　　　　唢呐一吹应山梁。

　　　　　　　　今年硬是不一样……

　　　　　　　　幺妹、山娃噻……

　　　　　　　　晒完秋获好拜堂。

众　人　拜堂拜堂，喜酒喜糖。

营幺妹　（唱）不要慌。

　　　　　　　　还有故事没得唱。

众　人　唱嘛。

营幺妹　（唱）往年一山野草长，

　　　　　　　　妇孺老幼守谷黄。

　　　　　　　　青壮打工进城去，

　　　　　　　　夜来乡愁梦不香。

众　男　（唱）城里灯火亮，

　　　　　　　　小酒浇愁肠。

众　女　（唱）想儿又想女，

　　　　　　　　想爹又想娘。

营幺妹　（唱）耳边忽听歌声响，

　　　　　　　　唱得人的心发慌。

众　女　（唱）慌啥子慌？
营幺妹　（唱）乡村就要大变样，
　　　　　　　我要回去建家乡。
众　人　（唱）快收拾行囊，
　　　　　　　回到我的家乡。
　　　　　　　祖祖辈辈生活的地方，
　　　　　　　依旧是绿满山岗。
　　　　　　　守住我的渔舟晚唱，
　　　　　　　数着我的暮归牛羊。
　　　　　　　采着我的一山果子，
　　　　　　　闻着我的十里荷香。
　　　　　　　农人的根在青山里生长，
　　　　　　　农人的歌在绿水间荡漾。

【唢呐声高亢……

众　人　（唱）锣鼓响，唢呐昂，
　　　　　　　太阳出来亮堂堂。
　　　　　　　今年晒秋晒啥子？
　　　　　　　晒幸福，晒时光，
　　　　　　　晒乡愁，晒丰粮，
　　　　　　　晒乡村前景宽又广，
　　　　　　　晒农家日子成小康。

【众人造型。
【剧终。

2021 年 7 月 15 日凌晨
于高坪守直居

晒　秋　　367